검은 자화상

검은 자화상 하근찬 전집 15

초판 1쇄 발행 2024년 10월 30일

지은이 하근찬
펴낸이 강수걸
편집 오해은 강나래 이선화 이소영 이혜정 김효진 방혜빈
디자인 권문경 조은비
펴낸곳 산지니
등록 2005년 2월 7일 제333-3370000251002005000001호
주소 부산시 해운대구 수영강변대로 140 BCC 626호
전화 051-504-7070 | 팩스 051-507-7543
홈페이지 www.sanzinibook.com
전자우편 sanzini@sanzinibook.com
블로그 http://sanzinibook.tistory.com

ISBN 979-11-6861-379-9 04810
ISBN 978-89-6545-749-7 (세트)

* 책값은 뒤표지에 있습니다.
* 잘못 만들어진 책은 구입처에서 교환해드립니다.
* 본 전집은 백신애기념사업회가 영천시의 지원을 받아 제작되었습니다.

하근찬 전집 15

검은 자화상

산지니

발간사

밑바닥을 향한 진실한 시선

세상은 속도에 차이는 있겠지만 늘 변해왔다. 그 변화에 사람들은 순응하기도 하고 저항하기도 하면서 발걸음을 맞춰왔다. 좋은 작가에게 우리가 거는 기대가 있다면, '새로운 눈'으로 세상의 변화를 보여주는 것이다. 작가가 보여주는 세계는 새로운 세상의 창조와 같다. 작가가 개성적으로 바라보는 창조적 관점은 세계에 새로운 옷을 입히는 것과 같기 때문이다.

하근찬은 한국전쟁 이후의 상처를 민중의 관점에서 어루만지면서 '치유의 서사'를 펼쳐 보인 좋은 작가다. 그는 전쟁 이후의 혼란한 세계 속에서 '새로운 눈'으로 창조적 소설 작품을 써낸 존재다. 진실을 향한 집념을 가진 작가는 좋은 작품들을 남긴다. 하근찬은 '새로운 눈'과 '진실을 향한 집념'으로 사실의 기록자에 머물지 않고 진정한 창작자가 되었다.

작가는 맑고 정상적인 눈을 가져야 한다. 건강한 눈으로 항상 세상을 골고루 넓게, 그리고 똑바로 바라보아야 한다. 똑바로 바라본다는 것은 바꾸어 말하면 어떤 현상의 밑바닥에 흐르는 진실을 꿰뚫어 보아야 한다는 뜻이다.

세상을 골고루 넓게 바라보는 것도 중요하지만, 똑바로 바라보는, 즉 꿰뚫어 보는 안광이 작가에게는 더욱 중요하다. 그렇지 않고서는 세상이 빚어내는 갖가지 일들의 의미를 파악할 수가 없는 것이다.(하근찬, 「진실을 꿰뚫어야 하는 안광(眼光)」, 『내 안에 내가 있다』, 엔터, 1997, 274쪽.)

하근찬은 세상을 바라보는 '눈'에는 두 가지가 있다고 보았다. 하나는 '세상을 골고루 넓게' 바라보는 눈이고, 또 하나는 '세상을 똑바로' 바라보는 눈이다. 그렇다면 작가가 강조하는 '똑바로 바라보는 눈'이란 무엇일까? 그것은 나타나는 현상에만 머물지 않고, 그 현상의 밑바닥에 있는 원인을 꿰뚫는 혜안을 말한다. '사건이 있었네!'에서, '왜 이 사건이 일어났을까?'라고 질문하는 탐구정신이기도 하다. 하근찬은 '바로 본다는 것'은 보이는 것에만 시선을 두지 않고, "밑바닥에 흐르는 진실"을 밝히는 것이라고 했다. 진실을 위해서는 깊이, 그리고 많이 생각해야 하고, 현상 이면에 담긴 원리와 작용하는 힘을 밝혀내는 노력을 해야 한다.

하근찬은 밑바닥에 흐르는 진실을 탐구한 작가였다. 웅숭깊은 그의 이 시선과 거룩한 문학적 성취는 한국문단에서 보기 드문 문학적 자산이다. 그럼에도 그의 문학세계를 전체적으로 살필 수 있는 전집이 없었으며, 참고할 만한 좋은 선집도 간행되지 못했다는 것은 참으로 안타까운 일이었다.

하근찬 탄생 90주년을 맞아 구성된 '하근찬 문학전집' 간행위원회는 다음과 같은 목표를 설정하였다.

첫째, 하근찬 작품 세계 전체를 충실히 복원하고자 했다. 그간 하근찬의 소설세계는 단편적으로만 알려져 있었다. 하근찬의 등단작 「수난이대」는 일제강점기와 한국전쟁으로 이어져온 민중의 상처를 상징적으로 치유한 수작이다. 그러나 그의 문학세계는 「수난이대」로만 수렴되는 경향이 있었다. 하근찬은 「수난이대」 이후에도 2002년까지 집필 활동을 하면서, 단편집 6권과 장편소설 12편을 창작했고 미완의 장편소설 3편을 남겼다. 문업(文業)만으로도 45년을 이어온 큰 작가였다. '하근찬 문학전집' 간행위원회는 하근찬의 작품 세계를 '중단편 전집' 8권과 '장편 전집' 13권으로 나눠 총 21권을 간행함으로써, 초기의 하근찬 문학에 국한되지 않는 전체적 복원을 기획했다.

둘째, 하근찬 문학세계의 체계적 정리, 원본에 충실한 편집, 발굴작품 수록을 통해 자료적 가치를 확보하려고 노력했다. 하근찬 문학전집은 '중단편 전집'과 '장편 전집'으로 구분하여 간행했다. 먼저 '중단편 전집'은 단행본 발표 순서인 『수난이대』, 『흰 종이수염』, 『일본도』, 『서울 개구리』, 『화가 남궁 씨의 수염』을 저본으로 삼았다. 이때 각 작품집에 중복 수록된 작품은 제외하여 편집하였다. 또한 단행본에 수록되지 않은 알려지지 않은 하근찬의 작품들도 발굴하여 별도로 엮어냈다. 이를 통해 전집의 자료적 가치를 높였다. 다음으로, 장편의 경우 하근찬 작가의 대표작인 『야호』, 『달섬이야기』, 『월례소전』, 『산에 들에』뿐만 아니라, 미완으로 남아 있는 『직녀기』, 『산중 눈보라』, 『은장도 이야기』까지 간행하여 전체 문학세계를 조망할 수 있도록 했다.

셋째, 젊은 세대들의 감각과 해석을 반영하여 그의 문학에 새로운 생명력을 불어넣고자 했다. 하근찬의 작품세계가 펼쳐 보이고 있는 한국현대사의 진실한 풍경들도 젊은 세대들에 의해 읽히지 않으면 의미가 반감될 수밖에 없다. 하근찬 문학의 새로운 해석의 발판을 마련하기 위해, 젊은 연구자들의 충실하고 의미 있는 해설을 덧붙였다. 또한, 개작, 제목 바꿈, 재수록 등을 작품 연보에서 제시하여 실증적 가치를 높이기 위해서도 노력했다.

한 작가의 문학적 평가는 전집이 간행되었을 때 비로소 그 발판이 마련된다고 한다. 1957년에 등단, 집필기간만도 45년의 문업을 이루어온 장인적 작가에 대한 본격적 연구의 발판이 60여 년이 지난 이제야 비로소 마련되었다는 것은 안타까운 일이다. 하근찬의 문학세계에 대한 새로운 조명이 2021년 문학전집 간행과 함께 활기를 띨 수 있기를 기대한다.

2021.10.

『하근찬 문학전집』 간행위원회

송주현 · 오창은 · 이정숙 · 이중기 · 장수희

일러두기

1) 『하근찬 중단편전집』과 『하근찬 장편전집』은 하근찬의 소설세계를 일반 독자들에게 널리 소개하고, 그 문학적 의미가 현대적으로 재해석되도록 하는 데 목적이 있다.

2) 작가가 지문에서 사용한 방언과 비표준어는 작품을 훼손하지 않는 범위 내에서 현대어로 바꾸었으며, 작가가 의도적으로 구분해서 사용한 '목덜미'와 '목줄기'는 그대로 살렸다.

3) 작가 고유의 표현은 그대로 살렸다.
   예 : 오리막(오르막), 고깃전(어물전), 변솟간(변소), 동넷방(동네 방), 생각키는/생각히는(생각나는) 등.

4) 한 작품에서 같은 뜻의 단어를 표준어와 비표준어 또는 방언을 혼용해서 사용한 경우 하나로 통일했다.
   예 : 뒤안/뒤란 → 뒤안, 복받치는/북받치는 → 복받치는, 무신/무슨 → 무슨, 잘몬/잘못 → 잘못, 부시시/부스스 → 부스스, 돋우다/돋구다 → 돋우다 등.

5) 다음과 같은 표현은 어법에 맞게 수정했다.
   예 : 소중스리 → 소중하게, 뭐라고든지 → 뭐라든지, 칭칭하게 감은 → 칭칭 감은, 그리고 나서 → 그러고 나서

6) 영어 표현의 경우 현행 '외래어표기법'에 따르는 것을 원칙으로 했다.

차례

은냇골을 찾아서

차창 밖으로 가로수들을 내다보며 안혜선은,

"나무들이 억씨기 컸네. 정말……."

감개가 꽤나 무량한 듯이 중얼거렸다.

아스팔트가 아닌 자갈이 깔린 길이어서 택시가 털털거리고 훌떡 훌떡 뛰기도 하는 바람에 신중현은 별로 기분이 나질 않았으나,

"몇 해 만이지? 한 삼십 년 됐소?"

하고 아내에게 물었다.

"그렇게 안 됐어예. 아부지가 돌아가고서 묘에 한 번 와 본 일이 있으니까."

"그랬던가? 그럼 십팔 년 만이겠는데. 명구가 열아홉이니까."

"맞심더. 명구가 나던 해에 아부지가 돌아가셨지예. 그때 한 번 와 보긴 했지만, 고향을 떠난 지는 보자…… 삼십 년도 훨씬 넘었는데예. 6 · 25가 일어난 몇 해 뒤였으니까."

혜선의 고향인 은냇골이라는 데를 찾아가는 길이었다. 은냇골은 기차가 지나다니는 읍에서 삼십 리가량 떨어진 꽤나 후미진 두메에 있었다. 그러나 지금도 은냇골이라는 마을이 옛 그대로 그곳에 있는 것은 아니었다. 물속에 잠겨 버린 것이다. 은냇골뿐 아니라 그 일대의 여러 마을들이 사라지고, 온통 그 산협에 벙벙하게 물이 부풀어 올라 인공호수, 즉 댐이 되어 버린 것이다. 그러니까 혜선의 고향을 찾아간다기보다도 댐을 찾아가는 셈이었다.

그러나 댐 구경이 목적은 아니었다. 혜선의 아버지, 즉 중현의 장인의 무덤이 그곳에 있어서 성묘를 하러 가는 길이었다. 마을은 물속에 자취를 감추어 버렸지만, 산중턱에 있던 선영의 일부는 아슬아슬하게 살아남았는데, 혜선의 부친의 무덤이 용케 그 높은 위치에 있었기 때문에 그대로 보존이 되었던 것이다.

십팔 년 전 부친이 돌아가셨을 때 서울에 사는 혜선은 마침 막내둥이 명구를 낳았는데, 순산이 못 되고 전치태반으로 병원에 입원을 하여 제왕절개 수술을 받았었다. 그래서 결국 두 부부는 장례식에 참석을 못 했었다. 서너 달 뒤에 혜선은 갓난아기를 업고 친정이 있는 경주에 갔다가 그곳에서 백여 리 떨어진 옛 고향인 은냇골의 선영에 모신 부친의 무덤을 찾아가 보았던 것이다. 그러나 중현은 직장에 매인 몸이어서 결국 지금까지 한 번도 장인의 무덤을 찾아볼 기회를 가지질 못했다. 처가에 가는 일은 더러 있었으나, 백여 리 떨어진 곳에 무덤이 있기 때문에 일부러 거기까지 찾아가지는 못했던 것이다.

장인의 무덤에 한 번도 가보질 못해서 중현은 늘 마음 한 구석이 찝찝했었는데, 오십 고개를 넘고부터는 그것이 슬그머니 죄책감으로 고개를 처들었다. 그리고 결혼을 해서 한 여자와 삼십 년이 다 되어가는 세월을 살면서도 아내가 태어나서 자란 그 옛 고향이 어떤 곳인지 한 번도 가보지 못했다는 사실도 어떻게 생각하면 매정한 일인 것만 같았다. 그래서 대구에 있는 친척집의 혼사에 아내와 함께 내려온 걸음에 장인의 무덤을 찾아 사죄도 하고, 아내의 옛 고향이 어떤 곳인지 구경도 할 겸 은냇골을 찾아보기로 한 것이다. 비록 지금은 댐이 되어 버렸지만, 주변의 산은 남아 있을 터이고, 또 그 인공호수를 구경하는 것도 좋은 일이 아니겠는가 말이다.

서울을 떠나면서 중현이 그런 말을 꺼냈을 때 혜선은 남편을 새삼스럽게 바라보며 좋아했었다. 당신이 태어나 자란 은냇골이라는 그 두메가 도대체 어떤 곳인지 한 번 가보고 싶기도 하다는 말에 혜선은 속으로 약간 감격까지 하는 것 같았다.

택시가 냇물에 걸린 다리 위를 달리자 혜선은 고개를 갸웃거리며,

"보자. 다리가 새로 생겼나…… 옛날엔 저쪽으로 다리가 있었던 것 같은데……."

하고 혼자 중얼거렸다. 하도 오랜만이어서 기억이 뚜렷하지가 않은 모양이었다.

다리를 지나자, 한동안 냇물과 나란히 길이 뻗어 있었다. 강이라고는 할 수 없으나, 자갈밭이 제법 넓은 꽤 큰 냇물이었다. 가을이라 물은 보기만 해도 기분이 개운해질 지경으로 찰랑거리며 흐르고 있었다. 선연한 가을 햇살이 물결 위에서 눈부시게 부서지고 있는 것을 내다보며,

"좋은데…… 시골은 역시 좋아."

중현은 나직이 감탄조로 중얼거렸다.

다리를 지나 한참 가다가 혜선은 깜짝 놀라듯이,

"우야꼬! 우리 학교가 저렇게 달라졌구나. 여보, 저기 우리 학교라예. 전에는 교실이 여섯 개밖에 없었고, 목조건물이었는데, 완전히 딴 학교처럼 돼버렸네. 하하…… 오늘이 마침 운동회구나."

마치 어린아이처럼 좋아했다.

면소재지인 듯한 마을이 다가오고 있었고, 저만큼 들 가운데에 산뜻한 콘크리트 건물인 국민학교가 보였다. 운동장에는 만국기가 펄럭이고 있었다.

"아, 그렇군. 운동횔세."

중현도 절로 빙그레 웃음이 떠올랐다. 가을에 시골을 여행하면서 차창 밖으로 운동회가 열리고 있는 국민학교를 보게 되면 왜 그렇게 공연히 좋은지 몰랐다. 어린 시절이 회상된다고 할까, 동심이 되살아난다고 할까, 아무튼 가슴속에 짜릿하고 따스한 정감이 가득 넘치는 듯한 느낌인 것이다.

더구나 혜선은 지금 어린 시절의 추억이 담뿍 담겨 있는 모교의 운동회를 눈앞에 보는 터이니, 감회가 한결 짙을 수밖에 없었다. 차창 밖으로 얼굴까지 내밀며,

"가서 한 번 구경해보고 싶네. 여보, 안 그래예."

정말 내리고 싶은 모양이었다.

"허허허……."

중현은 그저 웃기만 했다. 그 심정은 충분히 알겠으나, 자가용도 아닌 택시를 세워두고 구경을 즐길 수는 없는 일이 아닌가.

길이 좋지 않아 털털거리기는 했으나, 택시는 어느덧 면소재지 마을을 지나 산모퉁이를 돌아가고 있었다. 국민학교의 만국기도 시

야에서 사라져 버렸다.

"운동회 때 달리기를 하면 나는 언제나 2등이었어예."

"1등을 하지, 왜 언제나 2등을……."

중현이 웃으며 말하자 운전사도 재미있다는 듯이 힐끗 뒤를 돌아보며,

"아주무이가 양보심이 많은 모양입니더."

하고 빙긋 웃었다.

잠시 후 이번에는 중현이,

"오, 저기 허수아비가 있구나, 세 개나 있네."

매우 반가운 듯이 내뱉었다. 산의 골짜기 쪽으로 깊숙이 논들이 층계를 이루며 뻗어 오르고 있는데, 그 누렇게 익어가는 논배미에 허수아비들이 서 있었다.

가을에 시골을 여행하면서 논에 서 있는 허수아비를 본다는 것도 즐거운 일이다. 허수아비를 보면 어린 시절이 떠오르고, 공연히 웃음이 나오기도 하는 것이다. 그런데 요즘에는 논에 허수아비 대신 바람에 흔들리면 반짝반짝 빛을 발하는 무슨 화학제 노끈 같은 것이 가로세로 설치되어 있기 마련이다. 그것이 간편하고 새들의 접근을 막는 데 효과적인지는 몰라도, 가을 들녘의 풍경으로는 허수아비에 비할 바가 못 된다.

"허수아비 옷이 곱기도 하대이."

혜선이 말했다.

"글쎄. 그러네."

"꼭 그림 같지예? 화가 같으면 그렸으면 싶겠는데……."

"맞어. 색의 조화가 그럴듯하군."

멀리 세 개의 허수아비가 서 있는데, 맨 앞쪽의 것은 진홍색의 옷을 걸치고 있었고, 그 조금 뒤에 옆으로 비켜 서 있는 듯이 보이는 것은 담홍색의 옷이었고, 맨 뒤쪽의 것은 밝은 청색이었다. 그 세 가지 색채가 누르스름한 벼의 빛깔을 바탕으로 묘하게 조화를 이루며 가을 햇살 속에 선연하게 떠올라 보이는 것이 아닌가. 일부러 누가 그렇게 허수아비를 가지고 솜씨를 부린 것은 아닐 터인데, 정말 그림에 담았으면 싶을 정도로 인상적인 풍경이었다. 시골 농부의 손에서 이루어진 자연발생적인 아름다움이라고나 할까.

허수아비도 곧 지나가 버리고, 택시는 여전히 털털거리고 훌떡 뛰기도 하면서 밋밋한 산의 구비를 이리저리 돌아가고 있었다.

"아직 멀었소?"

중현은 좀 지루한 생각이 들었다.

"아직 한참 더 가야 됩니더."

"당신 모교를 지난 지가 꽤 됐는데……."

"마을에서 학교까지 이십 리 길이었다니까예."

많이 들은 얘기였다. 이십 리 길을 비가 오나 눈이 오나 육 년 동안 하루도 결석하는 일 없이 걸어 다녔다는 게 혜선의 자랑이었다. 학교에 늦을까 봐 신을 벗어 들고 냅다 달리기도 했다는 얘기를 여러 번 했었다. 혜선은 또 그 무렵 생각에 젖어드는 듯이 말했다.

"학교에 갈 때나 올 때 다람쥐가 길에 튀어나오는 건 예사였고, 저런 산등성이에 노루가 서서 내려다보기도 했지예. 호랭이가 나타나기도 하고……."

"정말?"

"정말입니더."

"당신이 봤단 말이야? 호랑이를."

"호랭인지 뭔지 확실히는 몰라도 누우런 짐승을 본 일이 있어예."

"누우런 짐승이면 다 호랑인가?"

그러자 운전사가,

"송아지를 본 거 아닙니꾜?"

하고 씩 웃었다.

"송아지가 뭐 하로 산에 가 있능교. 그 무렵엔 호랭이가 있었단 말이구마. 정말이라예. 산에 나무를 하러 가서 호랭이를 만나 시껍(질급)을 하고 내빼 온 사람도 있었고, 밤에 마을에 호랭이가 내려와 돼지새끼를 물고 간 일도 있었심더. 한밤중에 호랭이가 내려오면 동네 개들이 죽는다고 안 짖어댑니꾜. 그리고 호랭이는 방에 불이 켜져 있으면 앞발로 흙을 후벼 파가지고 냅다 방문에다가 뿌린다는 기라예."

"옛날 옛적 이야기 같군."

"실제로 우리 삼당숙뻘 되는 집에서 그런 일을 당한 직이 있었답니더."

"삼당숙이라니?"

"삼당숙도 몰라예? 아부지의 팔촌 형제를 삼당숙이라 안 캅니꾜? 사촌은 당숙이고, 육촌은 재당숙이고……."

"그런가…… 당신 유식한데."

"헤헤헤…… 그기 뭐가 유식이예. 옛날 사람들은 누구나 다 아는 긴데."

"내가 당신보다 나이가 많은데 나는 몰랐으니 말이야. 그런데 삼당숙도 친척인가?"

"친척이지 그럼 뭐예?"

"아버지의 팔촌이면 자기하곤 구촌 아닌가. 구촌이면 남이지 뭐."

"안 그렇심더. 구촌도 잠깐입니더. 옛날 일찍 장개들었을 땐 한 사람 밑에 팔촌이 생길 수도 있었단 말입니더. 육촌은 흔하고."

운전사가 귀담아 듣고 있었던 모양으로,

"맞심더. 오래 살면 생길 수도 있지요. 지가 두 살 때 우리 고조부가 돌아가셨다 카거든요."

하고 혜선의 말에 동의를 했다.

"보자…… 고조부면 그 밑이 팔촌이 되나?"

"안 그렇십니꾜. 조부 밑이 사촌이고 증조부 밑이 육촌이니까……."

"맞아. 팔촌이군."

그런 촌수 얘기 끝에 중현은 문득 생각이 나서,

"당신 그 병칠인가 하는 오빤 몇 촌이라 그랬소?"

혜선에게 물었다.

"그 오빠가 바로 팔촌 오빠 아닝교."

"음, 그렇군. 그럼 꽤 먼 사이구먼."

"안 멀다니까 그러네."

"허허허……."

중현은 웃고 나서 말했다.

"그 양반 집에 있을지 모르겠네."

"글쎄예. 있겠지예 뭐. 그 오빠가 있어야 아부지 묘를 쉽게 찾을 수 있을 낀데……."

"한 번 와 봤다면서……."

"하도 오래됐고, 또 동네가 물에 잠겨버렸다니까 어디가 어딘지 알 수 있을지 모르겠어예."

혜선은 슬그머니 걱정이 되는 모양이었다.

중현은 그 팔촌 처남인 셈인 병칠이라는 사람에 대해서 꽤나 호기심을 가지고 있었다. 그 사람의 6·25 전후의 얘기가 너무나 가슴을 아프게 했기 때문이었다. 결혼 초기에 무슨 얘기 끝에 6·25 때 얘기가 나와 혜선은 자기 고향에서 있었던 6·25 전후의 사건 가운데서 가장 이야깃거리인 병칠이라는 팔촌 오빠에 관한 것을 들려주었던 것이다. 그리고 어느 해 가을, 그 병칠이라는 사람이 불쑥 중현의 사무실을 찾아와 한 번 만나서 하룻밤을 같이 자며 직접 그에게서도 그 비극적인 얘기를 자세히 들었던 것이다. 이십여 년 전 중현이 어떤 잡지사에 다니고 있을 때의 일이었다.

떠돌이 환쟁이

퇴근 때가 거의 다 되어서였다. 어떤 중년의 남자가 사무실로 들어서며 중현을 찾았다.

얼른 보기에 행상인 듯했으나, 여느 상인들과는 외모부터가 달랐다. 사십이 가까워 보이는데, 얼굴에 수염을 기르고 있었다. 양쪽 귀밑으로부터 구레나룻이 흘러내려 입언저리랑 턱을 제법 덥수룩하게 덮었다. 수염이 검어서 말하자면 '검정 털보'였다.

머리에는 허름한 중절모자를 쓰고 있었다. 그리고 한 손에 검정색의 낡은 손가방을 들고 있었다. 어쩌면 사주나 관상, 손금 같은 것을 보는 사람이 아닌가 싶었다.

"신 서방, 나 안병칠이구마."

중현을 대하자, 마치 옛날에 사귄 적이 있었던 것처럼 그 검정 털보는 빙그레 웃으며 불쑥 한 손을 내밀어 악수를 청했다.

"누구신지……."

중현은 그 손을 잡긴 했으나, 좀 얼떨떨하지 않을 수 없었다. 생판 낯선 사람이 불쑥 나타나 반가운 체를 하니 말이다.

"안병칠이라니까. 하기사 만난 일이 없으니까 잘 모를 끼라. 신 서방 처가가 은냇골이지?"

"예."

"은냇골 안 씨가 처가 아닌가. 나도 그 안 씨라니까. 안병칠이."

"아, 그렇습니까."

그러나 중현은 아직 그가 누군지 머리에 와 닿지가 않았다. 중현의 표정이 덤덤해 보였던지 그는 계속 웃음을 띤 채 지껄였다.

"신 서방 댁이 안혜선이지? 맞지?"

"예, 맞습니다."

"혜선이가 내 동생 아닌가. 팔촌간이지."

"아, 예. 알겠습니다."

그제야 중현은 고개를 끄덕이며 새삼스레 그 검정 털보를 바라보았다. 혜선에게 얘기를 들었던 바로 그 6·25 때의 비극의 주인공이 아닌가.

그런데 입술이 보통사람들보다 약간 붉게 보였다. 얼굴에는 생활에 찌든 사람의 피로한 기색이 그대로 드러나 보이는데, 유독 입술만은 묘하게 붉은 윤기를 머금고 있었다. 그런 생기를 띤 붉은 입술이 더부룩한 검은 수염 속에서 내다보이자, 중현은 어쩐지 좀 괴이한 느낌이 들어 얼른 딴 데로 시선을 돌렸다.

난데없이 그 사람이 어떻게 알았는지 불쑥 근무처를 찾아오다니 중현은 뜻밖이 아닐 수 없었다.

"자, 이리 좀 앉으세요."

중현은 그를 응접 소파에 안내했다. 직원들이 힐끗힐끗 바라보고 있었다. 늙지도 않은 사람이 더부룩하게 검은 수염을 기르고, 허름한 중절모를 머리에 얹고 있는 그의 외모가 여느 행상들과는 달라서 호기심을 불러일으키기도 했고, 중현과 어떤 관계인가 싶었던 것이다.

소파에 마주 앉아 그와 중현은 잠시 얘기를 나누었다. 처음 만난 터에 뭐 그리 얘기가 많을 턱이 없었다. 주로 그가 집이 어디냐, 아이는 몇이나 되느냐는 따위 가정사에 대해서 물었고, 중현이 간단간단히 대답하는 그런 대화였다. 실은 병칠이라는 그 사람에 대해 꽤나 호기심을 가지고 있던 터이라, 중현은 요즘 어디서 뭘 하면서 살아가고 있는지 물어보고 싶었으나, 사무실에서 그런 질문을 꺼내는 게 어쩐지 실례일 것 같아서 그만두고, 그 대신 근무처를 어떻게 알고 찾아왔느냐고 물어보았다. 그러자 그는 씩 웃으며,

"얘길 들어서 벌써부터 알고 안 있었나. 진작 한 번 찾아와 봐야 되는 긴데……."

이렇게 대답했다. 그 말의 여운이 중현은 어쩐지 가슴에 와 닿는 느낌이었다.

중현은 시계를 보았다. 퇴근시간이 십 분가량 남아 있었다.

"잠깐 앉아 계세요. 곧 퇴근시간이니까."

하고 소파에서 일어나 책상으로 돌아가려 하자,

"신 서방, 잠깐만. 저……."

그가 중현을 도로 자리에 앉게 했다. 그리고 낡은 검정 손가방을 여는 것이었다. 안에서 나온 것은 둘둘 만 무슨 종이뭉치였다.

"다름이 아니라, 신 서방, 이걸 좀 팔았으면 싶어서……."

더부룩한 검은 수염 속에서 붉은 입술이 한 쪽으로 조금 이지러지며 쑥스러운 듯한 웃음을 띠었다.

종이뭉치를 펼치는데 보니 죽필화(竹筆畵)였다. 혁필화(革筆畵)라고도 하는데, 몇 가지 물감으로 글자를 도안처럼 그려놓은 민예의 일종인 것이다. 나비나 꽃, 나무, 혹은 용이나 봉황 같은 가지가지 형태를 꼬불꼬불하고 얼룩덜룩하게 그려 맞추어서 글자를 만드는데, 끝이 납작한 대나무나 가죽으로 그리기 때문에 죽필화, 또는 혁필화라고 한다.

옛날 장터에서 흔히 볼 수 있었다. 장바닥에 자리를 잡고 앉아서 그려놓은 것을 팔기도 하고, 손님이 요구하는 대로 즉석에서 쓱쓱 그려주고 몇 푼 값을 받기도 하는 것이다. 그런 광경을 중현도 어린 시절에 몇 차례 본 적이 있었다. 떠돌이 환쟁이인 셈인데, 그 손끝에서 슬슬슬 절로 풀려 나오듯이 가지가지 그림이 그려져서 그것이 글자로 만들어지는 그 솜씨가 어린 눈에 신기하기만 했었다.

병칠이라는 사람이 바로 그런 환쟁이라니, 정말 의외였다. 그 종이 뭉치는 수십 장의 죽필화였다. '大器晩成'이니 '苦盡甘來'니 '七顚八起' 혹은 '笑門萬福來'니 '家和萬事成' 따위 글귀를 가지가지 그림으로 울긋불긋하게 그려놓은 것이었다.

중현은 그 죽필화들을 보며 무슨 까닭인지 문득 조금 슬픈 듯한 그런 기분에 젖어들었다. 그림인지 글씨인지 잘 분간이 안 되는 그 죽필화라는 자체부터가 어쩐지 슬픈 손재주를 보는 것만 같았다. 어린 시절 장터에서 보았을 때와 같은 그런 신기하고 희한하다는 생각은 조금도 들지가 않고, 오히려 약간 괴이하게 느껴지면서 유치하다 할까 촌스럽다 할까, 옛 우리 것 가운데서 못난 얼굴을 보는 것 같아 조금 민망스럽기까지 했다.

중현은 옛 우리 것에 대한 애착의 정을 가지고 있었다. 그런데도 그 죽필화만은 어쩐지 못생긴 자기의 얼굴을 바라보는 듯 약간 슬프고 부끄러운 생각이 드는 것이었다.

그런 죽필화 뭉치를 들고 시골도 아닌 서울 바닥을 누비고 다니며 팔고 있는 모양인데, 과연 사는 사람이 얼마나 될 것인지…… 하는 생각이 들어 병칠이라는 사람이 처량하고 가련하게 느껴졌다.

그런 감상적인 생각은 잠시이고, 곧 중현은 난처해지고 말았다. 그것을 들고 그가 소파에서 일어났던 것이다.

"저, 잠깐만……."

중현은 얼른 그의 소매를 잡아 도로 자리에 앉혔다. 그것을 들고 직원들 한 사람 한 사람을 찾아다니며 팔려고 드는 모양인데, 될 말이 아니었다.

사무실은 넓었다. 편집부와 업무부가 함께 쓰고 있어서 책상이 두 쪽으로 나뉘어져 있었다. 직원은 이십 명 가까이 되었다. 주간실은 한쪽에 딴방처럼 칸막이로 꾸며져 있었다. 아직 퇴근시간까지 조금 남아 있어서 모두 제자리에 앉아 조용히 일들을 하고 있었다.

근무시간 중에는 잡상인 출입금지로 되어 있었다. 그래도 곧잘 행상들이 찾아 들어와 출입문 쪽에서 제지하는 사환과 입씨름을 하기도 했다. 그가 들어올 수 있었던 것은 행상으로서가 아니라, 중현을 찾아온 방문객으로서였다. 그런데 아직 근무시간 중에 사무실을 누비고 다니며, 더구나 그 죽필화라는 얄궂은 것을 팔려고 들다니, 중현의 입장이 난처하지 않을 수 없었다.

"곧 퇴근시간이니까, 그때 팔아보도록 합시다."
중현의 표정에서 곤혹스러워하는 기색을 느꼈는지 그는,
"퇴근시간이 되면 모두 퇴근해버릴 끼 앙이가."
하면서도 다시 자리에서 일어서려고는 하지 않았다.
그때였다. 편집부장이,
"신 차장, 뭐요?"
하면서 자리에서 일어나 다가왔다.
중현은 편집부 차장이었다. 어쩐지 좀 쑥스러운 생각이 들어 중현은 그저 씩 웃기만 했다.
"이거 재미있는 걸세. 오래간만에 보는데……."
사람 좋은 편집부장은 가까이 와 서서 죽필화를 내려다보며 호기심 어린 표정을 지었다.
그러자 업무부장도,
"뭔데 그래?"
하면서 자리에서 일어났다.
직원들의 시선이 모두 이쪽으로 향하고 있었다.
"원하시는 문자를 써드리기도 합니더."
그의 말에 편집부장이 물었다.
"여기서 당장 써준단 말이요?"
"예. 그렇심더."
그는 재빠르게 손가방 속에서 여러 자루의 죽필과 갖가지 물감을 꺼냈다.
"어디 한 번 써보시오. 보자…… 무슨 말을 쓸까……."
편집부장은 잠시 생각하더니,

"응, 그렇지. 일일시호일이 좋겠군. 일일시호일이라고 한 장 써보시오."
하고 말했다.

그는 얼른 무슨 글귀인지 알아듣질 못하는 것 같았다.

"날 일(日) 자 두 개에 바를 시(是) 자, 그리고 호일, 좋을 호(好) 자에 또 날 일 자, 일일시호일 말이요."

편집부장이 자세히 일러주자,

"아, 예, 알겠심더."

그는 고개를 끄덕였다.

"일일시호일이라…… 좋은 말이지. 하루하루가 다 좋은 날이라는 뜻 아닌가."

앞에 섰던 업무부장이 자기도 유식하다는 것을 과시하려는 듯이 빙그레 웃으며 말했다.

그는 탁자 위에 화선지 한 장을 펼쳤다. 그리고 죽필 세 자루에 각기 다른 물감을 묻혀 한 자루는 오른손에, 두 자루는 왼손에 쥐었다. 얼굴에 긴장이 감도는 듯했다. 잠시 화선지 위를 가만히 보고 있더니, 오른손을 움직이기 시작했다. 대나무 붓이 하얀 종이 위에 꼬불꼬불한 곡선을 그리다가 가볍게 미끄러지듯 굵고 둥근 선을 획 그었다. 붉은색 물감이었다. 그리고 왼손의 붓 한 자루와 바꿔 쥐었다. 이번에는 황색이었다.

그런 식으로 먼저 날 일 자 한 자가 만들어졌는데, 얼른 보아도 해 같았다. 해가 이글이글 타는 듯 불꽃이 사방으로 너울거리기도 했다. 그런데도 해가 어쩐지 미소를 짓고 있는 듯이 보였다.

"흠—"

업무부장이 고개를 끄덕였다. 편집부장은 그저 가만히 지켜보고만 있었다.

직원들도 뭔가 싶어 한 사람 두 사람 자리에서 일어나더니, 결국 거의 모두가 모여들었다.

"어머, 이게 뭐야?"

눈이 휘둥그레지는 여직원도 있었다. 중현은 마침 주간이 부재중이어서 다행이라는 생각이 들었다.

'日日是好日'이라는 글귀가 완성되자, 편집부장은 좀 묘하게 웃었다. 그 웃음에는 두 가지 의미가 담겨 있는 듯했다. 솜씨는 제법 그럴듯하다고 인정하지만, 너무 울긋불긋하고 가지가지 형태가 요란하게 뒤섞여 괴상해서 작품으로서는 낙제라는 그런 웃음인 것 같았다.

업무부장도 보는 눈은 있는 듯,

"그럴듯하긴 한데, 전체적으로 좀 어수선하잖아요? 안 그래요?"

하면서 그것을 두 손으로 펼쳐 쳐들고 한쪽 눈을 감으며 감상을 하는 것이었다.

"얼마를 받소?"

편집부장이 묻자,

"알아서 주시이소."

그는 손수건을 꺼내어 이마에 조금 내밴 땀을 닦았다.

그 손수건을 보자, 중현은 얼른 시선을 딴 데로 돌렸다. 때에 절고 얼룩덜룩 물감도 묻어서 너무 지저분했던 것이다.

"이것이면 되겠소?"

편집부장은 지갑을 꺼내어 지폐 한 장을 뽑아서 내밀었다. 백 원짜리였다. 그 무렵의 백 원이면 요즘의 이천 원 정도가 될 것이다.
"예, 됐심더. 고맙심더."
그는 백 원짜리 한 장을 받고도 정말 고마운 듯한 표정이었다.
그러자 편집부장은 이거 내가 너무 후하게 준 게 아닌가 하고 약간 후회가 되는 듯한 얼굴로, 아이고 모르겠다는 듯이 그 '日日是好日'을 아무렇게나 말아 들고 자기 자리로 돌아갔다.
업무부장 역시 백 원도 비싸다는 듯이,
"만식이 한 장 생각 없어?"
빙그레 웃으며 농담조로 사환을 보고 말했다. 그리고 찰딱찰딱 일부러 더 슬리퍼 소리를 내며 자기 자리로 돌아가 버렸다.
이미 퇴근시간이 지난 터이라, 구경하던 직원들도 별로 구미가 당기지 않는 듯 제자리로들 돌아가 책상 위를 정리하고 퇴근을 서둘렀다.
남은 것은 두 사람이었다. 사환인 만식이와 미스 송이었다. 미스 송은 대학을 졸업하고 입사한 지 반 년이 조금 넘은 편집부 여기자였다. 그녀 역시 우리의 옛것에 관심이 있는 듯 진지한 표정으로 여러 장의 죽필화들 가운데서 마음에 드는 것을 고르고 있었다. 그런 그녀에게 중현은 슬그머니 친밀감이 가며 고맙다는 생각이 들기까지 했다.
만식이는 업무부장이 권해서가 아니라, 죽필화를 처음 본 듯 무척 신기하고 호기심이 가는 모양이었다. 그러나 호주머니 사정을 생각하는지 잠시 망설이다가,
"이 써놓은 건 얼마 합니까?"
하고 물었다.

"주는 대로 받는다니까예."

병칠은 이제 겨우 스무 살이 될까 말까 한 사환에게도 공손한 어조로 대답했다. 만식이는 호주머니에서 돈을 꺼내 보았다.

"칠십 원 드려도 되겠어요?"

"예. 좋심더. 한 장 골라 보소."

만식이는 칠십 원을 먼저 건네고서 미스 송과 함께 죽필화를 한 장 한 장 들추기 시작했다.

중현은 히죽 웃음이 나왔다. 그리고 소파에 앉아 있는 게 약간 멋쩍은 생각도 들었다. 마치 병칠과 동업을 하고 있는 것 같았던 것이다. 슬그머니 일어나 자리로 가서 책상 위에 널린 원고들을 치웠다.

퇴근을 하려고 자리에서 일어서며 편집부장이,

"누구요?"

나직하게 물었다.

"처가 쪽으로 먼 친척이 되는가 봐요. 집사람과 팔촌이라나요. 처음 보는 사람인데 어떻게 알고 찾아왔네요."

중현은 어쩐지 좀 창피한 것 같은 생각이 들어 역시 낮은 목소리로 이렇게 대답했다.

퇴근을 해서 병칠과 함께 거리로 나온 중현은,

"술 하시겠지요?"

하고 물어보았다.

"응, 조금."

병칠은 귀가 번쩍 뜨이는 것 같은 표정을 지으며 웃었다.

그래서 중현은 단골 술집으로 갔다. 비록 아내와 팔촌간이기는 하지만 처남은 처남인 셈이고, 또 처음으로 찾아온 터인데, 그냥 '잘 가시오' 하고 헤어질 수는 없었던 것이다. 그리고 병칠 쪽에서도 아마 눈치가 오늘은 좀 신세를 지려는 것 같기도 했다. 곧바로 집으로 데리고 갈 수도 있었으나, 맨송맨송한 정신으로 불쑥 손님을 데리고 귀가하고 싶지가 않았던 것이다. 어쩌면 중현 자신이 한잔 하고 싶은 핑계인지도 몰랐다.

대폿집에 가서 자리를 잡고 앉아 빈대떡과 조개탕 따위를 안주 삼아 소주를 마시며 얘기를 나누었는데, 병칠은 예상했던 대로 술이 무척 세었다. 둘이서 이홉들이를 두 병 비웠는데도 아직 별로 취기가 없이 멀쩡한 얼굴이었다. 중현도 술이 센 편이어서 한 병을 더 시켰다.

나누는 얘기란 처음엔 그저 서로의 안부라 할까 그런 의례적인 것이었고, 나중에는 주로 중현이 궁금한 점을 묻고, 병칠이 대답하는 식이었다. 중현이 궁금한 점은 대충 두 가지였다. 병칠이라는 팔촌 처남에 관한 6·25 전후의 가슴 아픈 얘기를 결혼 초에 아내로부터 대충 들었기 때문에 그가 지금은 어디서 사는지, 같이 사는 여자는 있는지, 그런 것이 하나였고, 또 한 가지는 그가 죽필화를 언제 누구한테 배웠는가 하는 점이었다.

"댁이 어딥니까? 서울에 사시나요?"

중현이 이렇게 물었을 때 병칠은 살짝 웃음을 떠올리며,

"글쎄…… 어디 산다고 해야 할지……."

아리송하게 대답을 얼버무렸다. 일정한 거처가 없다는 뜻인 것 같았다. 그렇다면 같이 사는 일정한 여자도 없을 게 뻔하지 않은가. 그리고 같이 사는 여자가 있는지 없는지 그런 궁금증은 대놓고

물어볼 성질의 것도 아니어서 그쯤 미루어 짐작하기로 하고, 죽필화에 대해서 물어보았다.

"죽필화를 언제 배워서 그렇게 잘 그리시나요? 정말 놀랐습니다. 요즘 흔히 볼 수 없는 우리의 소중한 옛 그림 아닙니까? 누구한테 그런 특이한 재주를 배웠나요?"

중현은 주기가 올라서 약간 어조가 과장되어 있었다.

그 말에 병칠은 뜻밖이라는 듯이 활짝 표정이 밝아졌다. 죽필화를 거의 모든 사람들이 천한 것으로 얕잡아 보는 세상인데, 대학 공부까지 한 신 서방이 우리의 소중한 옛 그림이라고 추켜올리다니 뜻밖이었고, 고맙기까지 해서 병칠은 얼른 소주잔을 들어 꿀꺽 한 모금에 털어 넣었다. 그리고 잔을 중현에게 권하고서 입을 열었다.

"잘 기리기는 뭘 잘 기려. 달리 아무 재주가 없으니까 그저 이카고 댕기는 기지."

"아닙니다. 보통 솜씨가 아니던데요."

"하기사 소학교 다닐 때 도화는 잘 기렸었지."

"아, 그렇군요. 그러나 어릴 때 그림을 잘 그렸다고 아무나 그 죽필화를 그릴 수 있는 건 아니잖아요? 누구한테 배우셨는지……?"

"오다가다 그저 우짜다가 배우게 된 기지, 뭐 특별히 누구한테 배웠다고도 할 수 없어. 그런 그림을 가르쳐 주는 데가 어디 따로 있는 것도 아니고……."

"아, 그래요?"

"말하자면 팔자 앙이가, 팔자."

쓸쓸하게 웃는 병칠의 검은 수염 속의 입술이 술기운 탓인지 유난히 붉어 보였다.

그 '팔자'라는 말에 중현은 더 뭐라고 꺼낼 말이 없었다. 그 한마디 말 속에 모든 대답이 다 담겨 있는 것만 같았던 것이다.

소주 세 병을 비우고 술집을 나섰을 때는 어느덧 깜깜했다.

"우리 집으로 갑시다."

중현의 말에 중절모를 약간 삐딱하게 눌러쓴 병칠은,

"암, 동생을 한 번 만나 봐야제."

당연히 그래야 된다는 듯이 말했다. 어쩌면 회사를 찾아올 때부터 하룻밤을 신세질 작정이었는지도 몰랐다.

버스에서 내려 집으로 가는 도중에 중현은 가게에서 술을 한 병 더 샀다. 이번에는 소주 사홉들이였다. 아무래도 술이 좀 더 있어야 될 것 같았던 것이다.

중현은 셋집에 살고 있었다. 방 두 개에 부엌이 하나 있는 딴채인데, 주인집과는 뚝 떨어져 있어서 독립가옥이나 마찬가지였다.

"여보, 손님 오셨어."

중현이 앞장서서 들어서며 혀가 살짝 짧아진 듯한 어투로 말하자, 혜선이 방문을 열고 누군가 싶은 듯 멀뚱히 내다보았다. 그러나 바깥이 어두워서 그런지 혜선은 남편의 뒤를 따라 들어오는 사람이 누군지 얼른 알아보질 못했다.

"동생, 오래간만이네. 나다, 나."

병칠이 토방으로 올라서며 중절모를 벗어 보이기까지 했으나, 아직도 그게 누군지 모르겠다는 듯 혜선은 어리둥절한 표정을 지으며 마루로 나왔다.

"당신, 오빠도 몰라보나?"

중현의 말에 이어,

"하도 오래간만이라서 나도 잘 몬 알아보겠는데…… 나 병칠이 앙이가. 팔촌 오빠."

"우야꼬, 이기 우째된 일입니꼬? 어서 들어오이소."

깜짝 놀라며 반겼다.

그날 밤, 중현과 병칠은 혜선이 서둘러 지어주는 저녁상을 받고서도 밥보다는 사가지고 온 소주병을 비우면서 많은 얘기를 나누었다. 처음에는 혜선도 곁에 앉아 십오륙 년 만에 만난 팔촌 오빠의 그동안의 생활과 현재의 사는 처지에 대해 묻기도 하며 두 사람의 주고받는 얘기에 귀를 기울이고 있었으나, 차츰 혀가 꼬부라지고 눈들이 게슴츠레해지는 것 같아서 그만 슬그머니 일어나 큰방으로 가서 먼저 잠자리에 들어 버렸다.

술기운 탓인지, 처음 만난 팔촌 매제인 중현이 자기를 너무 고맙게 대해 주어 정을 느껴서인지, 병칠은 도무지 잠을 잘 생각을 않고, 자정이 훨씬 넘도록 자기가 겪은 지난날의 얘기를 줄줄이 쏟아 놓았다. 기구하다면 기구하고, 가슴 아프다면 가슴 아픈 과거담을 마치 무슨 구수한 옛날이야기 늘어놓듯 하는 바람에 중현도 재미가 나서 이따금 하품을 하면서도 끝까지 들었다. 병칠은 입담도 그만이었다.

6·25 전후의 그의 비극적인 얘기는 결혼 초에 아내에게 들어서 대충 그 줄거리를 알고 있었으나, 직접 본인으로부터 그 훨씬 이전까지 거슬러 올라가서 시작되는 자세한 사연을 얘기 들으니, 그 비극의 뿌리까지를 확연히 알 수 있을 것 같았다.

열여섯 살의 아지랑이

병칠이 공립국민학교 6학년 때의 일이었다. 그러니까 일제 말엽이다. 그해 12월 8일에 소위 대동아전쟁, 즉 태평양전쟁이 일어났다.

6학년으로 진급을 한 어느 날, 학급에 여학생 하나가 전학을 왔다. 그 무렵은 4월에 신학년도가 시작되었으니까, 4월 초순의 어느 날이었다. 학교 운동장 가의 벚나무에 한창 벚꽃이 무더기 무더기로 피어 우거져서 마치 학교가 벚꽃의 구름 덩어리 속에 싸여 있는 듯한 느낌을 주는 그런 화사하고 화창한 봄날 아침이었다.

새로 담임이 된 '모리오까'(森岡) 선생이 웬 여학생 하나를 데리고 교실로 들어왔다. 곤색 세일러복을 입은 여학생이었다. 시골 학교에서는 좀처럼 볼 수 없는 옷이었다.

교실 안의 모든 시선들이 그 여학생에게 집중되었다. 한쪽 손에 책보를 든 세일러복의 여학생은 수줍은 듯 고개를 살짝 숙인 채 걸어 들어와 교탁 옆에 가만히 서 있었고, 교단 위로 올라서서 학생들의 인사를 받고 난 모리오까 선생은 얼굴에 빙그레 웃음을 떠올리며 새로 전학해 온 그 여학생을 소개했다.

'가네무라 젱아이'(金村善愛)라는 학생인데, 대구에서 학교에 다니다가 이번에 우리 학교로 전학을 오게 되었다는 것이었다.

그 무렵 이미 창씨개명이 실시되어 모두가 일본식 성명을 가지고 있었다. 안병칠은 '야쓰다 헤이시찌'(安田炳七)였다.

일본인 남선생인 모리오까는 새로 전학 온 여학생이 세일러복을 입고 있는 게 무척 마음에 드는 듯 곧잘 싱글벙글 미소를 지으며, 오늘부터 한 교실에서 공부를 하게 될 학우들이니까, 인사말을 한 번 해보라는 것이었다.

그러자 여학생은 쑥스러운 듯 잠시 머뭇거리다가 입술을 꼭 다물며 단발머리를 나풀 숙여 절을 했다. 그리고 입을 열었다.

"내 이름은 가네무라 젱아이입니다. 앞으로 여러 학우들의 좋은 친구가 되겠습니다. 잘 부탁합니다."

또박또박 말을 맺고는 살짝 얼굴을 붉히며 또 한 번 절을 했다. 한쪽 볼에 보조개가 하나 패여 있었다.

모두 박수를 쳤다. 새로 전학해 온 학우를 환영하는 반가움의 표시인 셈이었다.

물론 병칠이도 박수를 쳤다. 병칠이는 그 선애라는 여학생이 어디선지 많이 낯익은 얼굴 같은 느낌이었다. 처음 보는데도 도무지 낯설게 느껴지지가 않고, 어린 시절에 어디선가 자주 만나서 소꿉질이라도 하며 어울려 논 것 같은 그런 묘한 친밀감을 자아내는 것이었다.

그 애가 입은 세일러복도 눈이 부시도록 멋져 보였고, 단발머리도 귀여워 보였으며, 두 번째 절을 하고 났을 때 조금 얼굴이 붉어지며 한쪽 볼에 살짝 패인 보조개도 무척 인상적이었다. 키도 약간 큰 편이어서 세일러복이 더욱 잘 어울려 날씬해 보였다.

선애가 담임선생이 정해준 자리에 와서 앉았을 때 병칠이는 저도 모르게 후루룩 큰 숨을 들이쉬었다. 좌석이 바로 옆줄의 자기 곁이었던 것이다.

교실 안에 두 사람씩 앉는 책상과 걸상이 다섯 줄 놓여 있었다. 그 가운데 한 줄만 여학생 것이었고, 나머지 네 줄은 남학생들 좌석이었다. 그러니까 여학생들 수효는 남학생들의 사분의 일밖에 안 되는 십오륙 명에 불과했다.

그 무렵은 국민학교도 의무교육이 아니라, 지원제였기 때문에 시험을 쳐서 합격이 돼야 입학했다. 그래서 아예 자식을 학교에 보낼 생각을 않는 집들이 적지 않았고, 특히 딸은 어지간한 집에서도 학교엘 보내지 않는 것이었다. 한 학급에 여학생이 십오륙 명밖에 안 되는 것도 무리가 아니었다.

그리고 학생들이 대체로 나이가 많았다. 입학 적령인 여덟 살에 시험을 쳐서 합격이 되는 경우는 드물고, 한두 번 낙방의 쓴맛을 본 끝에 입학이 되는 수가 허다할 뿐 아니라, 애당초 열 살이나 열한 살쯤 되어서, 다시 말하면 머리가 꽤 여문 다음에 시험을 치게 해서 학교에 보내는 수가 적지 않았다. 또 그 무렵은 호적상의 나이가 실제 나이보다 한두 살 적은 것이 보통이어서 적령기에 입학을 했다 하더라도 실제 나이는 그보다 위인 경우가 대부분이었다. 그래서 국민학교 6학년인데도 벌써 얼굴에 여드름이 툭툭 불거진 학생들이 적지 않았다.

병칠이는 호적상으로는 십사 세였으나, 실제 나이는 열여섯이었다. 얼굴에 아직 여드름이 불거지지는 않았으나, 코밑이 검실검실했고, 이마에 기름기 같은 것이 번질거렸다. 미구에 그도 여드름이 돋아오를 모양이었다.

선애는 열네 살이었다. 호적상의 나이와 실제 나이가 같았다. 아홉 살에 입학을 했던 것이다. 적령보다는 한 살 늦었으나 어쨌든 도회지에서 자랐기 때문에 일찍 입학을 한 셈이었다. 학급에서 나이가 가장 어린 축에 들었다. 열네 살짜리가 남학생이 셋, 여학생이 하나, 선애까지 모두 다섯이었다.

도회지 학교로 전학을 가는 수는 더러 있어도, 반대로 도회지 학교에 다니다가 이런 구석진 산골 학교로 전학을 오는 경우는 극히 드물었다. 그래서 읍내 학교에서만 전학을 와도 색다른 눈으로 보곤 했는데, 대구라는 큰 도회지 학교에 다니다가 더구나 세일러복까지 입고 전학을 온 선애는 온통 학생들의 관심거리가 아닐 수 없었다.

왜 대구 학교에 다니질 않고 전학을 왔는지 우선 그 까닭이 궁금해서,

"대구 학교는 우리 학교보다 좋을 낀데, 와 전학을 왔노?"

"여기가 고향이가?"

"이사를 왔나?"

학급 여학생들이 물어보면 선애는 그저 '응' '그래' 하고 고개만 끄덕일 뿐 구체적인 이유를 밝히려고는 하지 않는다.

병칠이도 무엇보다 그 점이 궁금했다. 그러나 남학생이 여학생에게 대놓고 말을 붙일 수는 없었다. 그 무렵은 요즘과 달라서, 국민

학교에서도 상급학년이 되면 이미 남녀 간에 내외를 하기 마련이었다. 남학생과 여학생이 서로 얘기를 주고받으면 수상한 눈으로 바라보았고, 놀림감이 되기 일쑤였다. 그래서 병칠이는 언젠가 한 번 기회를 보아서 조용히 물어봐야지 하고, 그 궁금증을 가슴 한 구석에 가만히 접어두었다.

선애에 대한 관심은 비단 같은 학급인 6학년들뿐 아니라, 다른 학년 아이들도 마찬가지였다. 선애를 보면 곧잘 저희끼리,

"쟈가 대구에서 전학 온 가시나 앙이가."

"대구 학교에서는 저런 옷을 입능가?"

"옷 멋지다 그쟈?"

"멋지기는…… 내사 하나도 안 멋지다. 꼭 쪽발이 가시나 같다."

"맞다. 하하하……."

"그렇제? 히히히……."

공연히 빈정거리며 웃어대기도 했다.

그러니까 도회지에서 온 게 시샘의 건덕지*('건더기'의 방언)가 되는 게 아니라, 그 입고 있는 세일러복이 공연히 못마땅하고 아니꼬운 것이었다.

어떤 짓궂은 녀석은 쉬는 시간 같은 때 운동장에서 선애의 뒤로 다가가서 가장자리에 하얀 선이 두 줄로 박혀 있는 세일러복의 넓은 네모꼴의 뒷깃을 냅다 잡아당기고는 재미가 좋아서 킬킬킬 웃으며 도망치기도 했고, 또 못된 개구쟁이는 분필 토막을 가지고 선애의 남색 세일러복 뒷등에다가 좍 허연 줄을 내리긋고는 달아나기도 했다. 그럴 때면 선애는 분해서 어쩔 줄을 모르며 울상이 되기 일쑤였다.

한 번은 쉬는 시간에 선애가 변소에 가서 소변을 보고 나오는데, 3학년이나 4학년쯤 되어 보이는 한 녀석이 다가오더니 그만 세일러복 스커트를 홀랑 걷어붙여 버렸다. 스커트 속의 팬티까지 훤히 드러나 보이자,

"햐— 신난다! 보기 좋대이!"

괴성을 지르고는 냅다 웃어대며 재빨리 달아나 버리는 것이 아닌가.

"저 못된 놈의 자식. 아이고 나 몰라—"

너무나 뜻밖의 봉변에 놀란 선애는 부끄럽고 창피하기도 해서 그만 그 자리에 쪼그리고 앉아 두 손으로 얼굴을 가리고 울음을 터뜨려 버렸다.

마침 그때, 병칠이가 변소로 소변을 보러 가다가 그 광경을 목격했다. 병칠이는 순간,

"야, 이누무 자식아!"

고함을 지르며, 달아나는 녀석의 뒤를 쫓았다.

곧 녀석의 뒷덜미를 움켜잡은 병칠이는,

"임마, 여자 치마 속은 와 볼라 카노. 응? 나쁜 놈 같으니……."

호통을 치면서 다짜고짜 찰싹! 찰싹! 찰싹! 찰싹! 냅다 뺨을 네 대나 사정없이 올려붙였다.

쪼그리고 앉아 울던 선애는 그 광경을 보고서 조금 분함이 풀린 듯 한쪽 소매 끝으로 눈물을 닦으며 슬그머니 일어났다.

뺨 네 대로 벌을 주고 그 녀석을 놓아준 병칠이는 얼른 선애 쪽으로 가서,

"내가 혼을 내줬어."

하면서 싱긋 웃었다.

그러자 선애는 고맙기도 하면서 몹시 부끄러운 듯 살짝 두 눈에 야릇한 웃음을 떠올려 보이고는 얼른 돌아서서 교실로 뛰어가 버렸다.

다음 수업시간이 시작되어 자리에 돌아와 앉은 병칠이는 옆줄의 바로 곁에 앉은 선애를 힐끗 돌아보았다. 시선이 마주치자 선애는 부끄러운 듯 살짝 웃고는 얼른 얼굴을 떨구었다. 병칠이도 공연히 웃음이 떠오르려는 것을 억지로 눌러 참았다. 혹시 담임선생의 눈에 띄어 무슨 일인가 의심을 받을까 싶어서였다.

그러나 병칠이는 공부를 하면서도 곧잘 선애 쪽으로 시선이 갔다. 선애의 얼굴보다도 스커트가 묘하게 시선을 끌어당기는 것이었다. 그 남색 스커트 속에서 드러나 보였던 하얗고 예쁘장한 팬티가 생각나서 괜히 가슴속이 야릇하게 후끈해지며 두근두근 뛰기까지 했다. 그래서 병칠이는 혼자서 공연히 담임선생의 눈을 피하며 조심스레 큰 숨을 후루룩 내쉬었다.

그런 일이 있은 뒤부터 병칠이는 밤으로 곧잘 선애의 얼굴과 함께 하얀 팬티가 머리에 떠올라 잠을 이룰 수가 없었다. 남색 스커트가 훌렁 걷어붙여졌을 때, 맨살인 두 다리와 함께 그 위쪽 깊은 곳에서 내다보이던 하얗고 예쁘장한 팬티. 그 팬티가 마치 무슨 아름답고 눈부신 꽃이라도 되는 듯 황홀하게 다가와 온통 눈앞을 뒤덮어 버리는 것이었다.

그런 고운 여자의 팬티를 병칠이는 지금까지 한 번도 본 적이 없었다. 집 마당의 빨랫줄에 어머니와 누나, 그리고 여동생의 팬티가 다른 옷가지에 섞여 곧잘 널리기는 했으나, 그것은 오히려 뻣뻣하고 멋대가리 없게 생겼을 뿐 아니라, 더러 깁기도 해서 보기에 민망스러운 '속곳'에 불과했다. 그런 것이 눈에 띄면 병칠이는 도리어 이맛살이 찌푸려져 얼굴을 돌려버리기 일쑤였다.

자기 집뿐 아니라, 이웃집 빨래의 경우도 마찬가지였다.

그런데 선애의 팬티는 전혀 달랐던 것이다.

팬티뿐 아니라, 선애의 웃는 얼굴도 야릇하게 눈앞에 떠오르곤 했다. 고마우면서도 부끄러운 듯한 묘한 웃음을 두 눈에 살짝 떠올려 보이고는 얼른 돌아설 때의 그 얼굴. 그리고 교실에서 시선이 마주쳤을 때 쑥스러운 듯 웃으며 얼른 고개를 떨구던 모습……. 아직 열네 살짜리 소녀에 불과했지만, 그런 웃음과 그런 눈매 그런 표정은 이미 틀림없는 여자였다.

"음— 아으—"

병칠이는 공연히 어디 몸이 아프기라도 한 것처럼 신음소리를 토하며 애꿎은 이불만 짓이기듯 불끈불끈 휘감아 댔다. 열여섯 살의 봄밤은 야릇하게 괴롭기만 한 것이었다.

밤이 이슥토록 잠을 이루지 못해서 아침 일찍 일어나기가 힘들었으나, 학교로 향하는 병칠의 걸음은 가볍기만 했다. 별 까닭도 없이 학교에 가는 일이 즐거웠다. 학교까지는 이십 리 길이었다. 이제까지는 그 먼 길을 오가는 일이 고되었으면 고되었지, 뭐 별로 즐거운 것이 못 되었는데, 참 이상한 일이었다.

교실에 들어서면 병칠이는 대뜸 선애의 좌석부터 바라보았다. 선애의 모습이 보이면 더 좋고, 안 보여도 조금도 섭섭할 게 없었다. 아직 등교를 안 했거나, 아니면 자기보다 일찍 와서 책보를 놓고 운동장에 나가 놀고 있을 터이니 말이다.

병칠이는 우등생 축에는 못 들었으나, 성적은 괜찮은 편이었다. 그런데 요즘은 공부를 전보다 바짝 더 열심히 하려고 애를 썼다. 담임선생의 질문에 대답하려고 손을 들 때도 남달리 힘차게 '예!' 하고 번쩍 높이 손을 쳐들곤 했다.

그러면 옆의 선애가 자기는 손을 들 때에는 힐끗 바라보기 일쑤였다. 어쩌면 선애의 관심을 끌기 위해서 공부에 열을 올리는지도 몰랐다.

선애도 담임선생의 질문에 곧잘 손을 드는 것을 보니 공부를 꽤 잘하는 것 같았다. 혹시 선애는 손을 드는데, 병칠이 저는 손을 들지 못할 경우에는 공연히 얼굴이 붉어지기도 했다.

어느 토요일 오후, 수업이 끝나고 철봉대에 매달려 좀 놀다가 집으로 돌아가는 길이었다. 언제나 십 리 남짓까지는 몇몇 친구들과 함께 걸었지만, 십 리를 지나고부터는 병칠이는 혼자 귀가하기 마련이었다. 은냇골에서 다니는 6학년은 병칠이 혼자뿐이었던 것이다.

혼자서 터벅터벅 걸음을 옮기던 병칠이는 어느 산모퉁이를 돌자 저만큼 앞 냇가에 여학생 하나가 앉아 있는 모습이 보였다. 그런데 뜻밖에도 남색 세일러복이 아닌가. 얼른 보아도 선애임에 틀림없었다.

병칠이는 야, 이것 봐라, 이게 웬일이냐 싶으며, 공연히 가슴이 벌떡벌떡 뛰기까지 했다.

선애가 전학을 온 지 벌써 십여 일이 지났다. 그런데 학교에 오가는 길에 한 번도 그녀의 모습을 본 적이 없었다. 어찌된 일일까. 그녀의 집이 어디 이쪽 마을이란 말인가.

병칠이는 뜻밖의 일에 좋아서 어쩔 줄을 모르며 성큼성큼 다가갔다.

냇가에 앉아 손과 얼굴을 씻고 있던 선애는 다가오는 남학생이 병칠이라는 것을 알자 얼른 일어났다. 손수건으로 아무렇게나 후닥닥 얼굴을 닦고는 자갈밭에 놓아둔 책보를 집어 들고 마치 도망이라도 치듯 다리를 건넜다. 통나무를 여러 개 엮어서 냇물 위에 걸쳐둔 나무다리였다.

선애가 재빨리 다리를 건너가자 병칠이는 뒤쫓아 가며,

"선애야, 같이 가자."

하고 소리를 질렀다.

힐끗 선애가 뒤돌아보았다. 그러나 여전히 빠른 걸음으로 앞서 가고 있었다.

"같이 가자니까."

병칠이는 그만 뛰어가서 그녀를 따라잡고 말았다.

"너거 집이 일로*('이쪽으로'의 방언) 가나?"

나란히 걷게 되자, 뜻밖에 선애가 먼저 물어왔다. 도망치듯 앞서 갈 때는 수줍어하는 티가 역력하더니, 막상 둘이 걷게 되자 활짝 반가운 표정을 스스럼없이 떠올리는 것이었다.

"그래. 나 은냇골에 안 사나."

병칠이가 오히려 약간 수줍어지고 있었다.

"나도 오늘 은냇골에 가는데……."

"그래. 너거 동네는 어딘데? 어디로 이사 왔노?"

"화암리로 이사 안 왔나. 화암리가 우리 아부지 고향인 기라. 할아부지랑 큰아부지가 화암리에 안 사나."

선애는 묻지도 않는 말까지 지껄였다.

"선애야. 그런데 와 대구 같은 도회지에 살다가 이런 촌구석으로 이사를 왔노? 대구 학교가 우리 학교보다 훨씬 좋을 거 앙이가."

"학교야 물론 좋지. 내가 다니던 학교는 이 층이다 아나? 교실도 억씨기 많고, 학생도 억씨기 많대이. 6학년이 다섯 학급이나 되는 기라. 선생님도 서른 명이 넘고……."

"그런데 와 전학을 왔노 말이다."

"우리 아부지가 아프셔서 이사를 안 왔나."

"어디가 아프신데?"

"저……."

선애는 조금 망설이는 듯하더니 약간 풀이 죽은 말씨로 대답했다.

"폐병에 걸리셨어."

"폐병?"

병칠이는 깜짝 놀라면서,

"아, 그렇구나."

매우 안됐다는 듯이 가만히 고개까지 끄덕였다.

잠시 말없이 걷다가 병칠이가 불쑥 물었다.

"은냇골엔 뭐 하로 가노?"

"거기 우리 고모집이 안 있나. 우리 고모부가 한약방 안 하나. 거기 가서 우리 아부지 약 가지고 올라고……."

병칠이는 공연히 또 기분이 좋아 얼굴에 싱글벙글 웃음을 떠올렸다.

병칠이와 선애는 은냇골까지 호젓한 산길 들길을 걸으며 많은 이야기를 나누었다.

선애의 아버지가 대구에서 전매청 직원으로 다니다가 폐결핵에 걸려 직장을 그만두고 요양 차 고향으로 내려오게 되었다는 것을 알았고, 선애가 큰딸이고, 밑으로는 남동생이 둘 있다는 것도 알았다. 남동생 둘은 아직 어려서 학교에 다니질 않는다는 것이었고, 바로 밑의 동생은 어려서 죽었다는 얘기까지 선애는 했다.

병칠이 자기는 사형제 중의 세 번째로 형과 누나가 있고 밑으로 여동생이 하나 있다는 얘기를 했다. 그리고 일찍이 아버지가 돌아가셔서 어머니와 함께 형이 농사를 지어서 살아간다는 가정형편도 솔직하게 알려주었다.

형은 스물두 살인데, 아마 금년 가을에는 장가를 들게 될 것이라면서 병칠이는,

"어떤 여자가 우리 형수 될란동 모르겠어. 이쁜 형수가 들어왔으면 좋겠는데……."

하고 히죽 웃어 보였다.

"아이고 지랄…… 형수가 이쁘면 뭐 할 끼고? 호호호 호호호……."

선애는 얼굴까지 발그레 물들이며 깔깔거렸다.

"같은 값에 이쁘면 안 좋으나. 선애 니같이 말이다."

"우야꼬, 얄궂대이."

선애는 살짝 눈을 흘겼다.

"하하하…… 와 니 안 이쁘나? 내사 억씨기 이쁘다 와."

"아이고 지랄…… 몰라 몰라……."

그만 책보로 얼굴을 살짝 가리며 나란히 같이 못 걷겠다는 듯이 선애는 후닥닥 달아나듯 뛰었다.

"안 카꾸마. 같이 가자!"

병칠이가 얼른 뛰어가 선애의 한쪽 팔을 덥석 잡았다.

"아이고 싫어. 놔! 놔!"

몸부림을 치듯 팔을 흔들어 댔으나, 선애의 표정은 조금도 싫은 기색이 아니었다. 오히려 발그레 물든 얼굴에 수줍은 듯 살짝 보조개가 한 개 패 있었다. 열네 살짜리 소녀라기보다 이미 처녀였다.

먼 들녘에 아지랑이가 꿈결처럼 아른거리고 있었고, 어디선지 뻐꾹 뻐 뻐꾹…… 암컷을 부르는 수뻐꾸기의 울음소리가 한가롭게 들려오고 있었다.

그런 일이 있은 뒤로 토요일이면 병칠이와 선애는 곧잘 냇물 가에서 만났다. 거의 토요일마다 선애가 은냇골 고모네 한약방으로 아버지 약을 가지러 찾아가기 때문이었다. 선애가 심부름을 하기 좋도록 고모부는 약첩을 일주일 분씩 지어 주는 것이었다.

선애는 은냇골에 갔다가 그날로 집으로 돌아가기도 했고, 때로는 고모네 집에서 하룻밤을 자고, 이튿날 귀가하기도 했다.

어느 일요일 아침나절이었다. 병칠이는 산으로 나무를 하러 갔다. 일요일이나 공휴일이면 병칠이는 으레 지게를 지고 나무를 하러 가기 마련이었다. 그것이 그의 집안 살림 돕기인 셈이었다. 누가 시키질 않아도 다른 무슨 특별히 할 일이 없는 한 그는 스스로 알아서 산에 가서 나무 한 짐을 둥실하게 해가지고 내려오는 것이었다.

그날도 나무를 하러 가 산기슭에서 지게를 받쳐 놓고 갈퀴로 솔가리를 긁고 있었다. 어느덧 오월도 중순으로 접어들어 햇볕이 제법 두꺼워져서 한참 갈퀴질을 하노라니 이마에 땀이 내배었다. 병칠이는 갈퀴를 놓고 나무 그늘에 앉아 땀을 닦으며 무심히 산 아래를 내려다보았다.

"아니!"

눈이 번쩍 뜨이는 듯 병칠이는 벌떡 일어났다.

"인제 돌아가는구나."

절로 웃음이 얼굴에 활짝 피어오르고 있었다.

선애였다. 한 손에 책보를 든 선애가 혼자서 저 아래 산모퉁이 호젓한 길을 돌아가고 있는 게 보였다.

"선애야! 가만 있거라."

병칠이는 그만 지게고 갈퀴고 아랑곳없다는 듯이 그대로 둔 채 냅다 산기슭을 뛰어 내려갔다.

뜻밖에 산에서 뛰어 내려오는 병칠이를 본 선애는,

"우야꼬."

약간 놀라듯 당황하는 기색이었다. 그러나 두 눈에는 반가운 빛이 떠올라 반짝거렸다.

"인제 집에 돌아가나?"

병칠이가 숨을 헐떡거리며 다가와 물었다.

"응. 고모네 집에서 잤어."

"책보 안에 약이 들었구나. 무거워 보인다. 이리 도고. 내가 좀 들어다 주께."

"개않다. 안 무겁다."

"달라니까."

약첩까지 같이 싸서 불룩하게 부피가 커진 책보를 병칠이는 선애의 손에서 빼앗다시피 해서 자기가 들었다.

이런 얘기 저런 얘기 나누며 둘이는 냇물이 있는 데까지 나란히 걸었다. 냇가에 이르자 병칠이가,

"햐, 저기 고기 보래."

마치 물고기를 처음 본 것처럼 호들갑스럽게 말했다.

"억씨기 많다. 정말."

선애도 눈이 휘둥그래졌다.

병칠이는 물가의 자갈밭에 책보를 놓고, 신을 벗었다. 바짓가랑이를 걷어붙이고,

"내가 고기 잡아주꾸마. 잉?"

히죽히죽 웃으면서 냇물로 들어섰다.

선애는 물가에 앉았다. 고기를 잡는다고 이리저리 첨벙첨벙 뛰어다니는 병칠이가 우습고 재미있기도 해서 헤죽헤죽 혼자 웃다가,

"고기들이 등신이던강? 니 맨손에 잽히구로."

하고 큰소리를 내질렀다.

"기어이 잡고야 말 끼다. 두고 보래."

병칠이는 공연히 기분이 좋아서 가망이 없는 줄을 뻔히 알면서도 고기 떼를 쫓아 이리 뛰고 저리 뛰고 했다. 선애가 보고 있는 앞이라 까닭 없이 그저 즐겁기만 해서 장난삼아 그러고 있는 것이었다. 그런데 잠시 후,

"으아! 잡았다!"

냅다 소리를 지르며 병칠이는 한쪽 손을 번쩍 쳐들었다. 정말 손아귀 속에서 고기 한 마리가 파들파들 꼬리를 쳐대고 있었다.

"하하하…… 신난다!"

병칠이는 고기를 불끈 쥔 채 후다닥 물가에 앉아 있는 선애한테로 갔다.

"우야꼬! 정말 잡았네."

선애도 신기해서 못 견디었다.
"자. 받아."
"호호호……."
선애는 두 손을 내밀었다. 선애의 두 손바닥 속에 병칠이는 고기를 놓아주며,
"붕어 앙이가. 니 줄라고 내가 잡았다 말이다. 흐흐흐……."
곧장 좋아서 히들히들 웃어댔다.
제법 한 뼘가량 되는 붕어였다. 선애는 신기한 듯이 들여다보며,
"등신이 붕언갑다 그자? 니 맨손에 다 잡히구로."
"앙이다. 내 손재주가 비상한 기라. 아나? 하하하……."
그때 붕어가 별안간 파다닥 선애의 손바닥에서 뛰어올라 자갈밭 위로 떨어졌다.
"우야꼬 우야꼬. 호호호……."
선애는 비명을 지르듯 웃어댔고, 얼른 병칠이가 그것을 도로 잡아 선애에게 주었다.
"꼭 거머쥐고 있어."
그리고 병칠이는 바로 물 가장자리에 돌과 모래를 동그랗게 쌓아서 조그만 웅덩이를 하나 만들었다. 선애는 그 속에 붕어를 넣었다. 붕어는 그 보잘것없는 물속에서도 꼬리를 흔들며 가만가만 헤엄을 치기 시작했다.
그래 놓고서 병칠이는 다시 냇물로 뛰어들어 한 마리 더 잡겠다고 이리 첨벙 저리 첨벙했다. 그러나 헛수고였다. 선애의 말마따나 조금 전엔 등신 같은 붕어였는지 어떻게 용케 맨손에 걸려들었지만, 그런 요행이 또 있을 턱이 없었다. 한참 첨벙거리다가 지치고

싫증이 나기도 해서 병칠이는 물가로 나왔다.
선애는 붕어를 들여다보다가 까만 운동화를 벗고, 두 발을 물에 담그고 앉아서 씻고 있었다.
병칠이는 다가서며,
"선애 니 발 참 이쁘구나."
호들갑스럽게 말했다.
"호호호…… 발이 이쁘다고?"
"그래, 참 이쁘다. 하— 발톱이 꼭 보석 같대이."
"뭐라고? 보석?"
"응."
"호호호……."
"정말이다. 꼭 보석 같다. 다이아몬드 같다."
"아이고 지랄."
"내가 씻거 주꾸마."
"뭐를?"
"니 발 말이다."
"우야꼬, 얄궂대이."
선애는 살짝 얼굴을 붉히며 힐끗 곱게 눈을 흘겼다.
"얄궂기는 뭐가 얄궂노? 발도 이쁘고, 발톱도 보석 같애서 씩거 준다 카는데……."
"싫어 싫어."
"한 번 씻거 주께."
그러면서 병칠이는 주저앉아 덥석 선애의 발목 하나를 잡았다.
"아이고, 싫다니까……."

"가만 있어."

"아이고 간지랍어라."

"간지럽긴……."

"아이고……."

선애는 마지못한 듯 두 발을 다소곳이 맡겼다.

그 하얗고 예쁘장하게 생긴 발을 병칠이는 무슨 대단히 귀중한 물건이라도 되듯이 살살 어루만져가며 부드럽게 씻었다. 발톱 하나하나를 정말 보석처럼 소중히 매만지면서.

선애는 조금 간지러우면서도 기분이 마냥 좋기만 해서 그만 살그머니 자갈밭에 뒤로 누워버렸다. 햇살이 얼굴 위로 눈부시게 쏟아져 내려서 선애는 가만히 두 눈을 감았다.

병칠이는 얼굴이 점점 달아오르는 듯했고, 가슴이 야릇하게 두근거렸다. 두 발을 내맡긴 채 뒤로 반듯이 드러누운 선애의 몸뚱이를 슬금슬금 훔쳐보듯 바라보는 눈에는 열기가 뻗치고 있었다. 그는 저도 모르게 꿀컥 뜨거운 침이 한 덩어리 목구멍을 넘어갔다. 발을 씻던 두 손이 가만히 멈추어지며 눈길이 선애의 치마에 멎었다. 세일러복 스커트였다. 윗도리는 하얀 블라우스를 입고 있었다.

선애는 눈을 뜨고 가만히 고개를 들었다. 발을 씻던 병칠이의 손이 멈추어졌기 때문에 다 씻었으면 일어날까 해서였다.

"선애야."

병칠이가 약간 열기를 머금은 듯한 목소리로 불렀다.

그 표정과 음성이 너무 야릇해서 선애는 얼른 대답이 나오지가 않았다.

"내 소원 한 가지 들어 줄래?"

"소원?"

"응."

"뭔데?"

"니 빤스 한 번 보자."

"뭐라꼬?"

선애는 그만 깜짝 놀라며 발딱 일어났다.

"니 빤스가 너무 곱더라 말이다."

얼굴이 홍당무처럼 된 선애는 정말 화가 난 듯 삐쭉 입술을 빼물고는 후닥닥 운동화를 신더니 책보를 집어 들고 냅다 도망치듯 자갈밭을 뛰어가기 시작했다.

닭 쫓던 개 울타리 쳐다보듯 병칠이는 뒤쫓을 생각을 않고, 그저 멀뚱히 바라보고만 있었다. 선애의 모습이 저만큼 멀어지자 그제야,

"선애야— 내가 잘몬했대이. 잘 가래이."

하고 소리를 질렀다.

그러나 선애는 한 번 뒤돌아보지도 않고 아른아른 피어오르는 아지랑이 속으로 멀어져가고 있었다.

병칠이는 웅덩이 속에서 이제 움직이지도 않고 죽은 듯 가만히 멈추어 있는 붕어를 집어 들더니 그만 냇물에다가 팔매치 듯 힘껏 내던져 버렸다. 붕어는 말하자면 선애의 팬티 덕분에 무사히 살아서 냇물 속으로 되돌아갔다.

그런 일이 있은 뒤로 병칠이와 선애 사이는 한동안 서먹서먹하고 어색했다. 선애는 역시 아직 열네 살짜리여서 그런 말이 몹시 수치스럽고 기분 나쁘기까지 했던 것이다. 여자의 치마 속에 있는 '빤

스'를 보자니, 병칠이가 엉큼하고 징글맞은 녀석으로 여겨졌다. 그러나 오래지 않아 그들은 다시 가까워졌다. 병칠이가 다시는 그런 소리 안 꺼내겠다고 사정을 하듯 했던 것이다.

그러니까 열여섯 살인 병칠이의 가슴 속에는 남몰래 선애에 대한 연정이 아지랑이처럼 아른아른 피어오르고 있었으나, 열네 살인 선애는 병칠이를 그저 자기를 좋아해 주는 바로 손위의 오빠처럼 생각할 따름이었다.

그런 그들의 사이는 학교를 졸업할 때까지도 마찬가지였다.

검정빛 고운 손바닥

"호다루노 히까리 마도노 유끼 후미요무 쯔끼히 가사네쯔쯔……."(반디의 불빛 창밖의 눈 글 읽는 세월이 거듭해서…….)

풍금 소리에 맞추어 졸업식의 노래를 연습하는 소리가 이 교실 저 교실에서 곧잘 울려 퍼지기 시작했다. 졸업식 날이 다가오고 있는 것이었다.

졸업생 중에서 중학교 입학시험에 합격하여 진학을 하게 된 학생은 세 사람뿐이었다. 남학생이 둘, 여학생이 하나였다. 그 세 사람은 졸업식이 오히려 즐거울는지 몰랐지만, 국민학교 졸업으로 학업을 끝내는 다른 많은 학생들은 졸업식 노래 연습부터가 가슴에 쓸쓸한 바람을 불러일으키는 것만 같았다.

창가 시간에 졸업식 노래를 합창하는 병칠이와 선애도 기분이 마냥 허전하고 쓸쓸하기만 했다. 그들도 이제 학업이 끝인 것이었다. 집안 형편으로 진학할 생각도 못하고 말았던 것이다.

병칠이는 중학교에 못 가는 것도 쓸쓸한 일이었지만, 그것보다도 선애와 헤어지게 된다는 게 못 견디게 허전하고 안타까웠다. 잠을 잘 이루지 못하는 밤이 계속되던 끝에 병칠이는 편지를 써서 선애에게 주어야겠다는 생각을 문득 떠올렸다. 그 생각은 그를 몹시 들뜨게 했다. 왜 진작 그런 생각을 못 했을까 싶었다.

밤마다 호롱불 아래 배를 깔고 엎드려서 병칠이는 연필심에 침을 묻혀가며 지금까지 배운 저의 국어 실력을 다 짜내서 편지를 썼다. 찢고 또 찢고 해서 겨우 완성된 것은 여러 날 뒤였다.

> 사랑하는 나의 선애 씨에게,
> 선애 씨를 처음 보았을 때부터 나는 가슴이 울렁거렸습니다. 선애 씨 좌석이 내 바로 옆이어서 더 기뻤습니다. 그리고 우리 마을로 심부름을 가는 선애 씨를 냇가에서 처음 보았을 때 역시 나는 가슴이 터져나갈 듯이 좋았습니다.

이런 투로 시작된 편지에다가 병칠이는 자기의 절절하고 뜨거운 마음을 조금 서툴고 유치하기도 한 그런 표현으로 길게 쏟아 부었다. 그리고 끝에 가서 졸업을 한 뒤에도 자주 만나자는 말을 되풀이해서 적었다.

말하자면 병칠이가 최초로 써본 러브레터인데, 평소에 별로 작문 실력이 없던 병칠이로서는 놀랍다면 놀라운 글 솜씨가 아닐 수 없었다. 사랑에 빠지면 글 솜씨도 달라지는 모양이었다.

졸업식 날 병칠이는 그 편지를 안 호주머니에 고이 간직하고서 학교엘 갔다. 졸업식이 끝나고, 사은회가 개최되었다. 교실에다가 책상 걸상으로 연회장을 만들어서 스승들에게 음식과 술을 대접하고, 졸업생들도 과자나 사탕 같은 것을 먹으며 석별의 정을 나누는 사은회는 마지막에는 노래판이 되고, 교가 합창으로 막을 내린다. 그렇게 해서 육 년 동안의 학교생활은 끝나는 것이다. 그런데 으레 사은회 다음에는 울음바다가 연출되고 만다. 여학생들이 학교를 떠나질 않고, 교실에 남아 한데 모여 울어대는 것이다.

그날도 마찬가지였다. 사은회가 끝나고, 남학생들이 거의 다 뿔뿔이 헤어져 돌아갔는데, 여학생들만 남아서 교실에서 울음을 터뜨렸다. 정말 서럽고 또 서러운 듯 목 놓아 엉엉 울어대는 것이었다. 물론 선애도 그 속에 섞여 울고 있었다.

선생들이 와서 말려도 소용이 없었다. 오히려 선생들까지도 손수건을 꺼내어 눈으로 가져가기 마련이었다.

운동장 쪽 창밖에서 교실 안을 가만히 들여다보고 있는 남학생이 하나 있었다. 병칠이었다. 병칠이는 속으로 '가시나들 억씨기 오래도 우네. 그만 울고, 집으로 안 돌아가고' 하고 투덜거렸다. 말할 것도 없이 선애를 기다리고 있는 중인데, 울음판이 언제 끝날지 몰라 지겨웠던 것이다.

병칠이는 우는 꼴도 이제 보기 싫어져서 슬금슬금 운동장 가의 철봉 쪽으로 갔다. 거기서 마지막으로 철봉에 매달려보기도 하며 기다렸는데, 해가 설핏해졌을 무렵에야 여학생들이 하나둘 돌아가기 시작하는 것이었다.

그런데 어찌된 영문인지 선애의 모습은 나타나지가 않았다. 병칠이는 웬일인가 궁금해서 슬금슬금 다시 교실 쪽으로 다가가 보았다. 창밖에서 들여다보아도 이제 교실 안에는 아무도 없었다.

어떻게 된 일인지 슬그머니 걱정이 되기도 해서 병칠이는 교사 출입구 쪽으로 가서 복도를 살펴보았다. 역시 선애의 모습은 보이지 않았다. 힐끗 시선이 변소 쪽으로 갔다. 마침 그때 선애가 볼일을 마치고 변소 문을 열고 나오고 있었다. 병칠이는 얼른 그쪽으로 다가갔다.

선애는 뜻밖에 병칠이가 변소로 다가오자 조금 쑥스러운 듯한 표정을 지었다.

"어디 갔는가 얼매나 찾았다고."

"와?"

"그저……."

병칠이 역시 좀 멋쩍은 듯이 머뭇거리다가 안 호주머니에서 편지를 꺼냈다.

"이거 받아."

하면서 불쑥 편지를 선애 앞으로 내밀었다.

"뭔데?"

선애는 눈이 약간 휘둥그레졌다.

"받으라니까."

"……."

"어서."

그때 한 여학생이 변소 쪽으로 오고 있었다.

놀라듯 선애는 후닥닥 병칠의 손에서 편지를 받아 쥐고 얼른 돌아섰다.

여학생이 수상하다는 듯이,

"선애야, 니 뭐하노?"

둘이를 힐끔거리며 지나갔다.

선애도 병칠이도 온통 얼굴이 발그레 물들어 있었다.

졸업을 한 뒤로 두 사람의 사이는 한결 더 가까워졌다. 병칠이의 러브레터는 선애를 이성에 눈 뜨게 하고, 가슴을 설레게 하기에 충분했다. 선애는 이제 열다섯 살이 되어 소녀티를 벗고, 서서히 처녀가 되어갔던 것이다. 열일곱 살인 병칠이는 이마에 여드름이 툭툭 불거지고, 코밑도 한결 검실검실해져서 어느 모로나 당당한 총각이었다.

처녀 총각은 학교에 다닐 때처럼 매일 얼굴을 대할 수는 없었지만, 그래서 서로 더 그리웠고, 만나면 반가웠다. 학생 때와 마찬가지로 선애는 은냇골로 아버지의 약을 가지러 일주일이나 열흘에 한 번씩 찾아갔고, 그리움을 견디지 못해 병칠이가 선애네 마을로 찾아가기도 했다.

그렇게 만나면서 서로 편지를 주고받기도 했다. 만나서 직접 말로 하기 쑥스러운 마음속 깊은 곳의 간절하고 뜨거운 것은 역시 편지에 담을 수밖에 없었던 것이다.

이듬해 가을, 그러니까 병칠이가 열여덟 살 때 두 사람은 이별을 하게 되었다. 일본 규슈(九州)에 있는 제련소에 병칠이가 공원으로 일자리를 얻어 떠나게 되었던 것이다. 자의가 아니었다. 읍내에 소년공 모집광고가 나붙었는데, 그것을 보고 온 형이 적극 권했던 것이다. 몇 해 동안 고생이 되더라도 가서 돈을 벌어 와야 장가를 들게 아니냐는 것이었다. 생각한 끝에 병칠이는 가기로 마음을 먹었다. 당장 선애와 헤어지는 것은 괴로운 일이지만, 그러나 형 말마따나 고생이 되더라도 몇 해 동안 가서 꼭 참고 돈을 벌어 와야 선애를 당당하게 아내로 맞아들일 수 있을 게 아닌가 싶었다.

선애에게 그런 뜻을 밝히며,

“니 생각은 어떤노? 니가 하라는 대로 할 끼다.”

하고 그의 의향을 물었다.

선애는 뜻밖의 말에 한동안 뭐라고 대답을 해야 좋을지 모르겠는 듯 입을 꾹 다물고 살짝 고개를 떨구고서 생각에 잠겼다.

잠시 후, 고개를 든 선애의 눈에는 눈물이 가득 고여 있었다. 곧 흘러내리려는 눈물을 가까스로 눌러 참으며 울먹이는 듯한 목소리로 말했다.

“갔다 오는 기 좋겠어. 형님이 시키는 대로…….”

“그렇제? 니하고 헤어지는 건 괴롭지만, 아무래도 가서 돈을 벌어 갖고 오는 기 좋을 것 같애. 삼 년만 있다 올 끼니까…….”

“삼 년? 그렇게 오래?”

“삼 년은 있어야 돈이 좀 모일 끼 앙이가.”

“이 년만 있다 와.”

“이 년?”

그만 병칠이의 눈에도 눈물이 핑 어렸다.

병칠이가 고향을 떠나 일본 규슈로 가는 전날 오후, 선애는 은냇골을 찾아갔다. 아버지의 한약을 가지러 심부름을 간 게 아니었다. 떠나는 병칠이를 마지막으로 만나기 위해서였다.

찾아온 선애를 데리고 병칠이는 산으로 갔다. 나무를 하러 곧잘 올라가던 뒷산 깊숙한 계곡으로 가서 물가의 반반한 바위에 자리를 잡고 앉았다. 병칠이는 뭔지 책보자기에 싼 것을 들고 있었고, 선애는 신문지에 싼 도톰한 뭉치를 한 손에 쥐고 있었다.

앉아서 한참 얘기를 나누다가 병칠이가 먼저 책보자기를 끌렀다.

"그기 뭐고?"

벼루와 붓, 먹, 그리고 창호지가 나오자 뜻밖이어서 선애가 물었다.

"뭘 하는공 하면……."

병칠이는 두고 보라는 듯이 싱긋이 웃고는 벼루를 들고 일어나 졸졸졸 흐르는 계곡의 물을 손으로 조금 떠서 벼루에 담았다. 그리고 앉아서 먹을 갈기 시작했다.

무슨 습자를 하려나 싶어서 선애는 호기심 어린 눈으로 가만히 지켜보고 있었다.

먹물을 시커멓게 되도록 갈고 나서 병칠이는 붓으로 듬뿍 찍었다. 그리고 왼쪽 손을 펴더니, 손바닥에다가 골고루 시꺼멓게 먹물을 묻히는 것이었다.

"뭐 하는 기고?"

얄궂다 싶은 듯 선애가 물었다.

"손도장을 찍는 기라."

"손도장? 손도장을 어떻게 찍는데?"

"보면 알아. 그 창호지를 한 장 펴도고."

선애는 병칠이가 시키는 대로 창호지 한 장을 폈다. 펼친 학습장 크기만큼 창호지는 미리 갈라져 있었다.

거기 한쪽 절반에다가 병칠이는 먹을 묻힌 자기의 왼쪽 손바닥을 살며시 잘 눌러 찍었다. 말하자면 손바닥의 탁본인 셈이었다.

그렇게 창호지 두 장에다가 자기의 손바닥을 찍은 다음, 이번에는 선애의 손바닥 하나를 펴라는 것이었다.

"얄궂대이. 뭐 하는 기고?"

선애는 약간 쑥스러우면서도 손바닥 하나를 펴서 병칠이 앞으로 내밀었다.

병칠이는 그 손목을 살짝 잡고 손바닥에다가 붓으로 먹물을 시꺼멓게 묻히기 시작했다.

"아이고 간지럽어라."

선애는 목을 찔끔 움츠리며 킥킥 웃었다.

먹물을 다 묻힌 다음, 병칠이는 선애의 그 손바닥을 가져다가 자기의 손바닥을 찍은 그 옆자리에 살짝이 눌렀다. 두 번을 그렇게 해서 창호지 두 장에다가 다 찍었다.

한 장에 두 개씩, 열여덟 살 총각의 손바닥과 열여섯 살 처녀의 손바닥이 마치 무슨 검정색 꽃송이처럼 곱게 떠올라 보였다.

병칠이는 그것 한 장을 선애에게 주며 말했다.

"한 장은 니가 갖고, 한 장은 내가 갖는 기라. 이기 무슨 뜻인지 알겠제?"

선애는 가만히 고개를 끄덕였다.

"난 이걸 가슴에 품고 일본에 갈라 캐. 돌아올 때까지 늘 가슴에 품고 있을 끼니까, 니도……."

"……."

말없이 살짝 고개를 떨구는 선애의 얼굴에는 약간 쑥스러우면서도 슬픈 듯한 표정이 떠오르고 있었다.

어디선지 산새의 울음소리가 구슬프게 들려왔다.

졸졸졸 흐르는 계곡의 물에 손을 담그고 선애는 손바닥에 묻은 먹물을 씻어내기 시작했다. 그러자 병칠이도 곁으로 다가와 자기의 손바닥 하나를 북북 씻어댔다.

어느새 먹물이 손금 사이사이로 짙게 스며들었는지 좀처럼 말끔히 씻어지지가 않았다.

"우야꼬, 이거 잘 안 씻거진다."

선애가 한쪽 손바닥을 들여다보며 걱정스레 말했다.

"어디 보자 내가 씻거 주꾸마."

병칠이는 자기 손바닥은 아랑곳없는지 씻다가 말고서 얼른 선애의 한쪽 손목을 잡았다. 그리고 손바닥을 문지르기 시작했다.

언젠가 한 번 아직 학교를 졸업하기 전, 냇가에서 그녀의 발을 씻어주던 일이 생각나서 병칠이는 공연히 자꾸 싱글벙글 웃음이 나왔다.

"아이고 간지럽어라. 아이고 구만해."

수줍어서 조금 얼굴이 물들면서도 선애는 가만히 손을 내맡기고 있었다.

"발도 이쁘더니, 손도 이렇게 이쁘게 생겼구나."

"호호호…… 얄궂대이."

선애도 그때 냇물에서 고기를 잡아주고, 발을 씻어주던 일이 생각나는 듯 살짝 곱게 눈을 흘겼다.

아무리 문질러도 먹물의 흔적이 말끔히 가시지 않자, 그만 병칠이는 자기의 입을 선애의 그 손바닥으로 가져가서 혓바닥으로 핥기 시작하는 것이었다. 처음에는 자기도 좀 쑥스러운 듯 살살 핥더니, 곧 그 혓바닥이 벌겋게 달아오르기라도 하는 듯 냅다 마구 허기 들린 사람처럼 핥아댔다.

"아이고 지랄. 아이고 간지럽어라. 구만 구만…… 아이고—"

자지러지듯 호들갑을 떨면서도 선애는 마냥 기분이 좋기만 한 듯 지그시 눈을 감아 버렸다.

병칠이는 그녀의 손바닥에서 입을 떼고, 왈칵 그만 선애를 끌어안아 버렸다. 그리고 뜨겁게 달아오른 입술로 그녀의 입술을 덮쳤다.

조금 꿈틀거리면서 선애는 병칠의 품 안에서 벗어나려 했다. 그러나 그것은 처녀의 본능적인 반사작용에 불과했고, 곧 그녀는 다소곳이 병칠의 입술을 받아들였다. 그리고 잠시 후에는 치마 밑으로 침입해 들어오는 그의 손도 그냥 가만히 내버려 두었으며, 마침내 그가 하는 대로 몸을 내맡겨 버렸다.

졸졸졸…… 계곡물 흐르는 소리와 비비 호르르 비비비 호르르호르르…… 산새 지저귀는 소리가 아득한 꿈결에서 들려오듯 귓전에 가물거리는 것을 느끼며 선애는 감미로운 신음소리를 토했다. 최초로 경험하는 황홀한 세계였다.

잠시 후, 병칠이는 벌렁 떨어져 나갔고, 선애는 가만히 일어나 옷매무새를 다스렸다. 그녀의 눈에서 눈물이 흘러내리고 있었다.

기쁨의 눈물인지 슬픔의 눈물인지 알 수가 없었다. 어쩌면 안타까움의 눈물인지도 몰랐다.

"와 우노?"

병칠이가 나직한 목소리로 물었다. 선애는 대답을 하지 않았다.

"울지 말어."

그러면서 병칠이는 선애를 가만히 다시 끌어안았다. 그리고 자기의 한쪽 볼을 그녀의 눈물에 젖은 볼에 갖다 대고서 가만가만 어루만지듯 문지르면서,

"삼 년도 잠깐인 기라. 돈 많이 벌어 갖고 돌아올 끼니까……."
하고 말했다. 그의 목소리도 울먹이는 것만 같았다.

병칠이의 품 안에서 가만히 벗어난 선애는 눈물을 닦고서 저만큼 놓아둔 신문지에 싼 도톰한 뭉치를 가져다가 펼쳤다. 안에서 나온 것은 장갑과 양말이었다. 흰 무명실을 가지고 손으로 뜨개질을 해서 만든 것이었다.

"이거 받어."

조금 쑥스러운 표정을 지으며 선애는 그것을 병칠에에게 내밀었다.

"선애, 니가 짠 기가?"

"응."

"야— 이거 정말……."

장갑과 양말을 받아든 병칠이는 눈까지 휘둥그레 가지고,

"겨울에도 하나도 안 춥겠는데……."

좋아서 싱글벙글 웃었다.

선애의 얼굴에도 수줍은 듯한 미소가 살짝 떠오르고 있었으나, 어딘지 모르게 쓸쓸한 기색이 떠나질 않았다.

우수수…… 가을바람에 낙엽이 두 사람 위로 떨어져 내리고 있었다.

고향에 돌아오니

열여덟 살이기는 했으나, 처음으로 고향을 떠나 멀리 바다 건너 일본의 규슈라는 낯선 땅에 간 병칠이는 처음 얼마 동안은 몹시 외롭고 쓸쓸했다. 제련소의 신입 소년공 생활은 무척 힘도 들고, 또 두렵기까지 했다. 고향의 논과 밭에서 흙을 주무르고, 산에 가 나무나 해서 지고 내려오던 그런 생활과는 영 딴판이었던 것이다.

그러나 병칠이는 고향에 있는 선애를 생각하며, '삼 년만 견디자 삼 년만……' 하고 이를 악물었다. 그리고 그녀에게 편지를 쓰는 것이 낙이었고, 그녀의 답장을 받아보는 것이 더없는 즐거움이었다.

고향에서 곧잘 만나 사랑을 속삭이던 때보다 멀리 떨어져서 편지로 서로의 그리움을 주고받게 되니 한결 더 그녀에 대한 애정이 짙어지고, 간절해지는 것만 같았다. 그래서 병칠이는 밤이면 남몰래 졸업사진을 꺼내어 그녀의 얼굴을 오래오래 들여다보기 일쑤였고, 일을 쉬는 날이면 으레 절절한 그리움을 편지에 쏟아 부었다.

그런데 일 년이 지난 이듬해 가을 무렵부터 어찌된 영문인지 선애로부터 편지가 오지 않게 되고 말았다. 그전에는 대체로 병칠이가 두 번 편지를 보내면 한 번은 꼭 회신이 왔는데 말이다. 말하자면 2대 1로 오가던 서신 왕래가 그만 2대 0이 되어 버리고 만 셈이었다.

병칠이는 그 까닭은 알 수 없어 안타깝고 답답해서 견디질 못했다. 그래서 전보다 더 자주 편지를 보냈고, 도대체 왜 소식이 없느냐, 어떻게 된 일이냐고 편지에다가 울화통을 터트리기도 했다.

그러나 여전히 선애로부터는 아무 소식이 없었다.

관부연락선이 현해탄에서 적군의 잠수함 공격에 의해 침몰했다는 뉴스를 들은 병칠이는 어쩌면 그래서 편지가 오다가 중도에 바다에 번번이 가라앉아 버리는 것인지도 모른다고 자위를 해보기도 했다. 그리고 날이 갈수록 적기의 공습도 점점 빈번해져서 한가롭게 편지가 오고 갈 세월이 아니라는 생각이 들기도 해서 자연히 병칠이도 편지 쓰는 것을 그만두고 말았다.

이듬해 여름, 그러니까 병칠이가 규슈로 건너간 지 이 년이 좀 못되어서 일본이 연합군에게 항복을 하고, 전쟁은 끝이 났다. 해방이 되었다는 소식에 병칠이도 가슴이 벅찼다. 삼 년을 채우지는 못했으나, 이제 타국의 공원 생활이 진절머리가 나서 하루라도 속히 고향으로 돌아가고 싶었다. 선애의 소식이 끊긴 터이라 더욱 그녀가 그립고, 안부가 궁금했다. 그러나 고국으로 돌아갈 선편이 여의치가 않아 그해 늦은 가을에야 현해탄을 건널 수가 있었다.

스무 살이 되어 돌아온 병칠이는 무엇보다도 선애의 안부가 궁금하고, 그녀가 보고 싶었다. 그녀는 이제 열여덟 살, 꽃다운 처녀가 되어 있을 것이었다.

읍내에서 기차를 내려 은냇골 고향 마을까지 걸어가는데, 중도에 선애네 동네인 화암리로 가는 갈림길에 이르자 병칠이는 걸음을 그쪽으로 돌릴까 망설이기까지 했다. 솔직한 심정은 그 누구보다도 먼저 선애를 만나고 싶었다. 그러나 어머니랑 형제가 있는 고향 집을 두고 그쪽으로 먼저 간다는 것은 아무래도 도리가 아닌 것 같아, 입안에 흥건히 괸 안타까운 침을 꿀컥 삼키고서 터벅터벅 은냇골로 향했다.

그런데 마을 들머리에서 그만 병칠이는 눈앞이 노오래지고 말았다. 마치 누구한테 이마빼기를 정통으로 한 대 얻어맞은 것 같은 느낌이었다.

"니 병칠이 앙이가? 인제 돌아오는구나. 얼매나 고생이 많았띠노?"

마을 노인 한 분이 병칠이를 알아보고 반겼다.

"어르신네 그동안 안녕하싯능교? 우리 집에 벨일 없지예?"

"그래, 벨일 없다. 너거 어무이도 기력 여전하고……."

이렇게 길에 마주 서서 노인과 얘기를 나누고 있는데, 저쪽 밭머리를 돌아오는 색시가 하나 있었다. 밭에 가서 배추랑 무를 몇 개 뽑아가지고 오는 듯 채소 광주리를 옆구리에 끼고 있었다. 치마는 검정 빛깔이었으나, 화사한 초록빛 저고리를 입고 있었고, 하얀 앞치마를 단정히 두르고 있었다. 먼빛으로 얼른 보아도 앳된 새색시였다.

병칠이는 처음엔 그저 시집온 지 얼마 안 되는 낯선 새색시로구나 싶었다. 그런데 차츰 가까워지자 그는 그만,

"아니!"

깜짝 놀라지 않을 수 없었다. 휘둥그레진 눈으로 뚫어지게 바라보았다.

그러자 다가오던 새색시도 그만 주춤 걸음을 멈추더니 후닥닥 돌아서서 왔던 길을 냅다 달리다시피 저쪽 딴 길로 해서 마을 안으로 사라져 버리는 것이었다.

병칠이는 정신이 나간 사람처럼 멀뚱히 서서 그녀가 사라진 쪽을 바라보고 있었다.

노인이 싱그레 웃으며,

"아는 여자가? 작년 가을에 시집온 새색시 앙이가."

하고 말했다. 병칠이는 아무 말도 입에서 나오지가 않았다.

"보자…… 두성이가 너거 형이제? 병칠이 니하고 육촌간 앙이가. 맞제?"

"맞심더. 와예?"

"두성이 색시 앙이가. 그 여자가……."

"뭐라고예?"

병칠이는 이번에는 그만 귀싸대기를 한 대 오지게 얻어맞은 것 같은 느낌이었다. 귀에서 앵 소리가 울리는 것처럼 얼얼했다.

"화암리에서 시집 안 왔나. 작년 가을에…… 그러니까 병칠이 니 형수다. 육촌 형수……."

"음—"

"서로 잘 아는 사이인 모양이제?"

노인은 재미있다는 듯이 곧장 싱글거리며 물었다.

그제야 병칠이는 정신을 좀 차리고서,

"학교 때 동기입니더. 한 교실에서 공부를 안 했습니꼬."

하고 받아넘기며 억지로 히죽이 웃어 보이기까지 했다. 그러나 그 웃음은 보기에도 민망스러운 그런 이지러진 웃음이었다.

이 년 만에 그리던 고향에 돌아오긴 했으나, 병칠이는 심정이 그만 엉망진창이 되어 버리고 말았다. 모든 것이 끝장난 것만 같아 암담하기 그지없었다.

그렇게도 그립고 보고 싶었던 선애가 남의 아내가 되어 버렸다니, 더구나 남도 아닌 한 마을에 사는 육촌 형의 색시가 되다니, 형수라고 불러야 할 처지가 되어 버리고 말았다니……. 생각할수록 어처구니가 없고, 기가 찰 따름이었다. 그래서 지난해 가을부터 편지가 오지 않게 되었구나 생각하니 선애가 야속하고 괘씸해서 견딜 수가 없었다.

집에 돌아온 그날부터 자리에 드러누운 병칠이는 정말 어디 골병이 든 사람처럼 시름시름 앓았다. 어머니를 비롯한 가족들은 병칠이가 일본 땅에 가 고생을 해서 몸이 그렇게 된 줄 알고 한약을 지어다 달여 먹이며 걱정들을 했다.

병칠이는 엿새 만에 자리를 털고 일어났다. 죽어버릴까 하는 생각을 몇 번이나 해보았으나, 그럴 수는 없다고 마음을 고쳐먹었던 것이다. 도대체 일이 어떻게 되어서 선애가 육촌 형한테 시집을 오게 되었는지 그 내막이 우선 궁금했고, 선애의 마음이 정말 변했는지 어떤지도 확인해보고 싶었다. 만일 선애의 마음이 아직 변하지 않았다면, 만부득이한 사정 때문에 일이 그렇게 되었다면 까짓것 지금이라도 늦지 않으니 그녀를 데리고 어디로 멀리 도망치리라 마음을 먹었다. 이미 이 년 동안이나 타국에 가서 고생을 했는데, 우리나라 안에서 어딜 간들 이미 병칠이는 세상을 살아가는 일에 자신이 생겨 있었다.

선애와 어떻게 단 둘이 만날 수 있을까 그 기회를 엿보았으나, 좀처럼 좋은 기회가 와 주질 않았다. 그렇다고 마을 사람들의 눈에 띄게 섣불리 기회를 만들려고 해서도 안 되는 일이었다.

만일 새색시인 육촌 형수와 과거에 서로 사랑을 나눈 사이라는 것을 마을 사람들이 알게 되는 날이면 이만저만 난처한 일이 아닌 것이다. 절대로 비밀을 유지해야만 되었다. 그러니 기회는 더욱 와 주질 않았다.

안타까운 것은 그런 기회가 닥칠 듯하면 그만 선애 쪽에서 망가트려 버리는 것이었다. 먼빛으로라도 병칠이가 눈에 띄기만 하면 벌써 선애는 살짝 돌아서서 잰걸음으로 사라져 버리기 일쑤였다.

이러다가는 안 되겠다 싶어 결국 병칠이는 집으로 찾아 들어가기로 마음을 먹었다. 호랑이를 잡으려면 호랑이 구멍으로 들어가는 수밖에 없듯이, 선애를 만나려면 그녀가 사는 집으로 찾아 들어가는 도리밖에 없었다.

육촌 형네 집이고, 또 그녀가 육촌 형수인 셈이니, 시치미를 뚝 떼고 찾아가면 이상하게 생각할 사람이 누가 있겠는가. 그렇게 자주 걸음을 하다 보면 단 둘이 얘기를 나눌 기회가 와주지 않겠는가 말이다. 문제는 선애의 태도였다. 병칠이 자기는 사내이니 얼굴에 싹한 가죽 더 덮어쓴 듯 시치미를 뗄 수가 있겠는데, 여자인 선애가 혹시나 당황하여 남들이 눈치를 챌 그런 태도를 취하지 않을까 걱정이었다. 그러나 부딪쳐 보는 도리밖에 없었다.

육촌 형인 두성이네 집은 은냇골에서 제일 부농이었다. 부농이래야 논밭 합해서 백 마지기도 안 되는 터이지만, 어쨌든 그 정도의 전답이면 그 두메에서는 부자 소리를 듣고도 남았다. 절반가량은 소작을 주고, 나머지만 머슴을 두고 농사를 짓고 있었다. 그러니까 자작농 겸 지주였다.

두성이는 그 집의 외아들이며 막내둥이였다. 지난 해 봄에 대구에 있는 농림학교를 졸업하고, 집에서 아버지를 도와 농사일을 돌보고 있었다. 위로 누나가 넷인데, 모두 출가를 해서 노부모와 셋이 살다가 지난해 가을에 장가를 들었다. 징병 적령이어서 곧 일본 군대에 나가야 했기 때문에 서둘러 결혼을 시켰던 것이다.

결혼을 한 지 보름 만에 두성이는 군대에 나갔는데, 용케 만주나 남양군도로 끌려가질 않고 조선 땅에 떨어졌기 때문에 해방이 되자 곧 귀향할 수가 있었다. 집에 돌아온 지 이제 두 달이 조금 넘었다. 그러니까 두성이는 말하자면 이제야 비로소 신혼생활의 단꿈에 제대로 젖어 있는 셈이었다.

그런 이야기는 병칠이도 이미 들어서 알고 있었다. 그러나 하필 왜 선애가 그의 색시가 되었는지, 지난해 가을이면 그녀가 겨우 열일곱 살인데, 어째서 그렇게 일찍이 결혼을 했는지 그 까닭을 알 수가 없었다.

두성이네 집 대문을 들어서는 병칠이는 몹시 가슴이 두근거렸다. 아무리 아랫배에 힘을 주고 이를 악물어도 가슴의 고동은 좀처럼 가라앉지가 않았다. 그러나 얼굴에 가죽 한 벌을 더 덮어쓴 것처럼 시치미를 뚝 떼고서 먼저 사랑채 쪽으로 종백부를 찾아갔다. 육촌 형인 두성이는 마을에서 만난 적이 있으나, 당숙은 아직 찾아뵙질 못했던 것이다. 귀향 인사차 진작 찾아봬야 도리인데, 도둑이 제 발이 저리다고, 공연히 켕겨서 그 집 대문을 들어서질 못했던 것이다.

사랑방에서 당숙은 이웃 노인 한 사람과 바둑을 두고 있었다. 병칠이는 인사를 드리고 잠시 앉아 묻는 말에 몇 마디 대답을 하고서 일어났다. 밖으로 나오니까 당숙은 시선을 바둑판에 둔 채,

"안채에 가 봐라. 두성이도 있을 끼니까."

하고 말했다.

"예."

대답을 했으나, 병칠이는 제 발이 저려서 어쩐지 뒤통수가 좀 뻣뻣해지는 느낌이었다.

안채로 갈려니 다시 가슴이 벌떡벌떡 뛰었다. 그러나 그냥 대문 밖으로 빠져나가 버릴 수도 없는 노릇이었다.

호랑이를 잡으려 나섰으니 두려워도 그 구멍으로 깊숙이 들어가는 수밖에 없지 않는가. 병칠이는 아랫배에 불끈 힘을 주며 뚜벅뚜벅 안채 쪽으로 걸어 들어갔다. 어쩐지 두 다리가 약간 뻐득뻐득해지는 것만 같았다.

"당숙모님 계시능교?"

일부러 큰소리를 내질렀다. 큰방 문이 열리며,

"누구고? 우야꼬, 병칠이구나. 어서 온나. 왔다는 소식은 들었다마는……."

당숙모가 내다보았다. 그러자 작은방 문도 열렸다.

"병칠이가? 잘 왔다. 이리 들어온나."

두성이었다.

병칠이는 바짝 긴장이 되는 것을 느끼면서도 도리 없이 멀쩡한 표정을 애써 지으며 두성이네 방으로 들어갔다.

신혼부부의 방답게 꽤나 화사하게 꾸며져 있었고, 아랫목에는 이불이 깔려 있었다.

그 이불 속에 다리를 묻고 앉아서 무명실로 양말을 뜨개질하고 있던 선애는 놀라 후닥닥 자리에서 일어나 한쪽으로 물러섰다. 얼굴에 당황하는 빛이 역력했으나, 그것을 감추려고 윗입술을 하얀 아랫니로 지그시 당겨 물고 있었다.

"내 색시 앙이가. 작년 가을에 장갤 들었지."

두성이가 빙그레 웃으며 말했다.

"소식 들었어."

얼굴이 화끈 달아오르려 했으나, 병칠이는 시치미를 뚝 떼고 태연한 표정을 지었다.

"내 육촌 동생 앙이가. 인사 나누지."

두성이가 선애에게 말했다.

노란 저고릴 입어서 그런지 선애의 얼굴이 더욱 노오래지는 것만 같았다.

병칠이는 불안한 시선으로 그녀의 표정을 힐끗 살폈다. 혹시나 서툴게 나와서 두성이가 눈치라도 채게 되는 날이면 큰일이 아닐 수 없었다. 그런데 뜻밖에도 선애가,

"우야꼬, 병칠이지예? 나 모르겠능교? 나 선애라예."

이렇게 말하는 것이 아닌가. 그 깜찍한 표정에 병칠이는 놀라지 않을 수 없었다. 선애에게 저런 앙큼한 일면도 있었던가 싶으니 약간 어이가 없기도 했다. 그러나 자기도 시치미를 뚝 떼고서 재빨리 말을 받았다.

"아이고 이거 정말……. 선애가 우리 형수씨가 되다니…… 하하

하…….”

“참말로 뜻밖이네예. 호호호…….”

둘이는 묘한 웃음을 깜찍한 얼굴로 자연스럽게 웃었다.

두성이는 무엇이 어떻게 된 영문인지 알 수가 없어서 약간 어리둥절한 표정을 지었다. 그러자 병칠이가 얼른 설명을 해주었다.

“학교 때 동기생 앙이가. 6학년 때 대구서 전학 왔었지. 그런데 우리 형수씨가 되다니…….”

“아, 그러나? 그것 참…… 허허허…….”

그제야 두성이도 재미있다는 듯이 웃었다.

선애는 살그머니 방을 나가려 했다. 깜찍하고 재치 있게 위기를 넘기기는 했으나 아무래도 어색하고, 또 병칠이를 대하기가 가슴 아팠던 것이다.

그러자 두성이가,

“여보, 술이나 한잔 가져와.”

이르고는,

“병칠이 니 술 묵을 줄 알제?”

하고 물었다.

“응.”

병칠이는 고개를 끄덕였다.

잠시 후, 술상을 차려 가지고 온 선애는 그것을 두 사람 사이에 놓고는 얼른 나가버렸다. 술은 집에서 빚은 농주였다.

두성이와 병칠이는 술이 벌써부터 제법 세어서 잔을 주거니 받거니 하며 마셨다. 주기가 제법 오르자 두성이가 먼저 선애 얘기를 꺼냈다.

"학교 댕길 때 우리 색시 어땠노? 공부 잘했나?"

병칠이는 좀 쑥스러운 듯 히죽이 웃으며 대답했다.

"잘하는 편이었지. 6학년 올라갔을 때 대구에서 전학을 왔는데, 세라복을 입고 있었어."

"아, 그래? 품행은 어떻더노?"

"품행?"

"얌전하더나, 말괄량이더나 말이다."

"말괄량일 턱이 있나."

"그럼 얌전하더나?"

"그래, 억씨기 얌전하더라, 하하하……."

병칠이는 그만 자기도 모르게 깔깔 큰소리로 웃었다.

그 웃음의 참뜻을 모르는 두성이는 자기도 덩달아 기분이 좋아서 불그레 주기가 오른 얼굴에 싱글벙글 웃음을 떠올렸다.

그렇게 한 번 걸음을 트자, 다음부터는 크게 켕기는 일 없이 병칠이는 두성이네 집을 찾아가게 되었다.

그러나 선애와 단둘이 얘기를 나눌 그런 기회는 좀처럼 와 주질 않았다. 언제나 집 안에 누군가 다른 사람이 있었고, 또 선애도 병칠이가 나타나기만 하면 슬그머니 모습을 감추어 버리는 것이었다. 그저 학교 때 동기생이어서 쑥스러워 내외를 하는 듯이 말이다. 그런 선애를 이상스러운 눈으로 보는 사람은 아무도 없었다.

어느 날 오후였다. 이제 겨울로 접어드는 듯 날씨가 제법 쌀쌀했다. 병칠이는 조끼 주머니에 두 손을 찌르고 또 슬금슬금 두성이네 집을 찾아갔다.

그런데 그날은 대문을 들어서니 어쩐지 집 안이 여느 때보다 한결 호젓하고 조용하기만 했다. 마치 아무도 없는 빈집 같은 느낌이었다.

먼저 사랑채로 가 보았으나, 당숙은 출타를 하고 없는 듯 방문이 굳게 닫혀 있었고, 토방에 신발도 보이지가 않았다. 슬금슬금 안채 쪽으로 가서 작은방 마루 앞에 가만히 걸음을 멈추었다. 그리고 먼저 큰방 쪽을 살펴보았다. 역시 방 안에 아무도 없는 듯 조용하기만 했다.

작은방 앞에는 여자의 고무신이 한 켤레 놓여 있었나. 틀림없이 선애의 고무신인 것 같았다.

"에헴 에헴……."

병칠이는 가만가만 인기척을 냈다.

그러자 작은방 문이 열렸다.

"우야꼬."

선애가 깜짝 놀란 표정을 지었다. 여느 때와는 다른 몹시 당황하는 그런 얼굴이었다. 후닥닥 방문을 그만 닫아 버리는 것이었다.

다른 가족이 있을 때와는 현저히 다른 그런 태도로 보아서 틀림없이 지금 집 안에 그녀 혼자뿐이라는 것을 직감한 병칠이는 오냐, 기회는 왔구나, 하고 성큼 신을 벗고 마루로 올라섰다. 그리고 서슴없이 방문을 열고 안으로 들어섰다. 마침내 호랑이를 잡으러 그 구멍으로 깊숙이 밀고 들어간 셈이었다.

선애는 어찌할 바를 몰라 한쪽 구석으로 뒷걸음을 치며,

"되련님, 와 이래예?"

하고 새파랗게 질렸다.

"되련님이라니, 내가 우째서 되련님이고? 응?"

병칠이는 그러나 침착하게 자리에 앉으며,
"선애야 거기 앉어. 앉아서 얘기 좀 하자구마."
하고 무뚝뚝하게 말했다.
그러나 선애는 앉을 생각을 않고, 그대로 서서 뻣뻣하게 굳어져 있었다.
"앉으라니까."
"……."
"지금 집에 아무도 없지? 형은 어디 갔노?"
"대구 갔어예."
선애는 들릴 듯 말 듯 대답했다.
"그럼 잘 됐다. 내가 니하고 단둘이 만낼라고 얼매나 애를 썼는동 아나? 좀 앉어, 앉으라니까 그러네."
그제야 선애는 마지못한 듯 살짝 이맛살을 찌푸리며 그 자리에 가만히 앉았다.
병칠이는 무슨 말부터 꺼내야 좋을지, 가슴이 벅차오르기만 해서 얼른 말문이 열리지가 않았다. 선애 역시 용서받을 수 없는 죄를 지은 사람처럼 고개를 떨구고 숨도 제대로 못 쉬고 있었다. 잠시 무거운 침묵이 흐른 다음,
"선애 니가 그럴 줄 몰랐어."
한숨과 함께 병칠이의 입이 떨어졌다.
"도대체 우째 된 일인지 얘기나 좀 해보래."
"……."
"난 니가 시집을 간 줄을 모르고, 작년 가을부터 와 편지가 안 오능강 하고 얼매나 기다리고 걱정을 했는동 아나?"

"……."

"사람이 도대체 그럴 수가 있는 기가? 시집을 가게 됐으면 가게 됐다고 와 편지로 알려 주지도 몬하노 말이다. 응? 한마디 말도 없이 그렇게 훌쩍 남한테 시집을 가삐리다니……."

그러자 그만 선애는 옷고름을 눈으로 가져가며 훌쩍 훌쩍 흐느껴 울기 시작했다.

선애가 흐느껴 울자, 병칠이도 그만 울음이 복받치려고 했다. 코 안이 축축해지며 눈에 뜨거운 것이 핑 어렸으나 병칠이는 지그시 이를 물고 참았다.

선애의 흐느낌과 병칠이의 복받치는 울음은 그 성질이 달랐다. 선애는 남의 아내가 될 수밖에 없었던 자기의 처지가 야속하고, 또 지난날의 애인에게 어쩔 수 없었던 배신을 용서 비는 그런 슬픈 눈물이었으나, 병칠이는 배신한 애인이 원망스럽고, 이런 결과가 되어버린 게 원통하고 분해서 복받치는 뜨거운 오열 같은 것이었다.

잠시 후 병칠이는 조끼 주머니에서 손수건을 꺼내어 코 안에 축축하게 녹아 있는 물코를 팽! 풀었다. 그리고 입을 열었다.

"운다고 일이 되는 기 아니니까 구만 울고, 얘기 좀 해보자."

약간 울먹이는 듯한 그런 목소리였다. 선애의 흐느낌은 여전히 그치질 않았다.

"구만 울라니까. 구만 울고, 내가 묻는 말에 대답을 좀 해보래."

"……."

"편지 안 한 심정은 이해를 하겠어. 그렇게 철썩같이 맹세를 해놓았으니 다른 사람한테 시집간다고 무슨 낯짝으로 편지를 하겠노. 나라도 그 입장이 되면 염치가 없어서도 편지를 몬할 것 같다. 편지에다가 뭐라고 쓰겠노 말이다. 쓸 말이 없지. 암, 없고말고……."

병칠이는 약간 빈정거리는 투로 바뀌었다. 선애는 흐느낌을 멈추고, 눈물에 젖은 얼굴을 살짝 들어 조금 원망스러운 듯이 힐끗 바라보며 입을 열었다.

"남의 속도 모르고 그카지 말아예. 내가 얼마나 울었는지 알아예?"

"울기만 하면 뭐하노."

"편지를 몇 번이나 썼는지 몰라예. 편지를 쓰다가 울고, 또 울고 했단 말이예."

"썼으면 보내지 와?"

"그 편지를 받으면 얼매나 충격이 심할까 걱정이 돼서 안 부치는 기 낫겠다 싶어 그만뒀어예. 편지도 끝까지 다 쓰지도 몬하고예. 울음이 나와서 끝까지 쓸 수가 있어야 말이지예."

한 번 입이 열리자 선애는 의외로 말이 순순히 잘 흘러나왔다.

"그래서 편지 안 한 기사 이해한다 안 카나. 그런데 말이다, 니 나이 지금 열여덟 앙이가. 내보다 두 살 밑이니까. 작년엔 열일곱이었는데, 뭐가 그리 바빠서 열일곱에 시집을 갔노 말이다. 그렇게 시집이 가고 싶더나."

"내가 가고 싶어서 간 줄 알아예? 내 참 기가 맥히서……."

"그럼 가기 싫은데 와 갔노? 가기 싫으면 가기 싫다고 끝까지 버티야 될끼 앙이가."

"모르는 소리 하지 말아예."

"뭐가 모르는 소리고?"

선애는 좀 뜸을 들이듯 얼굴에 남은 눈물자국을 옷고름으로 닦

아내고 나서 다시 입을 열었다.

"데이신따이에 끌려갈 판이었단 말이예. 시집을 안 가면……."

"그기 무슨 소리고? 데이신따이가 뭐고?"

"처녀들을 징용해 가는 걸 데이신따이라 카대예. 그런데 그 데이신따이라는 기 말은 처녀들을 덜꼬 가서 공장에 일을 시킨다 카지만, 실제로는 그기 앙이라……."

"그기 앙이라 뭔데?"

"저…… 일본 군인들의 위안부 노릇을 시킨다는 기라예."

"위안부?"

병칠이는 그게 무슨 말인지 얼른 머리에 와 닿지 않는 모양이었다.

"위안부도 몰라예?"

선애는 조금 쑥스러운 듯한 표정으로 살짝 웃음을 떠올렸다.

"위안부가 뭐 하는 긴공?"

"남자들을 위안하는 여자란 말이예. 그캐도 모르겠어예?"

"남자들을 위안하다…… 아하, 알겠다. 창녀란 말이구나."

"맞아예. 호호호……."

선애는 그만 웃음이 나와 버렸다. 색시이긴 하지만 아직 앳된 열여덟 살짜리에 불과했다.

"처녀들을 덜꼬 가 창녀 짓을 시킨다고?"

"예. 만주나 남양군도로 끌고 가서 일본 군인들에게 그런 짓을 시킨다는 소문이 자자했어예."

"그기 정말이었던가?"

"정말이라예."

"음."

"그 데이신따이에 안 갈라면 시집을 가는 수밖에 없었어예. 우짭니꺼. 그 데이신따이에 끌려가서 신세를 망치는 것보다는 차라리 시집을 가 삐리는 기 안 낫겠나…… 생각다 몬해 집안에서 시키는 대로 결혼을 했는 기라예."

"음—."

병칠이는 무거운 신음소리밖에 달리 뭐라고 말이 나오지가 않았다. 그 시절이 그처럼 그랬던가 싶으니 새삼스럽게 가슴이 답답해 왔다. 일본 규슈 땅에서 겪은 공습 생각이 떠오르기도 해서 더욱 기분이 어수선했다.

"그리고 집안 형편도 말이 아니고, 시집이 부자라 캐서……."

선애는 이제 못할 말이 없다는 듯이, 그러나 말꼬리는 절로 흐려졌다.

'시집이 부자'라는 말에 병칠이는 슬그머니 비위가 상했다. 묘하게 열등감 같은 것이 속에서 꿈틀거리며 치받쳐 올랐다.

"흥!"

우선 콧방귀를 한 번 뀌고 나서,

"그래, 부잣집에 팔려 왔다 그 말이구나."

서슴없이 내뱉었다.

"팔려 와예? 호호호……."

남의 비위를 더욱 건드리듯이 선애는 깔깔거렸다.

"와 웃노? 솔직하게 대답해 보란 말이다. 논 몇 마지기에 팔려 왔노? 응?"

"말이면 다 해도 되는 기가?"

깔깔거리던 선애가 금세 토라져서 얼굴빛이 싹 바뀌며 반말로 대꾸했다.

"와 내 말이 틀렸나? 부잣집이라 시집 왔다고 니 입으로 안 캤나. 그러니까 아무것도 안 받고 그냥 왔을 리는 없을 끼 앙이가 말이다. 하다몬해 보리라도 몇 섬 받았을 끼 앙이가."

"뭐라꼬?"

'보리라도 몇 섬'이라는 말에 그만 선애는 파르르 약이 오르고 말았다.

"사람을 뭐로 아는 기고? 응이? 사람을 개놓으로 아나? 내가 보리 몇 섬 값어치밖에 안 돼 보이나? 아이고 분해— 아이고—"

곧 울음을 터트릴 듯하다가 선애는 악에 받친 사람처럼 내뱉었다.

"니 같은 자식을 애인이라고 눈물을 찔찔 흘렸던 내가 바보 멍텅구리지. 와? 같은 값에 부잣집에 시집가는 기 뭐가 나쁘노? 신랑도 좋고 해서 결혼했다. 와? 우짤끼고?"

완전히 도전적이었다. 분풀이를 하는 셈이었다.

"뭐라고? 말 다 했나?"

'신랑도 좋고'라는 말은 병칠이로서는 견딜 수 없는 모욕이었다. 가슴에 화살이 날아와서 푹 꽂힌 듯한 느낌이었다.

"다 했다. 우짤래?"

"음—"

병칠이는 와들와들 떨려서 뭐라고 말이 나오지가 않아 무거운 신음소리를 토했다. 그리고 선애를 노려보았다.

"대구 농림학교를 졸업했고, 부잣집 외동아들이고, 얼매나 좋은 자리고. 그런 자리를 놓치다니 말이 되나? 내사 우리 고모가 고맙아서 죽겠다. 우리 고모가 중신을 했거든."

선애는 반 분이라도 풀린 듯 이제 빈정거리는 투였다.

병칠이는 그만 선애의 뺨을 한 대 후려갈겨 주고 싶은 충동을 느꼈다. 부르르 떨리기까지 했다. 그러나 왈칵 달려든 그는 뺨 대신 선애의 두 팔을 불끈 거머쥐고 냅다 흔들어대며,

"선애야! 니가 정말 이러기가? 응? 이러기가?"

애원을 하듯 뇌까렸다. 분하면서도 안타깝고 비참하기까지 한 그런 심정이 절절이 담긴 뜨거운 목소리였다.

선애는 말문이 닫히지 않을 수 없었다.

"정말 니가 이럴 줄 몰랐다. 내 심정이 어떤동 니가 쪼매라도 안다면 그런 소리는 입 밖에 내질 몬할 끼다."

"……."

"선애야 난 죽고 싶단 말이다. 죽고 싶어. 거짓말이 아니대이."

"……."

"우짜면 좋지? 응? 난 우짜면 좋으노 말이다. 말 좀 해보래."

"……."

"니 마음이 문젠기라. 결혼을 하고 안 하고는 문제가 아니란 말이다. 안 그러나? 마음만 변하지 않았으면 문제가 없는 기라. 아직 늦지 않았다 그 말이다."

간절하게 와 닿는 그 말에 선애는 자기도 모르게 조금 야릇한 눈으로 힐끗 병칠이를 바라보며 가만히 입을 열었다.

"그럼 인제 와서 우짠단 말이예?"

"까짓것 둘이서 도망가면 될끼 앙이가. 어디 간들 우리 둘이 몬 살겠나. 내사 자신 있다. 정말이다."

"……."

"선애야. 도망가자. 응? 니만 마음을 단단히 묵으면 되는 기라. 어떤노?"

그러자 선애는 나직이 한숨을 한 번 쉬고 나서,

"안 돼예. 이미 늦었어예."

하고 힘없이 말했다.

"늦기는 뭐가 늦었노? 도망가는 데도 때가 있나?"

"도망갈 수 없단 말이예. 이미 난 남의 아내라예. 내 맘대로 할 수 없는 몸이란 말이예."

"아이구 이 답답한 것아. 도망가 삐리면 그만인 기지, 내 마음대로 하고 안 하고가 어딨노. 도망가는 데 누구 허락을 맡을 끼가?"

"그런 소리 하지 말아예. 인제 다 끝났어예."

선애의 얼굴에 체념의 기색이 역력했다.

"안 끝났어. 내사 기어이 니를 내 것으로 맨들고 말 끼다. 두고 보래."

"……."

"니는 와 내 맘을 그렇게도 모르노. 잉? 선애야!"

그만 병칠이는 왈칵 선애를 가슴 안에 끌어안아 버렸다.

"아이고 이러지 말아예. 안 돼예. 안 돼. 놓아예."

선애는 놀라 얼굴을 돌리고 마구 몸을 꿈틀거려댔다.

그때 대문을 들어서는 사람이 있었다.

시어머니 한실댁이었다. 이웃에 혼사를 앞두고 채단(采緞) 오는 집이 있어서 거기 놀러 갔다가 돌아오는 길이었다.

큰방 쪽으로 향하던 한실댁은 작은방에서 무슨 인기척이 있는 것 같아 눈길을 그쪽으로 보냈다. 토방에 며느리의 고무신과 함께 웬 낯선 남자 신이 놓여 있는 것이 아닌가. 두성이는 오늘 대구에 볼 일이 있어 갔는데 말이다. 무슨 일인가 싶어 한실댁은 가만가만 그쪽으로 다가갔다.

"아이고 놓으라니까예. 와 이카능교? 이카면 안 돼예. 아이고—"

"내 말을 들을 끼가, 안 들을 끼가? 응?"

방 안에서 들리는 소리에 깜짝 놀란 한실댁은,

"아니 누고? 무슨 일이고?"

하면서 후닥닥 마루로 올라섰다.

시어머니의 목소리에 질겁을 한 선애는,

"되련님예, 와 이카능교? 형수한테 이카는 법이 있어예?"

재빨리 이렇게 뇌까리고 있었다.

난데없는 당숙모의 출연에 병칠이는 그만 두 눈이 휘둥그레지며 선애를 끌어안고 있던 팔을 얼른 풀고, 벌떡 자리에서 일어났다. 벌겋게 온 얼굴이 달아오르고 있었다.

오십 중반을 넘어 육십 고개를 바라보고 있는 한실댁은 작은방의 문을 얼른 열지를 않았다. 방 안에 어떤 광경이 벌어져 있는지 알 수가 없어 왈칵 열어젖히기가 망설여졌던 것이다. 늙은이다운 신중한 생각에서였다. 그러나 한실댁은 무슨 이런 일이 다 있는가 싶어 온몸의 피가 머리로 뻗쳐오르는 듯한 느낌이었다.

방문이 열리며 후닥닥 선애가 뛰어나왔다.

"야야, 대체 무슨 일이고?"

그러면서 한실댁은 얼른 방 안을 들여다보았다. 얼굴이 벌개진 병칠이가 놀라 어리둥절 서 있는 것을 보자,

"아니, 이기 도대체 우째 된 일이고? 응? 이놈아."

절로 거친 말이 튀어나왔다.

“아무것도 아닙니더. 당숙모.”

“뭐라? 아무 일도 아니라고?”

“예. 당숙모는 몰라도 됩니더.”

“몰라도 되다니?”

“아무 일도 아니라니까예.”

내뱉듯이 말하고는 후닥닥 병칠이도 방에서 뛰어나와 허겁지겁 정신없이 도망치듯 대문을 빠져나가 버렸다.

“아니, 뭐 저런 놈이 다 있노. 저런 불한당 놈 같으니라구.”

한실댁은 어처구니가 없고 분해서 못 견디겠는 듯 달아나는 병칠이의 뒤통수를 향해 냅다 호통을 쳤다. 그리고 자취를 감추듯이 부엌으로 들어가 버린 며느리를 뒤쫓아 부엌으로 가서 마구 닦달을 해댔다.

“도대체 무슨 이런 일이 다 있노. 응? 집안 우사를 시켜도 유분수지, 이기 무슨 일이고. 응이? 뭐가 우째 됐는동 말해 봐라. 자세히 말해 봐.”

선애의 입이 떨어질 리 만무했다.

불도 때지 않는 빈 아궁이 앞에 웅크리고 앉아 고개를 떨구고 있을 뿐이었다.

“말해 보라니까. 그눔아가 뭐 하로 왔더노?”

“…….”

“응이? 와 왔더노 말이다. 아무도 없는 집에 그눔아를 와 불러디렸노?”

선애는 얼른 고개를 들었다.

"불러디리다니예? 어머님예, 그런 억울한 말씀 마시이소."

"안 불러디렸으면 와 단둘이 방 안에 있노 말이다. 방에 들어오라 캤으니까 들어갔을끼 앙이가."

"들어오라 카기는 누가 들어오라 캐예. 지가 지 발로 들어온 기지예."

"가만히 내삐리 뒀으니까 들어간 기 앙이고 뭐고? 아무도 없는 집에 새색시가 그래 자기보다 나이가 많은 총각하고 단둘이 방 안에 있었는기 잘한 일이가?"

"되련님 아닙니꼬."

"되련님 좋아한다. 뭐 핵교 댕길 때 동창생이었다면서?"

"……."

"그때부터 친했던 모양이제?"

"어머님예."

선애는 살짝 붉어지는 얼굴을 어쩌지 못하며 발칵 반발을 하듯 내뱉었다.

"그기 무슨 말씀입니꼬? 절대로 안 그랬심더. 오늘 일도 지는 아무 잘못이 없어예. 정말입니더. 어머님예, 지 말을 믿어 주이소."

"그럼 그눔이 흑심을 묵고…… 그런 개돼지보다도 몬한 놈이 있나. 형수 되는 사람한테 흑심을 묵다니…… 아이구 더럽은 놈, 그놈을 우째야 될꼬. 응이? 우째야……."

한실댁은 생각할수록 괘씸하고 분한 듯 어찌할 바를 몰랐다.

그러고 있는데 머슴을 데리고 읍내에 볼일을 보러 갔던 안 생원이 돌아왔다.

대문을 들어서는 영감을 보자, 한실댁은 얼른 입을 다물어 버렸다. 영감의 뒤를 따라 머슴도 들어서고 있었다. 한실댁은 아무 일도 없었던 것처럼, 그러나 좀 무뚝뚝한 소리로,

"어서 저녁쌀이나 안치라."

며느리에게 이르고는 부엌을 나갔다.

부엌 쪽의 고부간 기색이 아무래도 좀 예사롭지 않은 것 같아서 안 생원은 속으로,

'저눔의 할망구, 또 메느리를 들볶은 모양이제. 쯧쯧쯧…….'

혀를 찼다. 그리고,

"인제 오능교?"

알은 체를 하는 한실댁에게,

"응."

하고 무뚝뚝하게 고개만 한 번 끄덕이고는 성큼성큼 사랑채 쪽으로 걸음을 옮겼다.

겨울밤의 메아리

그날 밤, 한실댁은 도무지 잠을 이룰 수가 없었다. 병칠이란 놈을 어떻게 해야 될지, 어떤 식으로 일을 처리하는 게 가장 현명할지, 얼른 생각이 마무리 지어지지가 않는 것이었다.

여러 가지 방법이 있었다. 첫째는 아무 일도 없었던 것처럼 입을 굳게 다물어 버리는 일이었다. 그러나 아무리 생각해도 병칠이의 소행이 괘씸해서 그냥 모르는 체 덮어 둘 수가 없을 것 같았다.

덮어 버리면 그 녀석의 흑심이 없어지질 않고, 다시 어떤 수작을 벌일지 알 수가 없었다. 아무래도 정신이 번쩍 들도록 단단히 혼을 한 번 내주는 것이 옳을 것 같았다. 혼을 내주는 방법도 여러 가지였다. 저의 집에 알려서 형이나 어머니로부터 혼이 나도록 하는 방법을 먼저 생각할 수가 있었다. 그러나 그럴 경우 그 형과 어미가 꾸짖기는 하겠지만, 과연 얼마나 효과가 있을지. 병칠이란 놈이 말을 둘러붙여서 엉큼하게 도리어 선애에게 허물을 뒤집어씌우고, 자기는 꼬리를 사릴지도 알 수가 없었고, 그렇게 되면 양쪽의 집안 싸움으로 번질지도 모르며, 또 동네에 소문이 퍼질 게 틀림없었다. 소문이 퍼져서 좋을 것은 아무것도 없었다. 집안의 창피일 뿐이었다. 아무쪼록 소문이 나지 않도록 해서 감쪽같이 혼내 주는 방법이라야 될 것 같았다. 그렇다면 병칠이를 집에 불러들여서 닦달을 하는 수밖에 없었다. 그런데 그 녀석이 지은 죄가 두려워서 제 발로 순순히 걸어 들어올 것 같지도 않았고, 설사 온다 치더라도 그렇게 되면 또 선애의 입장이 어떻게 될 것인지 걱정이었다.

달리 감쪽같이 혼내주는 무슨 좋은 방법이 없을까……. 한실댁은 공연히 이리 뒤척 저리 뒤척 하며 생각을 거듭하다가, '옳지, 그러면 되겠구나' 하고 혼자서 좋아했다.

머슴인 구 서방 생각이 떠올랐던 것이다. 구 서방은 마흔이 가까운 터이지만 힘이 장사였다. 한가위 같은 때 읍내에서 씨름판이 벌어지기라도 하면 으레 나가서 황소는 못 차지해도, 쌀가마나 베필*(명주나 무명 몇 필을 말함)을 상으로 타 가지고 오기 일쑤였다.

그 구 서방에게 은밀히 부탁을 해서 병칠이 녀석을 어디 산골짜기에라도 유인해 가서 사정없이 마구 두들겨 패주는 것이다. 다시는 그런 흑심을 먹지 않겠다고 제 입으로 항복을 할 때까지 말이다. 그렇게 하면 두들겨 맞고서도 누구한테 무엇 때문에 맞았는지 병칠이 제가 입 밖에 낼 수도 없을 게 아닌가. 골병이 들어도 누구한테 하소연도 못하고 혼자서 끙끙 앓다가 말 게 아닌가 말이다.

그 방법이 그 녀석의 버르장머리를 고쳐 놓는 데 가장 효과적일 것 같아 한실댁은,

"됐어. 됐다니까."

혼자 중얼거리며 히죽히죽 웃기까지 했다.

그런데 그 일을 아무도 모르게 혼자서, 가을에 벼 한 가마니나 더 주기로 하고 구 서방을 설득해서 해치울 것인지, 아니면 영감과 의논을 해서 실행에 옮길 것인지, 혹은 두성이하고만 상의를 해서 할 것인지, 또는 두 사람한테 다 알려서 함께 일을 꾸밀 것인지, 어떻게 하는 것이 좋을지 다시 머릿속이 어수선하게 뒤엉클어졌다.

아무래도 그런 일을 늙은 안사람*(상대에게 자신의 아내를 겸손하게 이르는 말)이 혼자 한다는 게 주제넘은 것 같았다.

영감한테 의논을 하는 게 도리일 듯싶었다. 그러나 영감한테 의논을 하면 그런 방법을 택하는 게 아니라, 그 성질로 보아서 직접 자기가 나서 병칠이를 혼내 줄 게 뻔했다. 그 녀석이 불러서 안 오면 자기가 그 집으로 찾아가서라도 말이다. 그렇게 되면 동네에 소문이 퍼질 건 물론이고, 양가의 의도 상하며, 톡톡히 집안 망신을 하게 되는 게 아닌가. 그렇다면 영감한테는 비밀로 해두고, 두성이와 상의해서 일을 꾸미는 수밖에 없었다.

그게 옳을 것 같았다. 아무래도 두성이가 오늘 일을 알고 있어야만 앞으로 제 마누라 단속하는 데에 소홀함이 없을 게 아니겠는가.

대구에 간 두성이는 자고 오는 모양이었다. 집에 돌아왔다면 이 밤에 당장 상의를 하겠는데 말이다. 어쨌든 그렇게 결정을 하고 나니 한실댁은 이제 잠이 오려는 듯 커다랗게 하품이 나왔다.

이튿날 해질녘에야 두성이는 돌아왔다. 대구에 갔던 일이 순조롭게 잘 될 듯해서 기분 좋게 귀가를 했다.

두성이는 국민학교의 교원이 되려고 도청 학무과에 수속을 밟고 있는 중이었다. 아마 다음 달 안으로 고향 학교에 발령이 날 것 같왔다.

그런데 그런 기쁜 소식에도 불구하고 어쩐지 아내와 어머니의 표정이 썩 밝지가 못한 것 같아 혹시 또 고부간에…… 싶어 기분이 찜찜했다.

저녁을 먹고 나자 어머니가 큰방으로 좀 오라고 불렀다. 두성이는 아무래도 무슨 심상치 않은 일이 있었던 같아 조금 긴장이 된 얼굴로 큰방으로 갔다.

한실댁은 얼른 입이 떨어지지가 않는 듯 잠시 망설이다가,

"어제 말이다, 니가 대구에 가고 없을 때……."

하고 겨우 입을 열었다. 혹시나 누가 들을까 싶은지 나직한 목소리였다.

"무슨 일이 있었능교?"

두성이는 바짝 궁금한 모양이었다.

"내 참 기가 맥히서……."

"와예? 무슨 일인데요?"

"다름이 아니라 저…… 벵칠이 그눔아가 말이다……."

"병칠이가 뭘 우쨌는데요?"

"니 처를……."

"예?"

그만 두성이는 두 눈이 휘둥그레지고 말았다. 병칠이란 놈이 선애를 어째버렸다는 얘긴 것 같아 눈앞이 아찔했고, 온몸의 피가 한꺼번에 머리로 치솟는 듯했다.

두성이의 그런 격한 표정을 보자 한실댁은 당황하여 한 손을 내저었다.

"뭐 우쨌는 건 앙이고, 그눔의 자식이 그런 흑심을 묵고서 달라들라 카지 뭐꼬. 마침 그때 내가 봤기 망정이지, 그렇지 않았더라면 큰일 날 뻔했지."

"이누무 새끼를 구만!"

버럭 고함을 지르면서 두성이는 벌떡 일어났다. 당장 달려가서 병칠이란 놈을 요절을 내버릴 그런 기세였다.

"가만있거라, 야야. 내 말을 들어 보래."

한실댁도 얼른 따라 일어나며 두성이를 붙들었다.

두성이를 도로 앉혀놓고 한실댁은 자기의 생각을 차근차근 얘기했다. 구 서방을 시켜 혼내주자는 말에 두성이는 또 벌컥 핏대를 세웠다.

"내 손으로 반 죽이놓겠어요. 다리모가지를 뿐질러 삐릴 끼니까 두고 보이소."

"니가 그러다가 도리어 그눔아한테……."

한실댁은 어쩐지 두성이가 병칠이를 당해내지 못할 것만 같아 불안한 표정을 지었다. 비록 나이는 몇 살 위지만 병칠이 쪽이 훨씬 단단해 보이고, 힘도 셀 것 같았다. 집에서 농사를 짓다가 외지에 가서 공장 일을 한 사람과 학교 공부만 하다가 잠시 군대에 갔다 와서 마누라의 품속에서 정기를 빼내기만 한 사람과는 상대가 될 것 같지가 않았다.

그러나 두성이는 실제 자신이 있었다. 농림학교 시절에 유도부원으로 단단히 기량을 익힌 터였다.

"문제 없구마. 그눔아 하나쯤 간단하구마."

"니가 무슨 힘이 있다고…… 그눔아가 맞고 가만히 안 있을 낀데…….”

“어무이는 참, 나를 아직 잘 모르네요. 이래 봬도 내가 유도선수구마 유도……. 농림학교 때…….”

“유도가 뭐꼬?”

“사람을 집어던져 삐리는 재주 아닝교.”

“뭐라? 사람을 집어던져 삐리? 니가 그런 술법을 가지고 있단 말이가?”

“있고 말고요.”

“아이고 얄궂어라.”

한실댁은 희한한 일이라는 듯이 아들을 새삼스러운 눈으로 바라보았다. 그러나 아무래도 믿어지지가 않은 일이어서,

“그렇지만 야야. 만일을 위해서 구 서방하고 둘이 그눔아를 혼내주도록 해라. 응이?”

하고 타이르듯 말했다.

“걱정없다니까 어무이는 참…….”

투덜거리면서 두성이는 일어나 작은방으로 갔다.

병칠이를 혼내주기 전에 먼저 아내에게 자세한 얘기를 들어보고 싶었다. 선애는 베개를 베고 아랫목에 새우처럼 꼬부리고 모로 누워 있었다. 두성이는 그 곁에 다가가 앉았다.

“여보, 지금부터 내가 묻는 말에 솔직하게 대답해야 된대이. 알겠제?”

“…….”

“어제 병칠이가 왔더라면서?”

가만히 듣고만 있던 선애는 그만 눈을 감아버렸다.

"와 대답이 없노? 왔더나, 안 왔더나?"

"……."

"말을 안 할 끼가? 응?"

두성이의 음성이 거칠어지면서 선애의 어깨를 조금 흔들었다.

그제야 선애는 눈을 뜨고 부스스 일어나 앉았다. 핏기가 가신 새하얀 얼굴이 싸늘해 보이도록 굳어져 있었다.

두성이의 목소리가 큰방까지 울려오자, 한실댁은 슬그머니 긴장이 되어 그쪽으로 가만히 귀를 기울였다. 무슨 말인지 잘 알아들을 수는 없었으나, 두성이가 계속 혼자서 선애를 윽박지르는 것 같았다. 아무래도 일이 심상할 것 같지가 않고, 또 어떤 말이 오고 갈 것인지 궁금하기도 해서 한실댁은 가만히 앉아 있을 수가 없었다. 일어나 살그머니 방문을 열고 마루로 나가 발자국 소리가 나지 않도록 가만가만 대청으로 가서 작은방 쪽으로 다가가 안을 엿듣기 시작했다.

"어제 병칠이가 왔었지?"

두성이가 거칠게 내뱉는 목소리였다.

"예."

들릴 듯 말 듯 선애가 대답하고 있었다.

"뭐 하로 왔더노?"

"……."

"응? 뭐 하로 왔더나 말이다."

"놀로예."

"놀로? 누구하고 놀로?"

"……."

"그눔아가 와서 당신하고 놀자 카더나? 그래서 방으로 들러오라 캤띠나? 단둘이서 놀라고?"

"자기가 방으로 들어오는 걸 우짜능게."

"우짜다니…… 그걸 말이라고 하나?"

"아무도 없는 집에서 그래 짐승 같은 놈하고 단둘이 한 방에 있어도 된다 말이가? 새파란 새색시가……."

"시동생 아닝게."

"시동생 좋아한다. 학교 때 동기생이라면서?"

그러자 선애가 약간 어조를 돋우어 되받았다.

"당신은 와 그렇게 이상한 쪽으로만 생각하능게? 시동생과 좀 한 방에 앉아 있었기로 그기 뭐가 그리 큰일이란 말잉게? 학교 때 동기기도 하니까 할 얘기도 많이 있을끼 아닝게."

"무슨 할 얘기가 그리 많이 있노? 남녀가 유별인데…… 그래. 얘기만 나눴단 말이가? 그눔아가 얌전하게 얘기만 하더나?"

"그럼 뭘 우쨌단 말잉게?"

"이것 봐라. 그눔아 편을 든대이. 다 알고 있단 말이다."

두성이는 버럭 고함을 내지르며 매섭게 선애를 노려보았다.

"내가 뭘 우쨌는데 자꾸 이카지예?"

선애도 수그러들질 않고 맞서듯 마주 쏘아보았다.

"아니, 정말로 그눔아가 아무 짓도 안 했단 말이가?"

"하긴 무슨 짓을 해예?"

"뎀벼들지도 않더나 그 말이다."

"……."

"와 대답이 없노? 대답이 없는 걸 보니 그누무 자식하고 아무래도 보통 사이가 아닌 것 같은데…….”

“보통 사이가 아니라니, 그럼 뭐 어떤 사이란 말잉게? 말이면 다 하능게?”

뒤가 구린 데가 있는 사람이 오히려 화를 내듯 선애는 바짝 대들 듯이 쏘아붙였다.

말이 좀 지나쳤다 싶은지 두성이는 약간 어조가 수그러들었다.

“그래 좋다. 별다른 사이가 아니란 걸 믿는다. 그런데 와 그눔아 편을 드노 말이다.”

“편을 들기는 누가 들어예?”

“편을 안 들었다 말이가? 그럼 와 그눔아가 한 짓을 사실대로 말 안 하노. 응? 와 덮어줄라 카노.”

“덮어주긴 뭘 덮어줘예? 되련님이 무슨 짓을 했단 말잉게?”

“아무 짓도 안 했단 말이가? 뎀벼들지도 않더나?”

“…….”

“내 말을 들을 끼가 안 들을 끼가 카면서 뎀벼들라고 했다 카던데…… 그러니까 니가 몰라예 몰라예 캤다면서?”

“헤헤헤…….”

그만 선애는 웃음이 나와 버렸다. 결코 웃어서는 안 될 장면이었다. 그런데 말하는 두성이의 표정이 마치 투기를 하는 어린애 같은 느낌이 들어서 그만 자기도 모르게 웃음이 나와 버렸던 것이다.

그 웃음소리는 한실댁의 비위를 건드렸다. 웃다니 될 말이 아니었다. 아무래도 그냥 밖에서 엿듣고만 있을 수가 없다 싶어서 얼른 대청에서 작은방 앞마루로 돌아가 방문을 왈칵 열어젖혔다.

“야 이것아! 와 웃노! 뭐가 우습노? 와 사실대로 털어놓질 몬하고 어물어물 넘길라 카노. 응?"

"……."

"내가 다 들었고, 또 내 앞에서는 아무 소리도 몬 해놓고서, 서방한테는 와 어물어물 덮어 삐릴라 카노 말이다."

별안간 시어머니가 나타나 퍼부어 대자 선애는 절로 기가 꺾여 목이 찔끔 움츠러들지 않을 수 없었다.

"그눔아가 흑심을 묵고서 달라들더라는 말을 와 몬하노? 그기 바로 그눔아 편을 드는 기 앙이고 뭐꼬?"

"……."

"어서 사실대로 말해라. 그리 안 하면 그눔아 하고 니가 아무래도 수상한 사이라고 의심 안 할 도리가 없다. 안 그러나?"

"어머님예, 절대로 안 그렇심더. 지를 믿어 주이소. 지한테는 아무 잘못도 없다니까예."

그러자 그만 두성이는 온 얼굴이 벌겋게 상기되며,

"그럼 그눔아가 뎀벼든 기 사실이구나. 이런 때려죽일 놈의 자식 같으니……."

하고 내뱉기가 무섭게 후닥닥 방에서 뛰어나갔다.

앞뒤 돌볼 것 없이 가서 당장에 병칠이를 요절을 내버릴 것 같은 기세로 두성이가 대문 밖으로 달려 나가자, 한실댁은 왈칵 두려운 생각이 들었다. 그래서 얼른 대문채의 문간방으로 가서 저녁을 먹고 목침을 베고 누워 있는 머슴에게 뒤따라 가보도록 일렀다.

무슨 영문인지 알 수가 없어서 구 서방은 어리둥절한 표정을 지으며 방에서 나와 짚신을 신었다.

"아, 글쎄. 벵칠이 그눔아가 두성이 색시한테 흑심을 묵고……."

"예? 흑심을 묵어요?"
"그러니까 구 서방도 가서 둘이서 좀 단단히 혼을 내줘. 그렇지만 너무 심하게는 하지 말고. 알겠제?"
"예. 알았심더. 그런 놈의 자석이 있나. 형수뻘 아닝게? 저거 형수한테 흑심을 묵다니……."
우직한 데가 있는 구 서방은 공연히 자기가 필요 이상 흥분을 하며 얼른 대문 밖으로 달려 나갔다.
이제 겨울로 성큼 들어서는 듯 밤바람이 꽤나 매웠다. 그러나 두성이는 목줄기에 휘감기는 바람이 차가운지 어떤지도 잘 몰랐다. 정신없이 골목을 돌아 병칠이네 집 앞에 이르자, 사립 밖에서 냅다 고함을 질렀다.
"병칠아! 이리 좀 나와!"
곧 큰방 문이 열렸다.
"누고? 두성이가? 벵칠이 놀로 가고 없다. 춥은데 좀 들어온나."
병칠이 어머니 영덕댁이었다.
"어디 놀로 갔능교? 누구 집에?"
그러자 병칠이 여동생 순남이가 얼른 내다보며,
"오빤교? 영만이네 집에 갔을 낍니더."
하고 알려주었다.
두성이는 얼른 돌아서 영만이네 집으로 향했다. 영만이는 병칠이와 절친한 친구였다.
영덕댁과 순남이는 무슨 일인지 두성이의 목소리가 좀 거칠다 싶긴 했으나, 밤바람이 차가워서 곧 방문을 닫아버렸다.
영만이네 집으로 가는 골목길로 꺾어질 때 두성이는 구 서방과

마주쳤다. 그러나 두성이는 아무 말 없이 골목길을 꺾어 돌았고,

"어디 가능게?"

하면서 구 서방이 뒤따랐다.

병칠이는 영만이네 집에 있었다. 두성이의 찾는 소리에 병칠이는 굳어진 표정으로 방에서 나왔다.

"나하고 얘기 좀 하자."

낮으나 서슬이 선 그런 싸늘한 목소리로 내뱉고는 돌아서 두성이는 성큼성큼 골목길을 앞장섰다.

이미 각오를 하고 있었는 듯 병칠이는 긴장된 얼굴로 말없이 뒤를 따랐다. 두 사람의 뒤를 좀 떨어져서 구 서방이 따라 걸어갔다.

하늘 한쪽에 조각달이 걸려 있어서 사위가 어둡지는 않았다.

두성이는 마을을 벗어나 산기슭 한쪽에 있는 제각으로 걸음을 옮겨갔다. 조금도 주저하는 기색이 없이 그쪽으로 성큼성큼 걸어가는 것이 병칠이를 그곳으로 데리고 가서 혼을 내주리라 하고 속으로 미리 작정을 한 것 같았다.

마을을 벗어나 인적이 전혀 없는 제각 쪽으로 향하자, 병칠이는 슬그머니 두려운 생각이 들었다. 그러나 까짓것 부딪쳐보는 수밖에…… 싶으며 아랫배에 지그시 힘을 주었다.

아직 밤도 깊지 않았는데 어디선지 부헝 부헝 부헝…… 부엉이 우는 소리가 들려오고 있었다.

제각 뜰에는 잎이 진 나뭇가지들이 달빛을 받아 어렴풋한 그림자를 던지고 있었다. 그 그림자를 밟고 서서 두성이는 두 주먹을 불끈 쥐면서 다짜고짜 욕지거리부터 내뱉었다.

"이누묵 새끼야? 니가 이눔아, 사람이가?"

빳빳하게 굳어져서 마주 서 있던 병칠이도 절로 주먹이 쥐어졌다. 그러나 입은 얼어붙은 듯 굳게 다물어져 있었다. 구 서방은 좀 떨어진 곳에 서서 두 사람을 지켜보고 있었다.

"응? 사람이가, 개돼지가?"

"……."

"와 말을 몬하노?"

절로 병칠이의 고개가 조금 숙여졌다.

"이눔아, 내가 누고? 니한테 뭣 되노?"

"……."

"비록 촌수는 육촌이지만, 형 앙이가. 나를 형이라고 생각하나, 안 하나?"

숙였던 고개를 쳐들고 힐끗 두성이를 바라볼 뿐 여전히 병칠이는 대답이 없었다.

"대답해 봐! 형이가, 앙이가?"

그러자 그만 병칠이는 히죽 웃어 버렸다. 자기도 모르게 나온 웃음이었다.

"이것 봐라. 웃어?"

두성이의 눈꼬리가 치켜 올라가며 바르르 떨렸다. 곧 주먹이 날아갈 것 같았다. 그러나 두성이는 꾹 눌러 참으며 다음 말을 내뱉었다.

"이눔아, 니가 나를 형이라고 생각한다면 그럴 수가 있나? 내 마느래는 니한테 형수 앙이가. 형수한테 이눔아, 흑심을 묵어?"

"……."

"가시나가 그렇게도 없더나? 쌔비린 기 가시난데, 해필 형수한테 흑심을 묵고 달라들다니…… 개돼지 같은 놈.”

“달라들기는 누가 달라들어?”

불쑥 병칠이는 그제야 입을 열었다.

“뭐라? 안 달라들었다고? 이누묵 새끼가 인제 보니 순 악질이구나.”

“허허 내 참, 사람 잡네. 내가 악질이라고? 내가 흑심을 묵고 달라들었다고?”

“이눔아. 어무이도 봤고, 너거 형수도 그카던데, 시치미를 떨라 카나?”

“선애가 그카더나? 엇헛헛허…….”

그만 병칠이는 코를 하늘로 쳐들며 껄껄 웃음을 터트렸다. 생각할수록 재미있다는 그런 투의 웃음이었다. 자기도 모르게 그만 그런 너털웃음이 터져 나왔던 것이다.

그 웃음은 두성의 울화통을 푹 찔렀다. 뿐만 아니라 병칠이의 입에서 ‘형수’라는 말 대신 ‘선애’라는 이름이 튀어나온 것도 참을 수 없는 일이었다.

두성이는 그만,

“에라잇 개새끼!”

발칵 고함을 지르며 냅다 주먹을 날렸다.

“윽!”

병칠이는 얼굴을 두 손으로 감쌌다. 사정없이 두 번째 주먹이 날랐고, 휘청거리며 뒤로 물러선 병칠이가 맞고만 있을 수 없다는 듯이,

“왜 때리노?”

악을 쓰며 달려들자, 이번에는 냅다 발길질로 그의 배때기를 걷어 찼다.

"으악!"

병칠이는 허리를 꺾으며 앞으로 비틀거렸다. 그러나 그는 뿌드득 앞니를 허옇게 드러내 물며 반격을 가해 왔다. 마구 휘두른 주먹이 두성이의 턱에 명중했다.

두성이는 입안이 화끈하고, 마치 턱이 삐딱하게 돌아간 느낌이었으나, 재빨리 병칠이의 그 팔을 움켜잡았다. 왕년의 유도 솜씨를 발휘해서 그만 업어치기로 커다란 몸뚱이를 땅바닥에 보기 좋게 내동댕이치고 말았다.

구 서방의 눈이 휘둥그레지고 있었다.

땅바닥에 나가떨어진 병칠이를 두성이는 왈칵 덮쳐 깔아뭉개면서 주먹으로 마구 얼굴이고 어디고 사정없이 내리 조졌다.

그러나 병칠이도 결코 그대로 축 늘어지지는 않았다. 오히려 힘은 그가 더 센 듯 냅다 버둥거리다가 용을 써서 두성이를 떠밀어 넘겨 후닥닥 그의 몸뚱이 위로 타고 앉았다. 도리어 밑에 깔리고만 두성이는 필사적으로 몸부림을 치며 그의 팔을 잡고 주먹질을 피했다.

두 사람의 위치가 바뀌어 오히려 두성이 쪽이 당하게 되자, 그제야 지켜보고 섰던 구 서방이 다가들었다. 커다란 한 손으로 병칠이의 윗옷 뒷깃을 덥석 잡아 왈칵 낚아채듯 잡아당겼다. 어찌나 힘이 장산지, 그만 병칠이는 두성이로부터 뚝 떨어져 나와 뒤로 벌렁 넘어지고 말았다.

넘어진 놈을 한 발로 꾹 밟고 서서,

"이누묵 자석아, 니가 사람이가? 형수를 묵을라 카다니……. 니 같은 놈은 맛을 좀 단단히 봐야 되는 기라."
하고 구 서방은 호통을 쳤다. 그리고 솥뚜껑 같은 손바닥으로 병칠이의 얼굴을 냅다 철버덕 철버덕 마구 내리쳤다.

재빠르게 일어난 두성이는 주위를 두리번거렸다. 제각 마루 밑에 지게작대기 같은 것이 희끗 눈에 띄자 얼른 가서 그것을 집어 들었다. 아무래도 맨손으로는 안 될 것 같았던 것이다.

작대기를 들고 두성이가 다가오자, 구 서방은 병칠이로부터 떨어져 두어 걸음 뒤로 물러나 주었다. 병칠이가 놀라 후닥닥 일어나려 하자, 두성이는 잽싸게 달려들어 작대기로 우선 그의 아랫도리를 냅다 후려갈겼다.

"으악! 아이고—"

비명소리와 함께 병칠이는 도로 나가뒹굴었다.

두성이는 마치 무슨 산짐승이라도 때려잡듯이 사정없이 작대기를 휘둘러댔다. 꼭 무슨 타작을 하는 것 같았다.

"아이고 나 죽네— 사람 살려— 아이고—"

병칠이의 내지르는 소리가 밤의 적막을 찢으며 산허리를 타고 메아리가 되어 울려나가고 있었다. 지켜보고 있던 구 서방이 덜컥 겁이 나는 듯 달려들어,

"그만하소. 그만, 그만."
하고 말렸다.

"으이쿠— 으흐흐읍—"

마침내 병칠이는 기절이라도 한 듯 무거운 신음소리와 함께 축 늘어지고 말았다. 입에서는 거품이 끓어올라 지르르 흐르고 있었다.

작대기를 든 채 병칠이를 내려다보고 있던 두성이는,

"개 같은 놈의 새끼, 뒤져라, 뒤져! 니 같은 놈은 뒤져야 되는 기라."

하고 내뱉었다. 그리고 작대기를 훌떡 아무 데나 던져버렸다.

조금 꿈틀거리기는 했으나 병칠이는 마치 숨을 안 쉬는 몸뚱어리 같았다. 두성이는 슬그머니 두려운 생각이 드는 듯 그만 버르르 떨었다. 차가운 밤바람이 등줄기를 으스스하게 훑어 내리는 느낌이었다.

그는 얼른 돌아서서 후닥닥 대문 밖으로 도망치듯 내달았다.

구 서방은 허겁지겁 사라지는 두성이를 보자 자기도 덜컥 겁이 났다. 이 일을 어떻게 했으면 좋을지 잠시 생각해 보았다. 추운 겨울밤인데, 기절을 한 것 같은 병칠이를 그대로 버려두고 자리를 떠 버린다면 어쩌면 죽어 버릴지도 모른다는 생각이 들자, 등골이 으스스해 왔다.

얼른 병칠이를 일으켜 앉혀서 등에 업었다. 팔다리가 축 늘어진 놈을 업고 구 서방은 병칠이네 집으로 갔다.

집에 당도한 구 서방은 사립 밖에 서서 어떻게 하는 것이 좋을까 잠시 망설였다. 마루에다가 내려놓고 사라지는 것이 옳을 것 같아 마당으로 조심조심 걸어 들어갔다. 집 안 사람들에게 들켜서는 안 되겠다 싶었던 것이다.

그러나 마루에 내려놓을 때는 일부러 소리가 나도록 아무렇게나 행동했다. 철버덕 하고 무거운 몸뚱이가 마루 위에 떨어지는 소리와 함께,

"윽크 으흐흐흐……."

신음소리가 병칠이의 입에서 흘러 나왔다.
"아니, 누고?"
하는 소리가 방 안에서 들렸다. 구 서방은 후닥닥 뛰어 사립 밖으로 도망쳤다.
"아이고 이기 우째 된 일이고?"
"아니, 오빠가……."
식구들이 방문을 열고나오며 놀라는 소리가 등 뒤에서 들려오고 있었다.
이튿날 아침, 병칠이는 정신이 돌아왔다. 그러나 몸은 조금 움직이기만 해도 온통 부서져 나가는 듯 아팠다. 절로 신음소리가 흘러나오곤 했다.
도대체 간밤에 무슨 일이 있었는지, 누구한테 저렇게 온몸이 시퍼런 멍투성이가 되도록 얻어맞았는지, 가족들은 궁금해서 견딜 수가 없었다. 특히 영덕댁은 누가 병칠이를 이 지경으로 만들어 놓았는지 분해서 못 견디었다.
"야야, 무슨 일이 있었노? 누구한테 이렇게 골병이 들도록 얻어맞았지?"
"……."
"말해 봐라. 와 대답을 안 하노. 응이? 사람을 이렇게까지 때리다니…… 죽일 작정이 아니었으면 그럴 수가 있나 말이다. 도대체 때린 놈이 누고? 내사 분해서 도저히 몬 참겠다. 누고? 그 놈이……."
다가앉아 이렇게 안타깝게 물어 대자, 병칠이는 그만,
"으이크크크……."
신음소리와 함께 돌아누우며,

"어무이는 몰라도 돼요."
하고 귀찮다는 듯이 내뱉었다.
"와 몰라도 되노? 말해라. 내가 당장 가서 그놈을 가만히 안 놔둘란다. 사람을 이 지경으로 만들어 놓는 법이 세상에 어디 있단 말이고. 어서 말하라니까."
"……."
"니를 업어다가 마루에 갖다놓고 도망친 놈은 누구고? 때린 놈이 업어다 놓지는 안 했을 끼 앙이가."
"……."
"말을 안 하는 걸 보니 니가 잘못했는 모양이구나. 잘못해도 이만저만 잘못한 기 아닌 것 같은데…… 그러니까 이렇게 얻어맞고도 아무 소리 안 하고 가만히 있을라 카지. 아이구 이눔아야. 누구한테 무슨 잘못을 저질렀길래 이렇게 골병이 들도록 얻어맞고 댕기노 말이다. 쯧쯧쯧……."
영덕댁은 도리어 병칠이가 못났기 짝이 없는 놈 같아서 보기 싫도록 미워져 이맛살을 찌푸리며 혀를 찼다.
간밤에 무슨 일이 있었는지, 순남이도 궁금하고 안타까워서 한마디 안 물어볼 수가 없었다.
"오빠, 혹시 두성이 오빠하고 싸운 거 앙이가? 두성이 오빠한테 맞았제, 그제?"
"……."
"두성이 오빠가 어젯밤에 오빠를 찾아왔었다 앙이가. 그래서 내가 영만이 집에 갔을 끼라고 가르쳐 줬지 뭐고. 맞지? 두성이 오빠가 그랬지?"

그러자 그만 병칠이는 벌컥 화를 내며,
“저리 가! 와 자꾸 귀찮게 야단이고?”
고함을 질렀다.
“흥. 얻어맞고 와서 화를 내기는…….”
순남이는 같잖다는 듯이 코를 찡긋거리며 물러나 버렸다.
얻어맞은 당사자가 입을 열지 않고 도리어 화를 내니, 식군들 뭣을 어떻게 할 도리가 없었다. 오히려 병칠이를 못마땅하게 여겼다.
마을에서 떨어진 제각에서였지만, 밤중에 비명소리가 산허리를 타고 메아리를 이루기까지 했으니, 마을 사람들도 무슨 일이었는지 궁금해서 수군덕거리지 않을 수 없었다. 제각 쪽에서 일어난 그 비명소리를 분명하게 들은 사람들 가운데서 유별난 이는 날이 새자 곧바로 제각을 찾아가 보기도 했다. 그러나 현장에는 아무런 흔적도 남아 있지가 않았다.
목격을 한 사람이 아무도 없고, 또 가해자 쪽과 피해자 쪽에서 밖으로 아무 말을 내지 않으니 마을 사람들은 진상을 알 도리가 없었다. 그저 무슨 일이 있었는지 궁금해하며 수군대다가 잠잠해져 버렸다.
한실댁도 간밤에 그 비명소리를 어렴풋이 들었다. 자기가 시킨 일이었지만, 막상 메아리가 되어 산허리를 타고 울려나가는 비명소리를 들으니 슬그머니 겁이 나기도 했다. 혹시 일이 지나쳐서 병칠이에게 무슨 큰 변이라도 생기면 야단이 아닐 수 없었다. 그냥 모르는 체 가만히 덮어버릴 것을 그랬구나 하는 후회가 머리를 쳐들기도 했다.
일을 끝내고 돌아온 두성이는 어머니에게 아무 말을 하지 않았다. 한실댁 역시 결과 보고인 셈인 그 말을 아들한테서 듣고 싶지도 않았다.

다만 구 서방만이 안주인의 분부를 받았던 터이라 한마디 간단히,

"실컨 뚜디리 줬심더."

하고 보고를 했을 뿐이었다.

한실댁은 어쩌면 병칠이 어머니가 달려와 항의할지도 모른다는 생각이 들었다. 만일 그런다면 그때는 앞뒤 돌볼 것 없이, 집안의 망신이 되거나 말거나 솔직하게 다 털어놓아서 오히려 영덕댁이 무안해서 아무 소리 못하고 돌아가도록 해 줘야겠다고 마음을 먹었다. 그러나 예상과는 달리 영덕댁은 찾아오지 않았다.

아무 일 없이 하루가 지나가자, 긴장이 되었던 한실댁은 스르르 풀려 마음이 가라앉았다. 하지만 가슴 한 구석에는 불안한 생각이 여전히 조금 남아 있었다. 얻어맞은 병칠이란 놈이 나중에 어떤 태도로 나올는지, 그것이 아직 마음 놓이지 않는 일이었다.

선애 역시 간밤에 그 비명소리를 들었다. 심정이 착잡하기 그지없고, 두렵기까지 해서 도무지 어찌할 바를 몰랐다. 이불 속에서 새우처럼 몸을 오그려 붙이고서 눈을 꼭 감고 있을 따름이었다. 일을 마치고 돌아온 남편은 분노와 공포가 뒤섞인 그런 얼굴로 아무런 말이 없이 옷을 벗어 던지고 이불 속으로 기어 들어와 옆에 쓰러져서 한참 동안 잠을 이루지 못하는 듯하다가 숨소리가 높아졌다. 그제야 선애는 나직한 한숨과 함께 절로 눈물이 흘러내려 베개를 적셨다. 자기의 기구한 신세가 한스러운 그런 밤이었다.

마을 사람들 사이에서 소문이 퍼진 것은 며칠 뒤의 일이었다. 병칠이가 두성이 색시한테 흑심을 먹고 덤벼들었다는 것이었다. 그

사실을 두성이가 알고서 화가 나 병칠이를 제각으로 끌어내어 두들겨 주었다는 것이다. 비록 육촌간이기는 하지만 형수뻘 되는 사람한테 흑심을 먹다니, 병칠이란 놈 개 같은 놈이니 맞아도 싸다는 그런 얘기였다. 구 서방의 입으로부터 얘기가 퍼져나갔던 것이다.

소문이라는 것은 울타리도 벽도 없이 넘나드는 법이어서 결국 병칠이네 식구들 귀에도 와 닿았다.

그런 내막을 안 식구들은 모두 그게 사실이라면 맞아도 싸다고 창피해서 못 견디었다. 그랬기 때문에 그렇게 골병이 들도록 얻어맞고도 누구한테 왜 맞았는지 병칠이가 입을 열지 않았구나 싶으니 가족으로서 낯이 뜨겁기만 했다.

영덕댁은 아들이 맞았지만, 오히려 두성이네 집에 가서 사과를 해야 될 일인 것 같았다. 그러나 부끄럽고 창피해서 찾아갈 용기가 나지 않아 그만두어 버렸다. 병칠이한테 그런 말을 꺼내어 나무래주는 것이 부모로서 옳을 것 같았으나, 얻어맞고 앓아누워 있는 자식에게 그런 말을 한다는 것도 좀 안됐고, 또 입에서 쉽사리 잘 나올 성질의 얘기도 아니어서 영덕댁은 그만 모르는 체 입을 다물어 버리기로 했다.

그러나 형인 병식이는 그게 아니었다. 그냥 모르는 체 넘어가 버릴 성질의 일이 아니니, 형으로서 의당 말을 꺼내어 사실인가를 확인하고 그게 사실이라면 다시는 그런 일이 없도록 단단히 꾸짖어 주는 것이 마땅하다 싶었다. 아버지가 없는 한 집안의 가장인 셈이니 말이다. 하지만 앓아누워 있는데 그런 얘기를 꺼낸다는 것은 좀 심하다 싶어 나은 뒤에 적당한 기회를 보기로 했다.

스무 살이라는 한창 나이라 골병이 들도록 얻어맞기는 했지만,

병칠이는 비교적 쉽게 몸이 풀렸다. 일주일가량 지나자, 시퍼런 멍도 희미해지고, 팔다리도 부드러워졌다. 그러나 자기 자신이 생각해도 창피한 일이라 싶었던지, 병칠이는 사립 밖으로 나가는 것을 삼갔다.

어느 날, 병칠이는 가마니 짜는 형을 거들게 되었다. 형이 바디질을 하면 병칠이는 곁에 앉아서 그 바늘 끝에다가 지푸라기를 물려주는 것이었다.

철거덕 턱 철거덕 턱…… 한참 가마니를 짜다가 병식이가 문득 생각이 떠오른 듯,

"병칠아, 니 전번에 와 얻어맞았노? 누구한테……. 얘기해 보래."

하고 입을 열었다.

병칠이는 형을 힐끗 바라보았을 뿐, 그의 물음에 대답을 하지 않았다.

철거덕 턱 철거덕 턱…… 가마니 짜는 일을 말없이 계속하다가 병식은 다시 입을 열었다.

"형한테 얘기 몬 할끼 뭐 있노? 무슨 말 몬할 사정이 있는 모양인데, 개않다. 솔직하게 털어놔 보래. 형이 힘이 되어 줄 일이라면 돼줄 끼니까."

병식은 슬그머니 유인을 하듯 은근한 형제의 정 같은 것을 내비쳤다.

병칠이는 자기도 모르게 고개를 떨구었다. 형의 은근한 정이 가슴에 와 닿는 듯해서 조금 망설이다가 솔직하게 털어놓으리라 마음먹고 고개를 들었다.

"형, 아무 소문도 몬 들었어?"

역시 말을 꺼내기가 쑥스러운 듯 병칠이는 간접적으로 말문을 열었다.

"듣기는 들었다마는, 소문이라는 것은 원래 부풋한*(실속은 없이 엉성하게 크다) 기라서……."

"소문이 뭐라고 났는데?"

"고약하게 났더라. 니가 두성이 색시를 뭐 우짤라 캤다면서? 그래서 두성이가 화가 나 니를 제각으로 끌어내 가지고 뚜드리 팼다는 기라. 그기 사실이가?"

"사실이라고 할 수 있어."

"뭐라고?"

병식이는 철거덕 바디질을 멈추었다. 약간 어이가 없는 듯 표정이 굳어지며 긴장된 눈길로 동생을 바라보았다.

"그렇지만 형, 내 얘길 들어 봐. 솔직하게 다 털어놓을 끼니까."

"어디 얘기해 봐."

병칠이는 꿀컥 억지로 침을 한 덩어리 넘기고서 입을 열었다.

"저…… 두성이 색시 이름이 뭔고 하면 선앤 기라. 형 알아?"

"선애? 내가 그 색시 이름을 알 택이 있나."

"나하고 국민학교 때 한 교실에서 배웠어. 동기생인데, 그때부터 서로 좋아하는 사이였어."

"그래?"

뜻밖의 말에 병식은 약간 놀라지 않을 수 없었다.

"내가 일본 규수로 떠날 때 선애가 얼마나 울었는지 몰라. 내가 삼 년만 고생하고 돈 벌어갖고 오겠다 카니까, 삼 년은 너무 길다고 이 년만 있다가 오라 카면서 울었어. 그때 둘이서 관계까지 다

해삐맀어."

"음—"

"내가 돌아오면 둘이 결혼하기로 철석같이 약속을 했다 앙이가. 그런데 돌아와 보니 글쎄……."

"알았다."

병식은 말을 막았다. 더 얘기를 듣지 않아도 그 뒤 일은 뻔히 다 짐작이 가는 것이었다.

그러나 병칠이는 더 들어보라는 듯이, 약간 흥분이 되어 계속 지껄여댔다.

"애인을 남한테 빼앗기고 가만히 있을 수 있어? 형 같으면 가만히 있겠어? 그래서 집에 아무도 없을 때 찾아갔지 뭐꼬."

"그래, 찾아가서 덤벼들었다 말이가? 또 관계를 할라꼬? 남의 색시가 된 사람을…… 더구나 형수뻘이 되는데……."

"관계를 할라는 기 앙이라, 같이 도망가자 캤지 뭐. 어디로 멀리 도망가서 둘이 살자고……."

"엑끼 이놈아! 그기 말이라고 하나?"

"와 말이 아니고? 내가 먼저 관계를 한 여자니까 어디까지나 내 사람 앙이가. 데이신따인가 뭔가 때문에 시집을 갔지만, 마음은 아직 나한테 있는 기라. 아직도 내 애인인 기라. 그러니까 둘이 도망가서 같이 사는 기 뭐가 나쁘노?"

"이눔아 맞아죽을 소리 구만해. 한 번 시집가 삐맀으면 그만인 기지. 어디 여자가 그렇게도 없어서 남의 색시한테 도망가자 카노. 더구나 형수뻘 되는데……."

"형수뻘이고 뭐고 다 소용없다 말이다."

"이눔아, 시집을 간 건 니를 배신한 거 앙이가. 배신한 여자를 몬 잊어서 지금도 애인이라고 도망가서 같이 살자고? 그래 그러자 카더나?"

"……."

"사내 녀석이 이눔아, 쓸개가 있어야지. 불알 값을 하라 그 말이다."

"형은 내 심정을 몰라. 난 죽고 싶단 말이다."

병칠이는 정말 절망감이 다시 덮쳐오는 듯 온통 얼굴을 찡그리며 괴롭게 내뱉었다.

"니 심정이사 와 모르겠노. 그렇지만 인제 늦었는 기라. 잊어삐리야 돼. 다른 처녀를 고르면 안 되나. 가시나들이사 안 쎄비렀나."

동생의 아픈 심정을 모르는 바 아니어서 병식은 측은하고 딱한 듯한 그런 어조로 위로하듯 말했다.

"다른 가시나들은 하나도 눈에 안 드는 걸 우짜노. 내사 기어이 선애를 차지하고 말 끼다. 두고 봐. 어떤 일이 있어도 두성이한테서 선애를 빼앗고 말 끼니까."

병식은 이제 그저 가만히 동생을 바라볼 뿐이었다.

"그리고 복수를 하고 말겠어. 내가 그렇게 얻어맞고 가만히 있을 줄 알아? 어림도 없다 앙이가. 작대기를 가지고 죽어라 하고 개 패듯이 뚜디리 팼단 말이다. 육촌형이고 지랄이고 없어. 기어이 복수를 하고 말겠어."

병칠이는 분이 치밀어 올라 못 견디겠는 듯 뿌드득 이를 갈기까지 했다.

"병칠아."

"와?"

"입장을 바꿔놓고 생각해 봐야 되는 기라. 니가 장개를 들었는데, 니 색시를 딴 놈이 찝적거린다면 니는 가만히 있겠나? 더구나 육촌 동생이 그러는데 모르는 체 가만히 놔두겠느냐 말이다."

"그렇다고 사람을 개 패듯이 뚜디린단 말이가? 죽일 작정을 한 기 틀림없는 기라. 구 서방이 없었다면 틀림없이 죽였을 끼다. 나를 죽일라 캤는데, 내가 그냥 가만히 있어야 되나?"

"죽일라 카기는 뭘 죽일라 캐. 그저 화가 나니까 그런 기지."

"그저 화가 난 정도가 아니란 말이다. 형은 몬 봤으니까 그카지만……."

그날 밤의 일이 몸서리치게 되살아 머리에 떠오르는 듯 병칠이는 가볍게 몸을 떨기까지 했다.

병식은 한결 목소리를 낮추어 물었다.

"두성이가 니하고 지 색시하고 전에 관계까지 한 사이라는 걸 아나?"

"모른다. 그런 말은 내가 입 밖에 내지 안 했으니까."

"그저 지 색시한테 흑심을 묵고서 뎀비들은 줄 알고 화를 냈구나."

"그런 것 같애."

"그럼 됐다."

병식은 조금 마음이 놓이는 듯 고개를 두어 번 끄덕였다.

"뭐가 됐단 말이고?"

"니가 참으면 일은 끝난 기라."

"난 몬 참어. 절대로 안 참는단 말이다."

"그럼 우짤 끼고?"

"복수를 하고 말 끼라. 그리고 기어이 선애를 빼앗고 말겠어."

병칠이는 형 앞에 선언을 하듯 단호히 내뱉었다.

그것은 결코 허튼말*('허튼소리'의 영천말)이 아니었다. 병칠이는 그날 밤 두성이로부터 무지막지하게 얻어맞은 뒤로 끙끙 앓아누워 있으면서도 속으로 뿌드득뿌드득 이를 갈아댔었다. 애인을 빼앗긴 것만 해도 죽고 싶도록 견딜 수 없는 일인데, 더구나 까무러치도록 얻어맞기까지 하다니…… 분해서 도저히 참을 수가 없었다. 때리는 것도 그냥 주먹질이나 발길질이었다면 또 모르겠는데, 숫제 죽여 버릴 듯이 작대기로 조져대다니, 아무리 생각해도 그냥 넘겨버릴 일이 아니었다.

"복수를 해야지. 복수를……."

하고 병칠이는 자리에 누워 신음소리처럼 혼자 중얼거리며 어금니를 빠드득빠드득 악물어 댔었다.

물론 병칠이도 자기가 잘한 일이라고는 생각하지 않았다. 이미 시집을 가서 남의 아내가 된 선애를 못 잊어서 도로 차지하려고 들다니, 누가 들어도 자기가 나쁜 놈이라고 비난하리라는 것을 잘 알고 있었다. 더구나 남도 아닌 형수뻘이 되는 터이니 말이다. 깨끗이 단념하는 게 옳은 일인 것 같았다. 그러나 아무리 그렇게 해보려고 해도 도무지 마음이 가라앉질 않고, 억울하고 미칠 것만 같아 견딜 수가 없었다. 죽도록 얻어맞지만 않았다면 또 모르겠는데, 실컷 얻어맞고서 물러서다니, 불알을 찬 사내로서 비참하기 짝이 없는 것 같아 더욱 속에서 악이 복받쳐 올랐다. 도저히 그냥 물러설 수가 없는 것이었다. 누가 뭐라고 해도 상관없었다. 오직 이기는 길뿐이었다. 기어이 복수를 하고, 선애를 도로 빼앗는 승리가 있을 따름이었다. 말하자면 병칠이의 가슴속에 앞뒤 돌보지 않는 무서운 집념이 시퍼런 응어리처럼 맺힌 것이었다.

병칠이는 그 복수의 시기를 가깝게 잡지는 않았다. 두고두고 그 기회를 보기로 마음먹었다.

동생한테 솔직한 얘기를 들은 병식은 심정이 꽤나 착잡했다. 동생을 나무라고 싶은 생각은 별로 없었다. 자기는 그저 집에서 맺어주는 대로 순순히 결혼을 했고, 연애라는 것을 해본 적이 없지만, 그러나 병칠이의 그 심정을 이해할 수가 있을 것 같았다. 어쩌면 자기가 그런 입장이 되어도 그렇게 나갈지도 모른다 싶었다. 그러나 형으로서 이해는 하지만, 결코 동조는 할 수가 없는 일이었다. 어떻게든지 앞으로 일이 크게 벌어지지 않고, 잘 가라앉도록 하는 수밖에 없다 싶었다. 어쨌든 입맛이 쓰기만 했다.

병식은 그 사실을 어머니에게만 은밀히 얘기했다. 아내에게도 얘기해 주고 싶었으나, 여자의 입이란 가벼운 것이어서 아무래도 믿을 수가 없어 그만두었다. 병식은 그처럼 매사에 신중한 사람이었다. 만일 병칠이와 두성이 색시가 과거에 서로 관계까지 가진 사이였다는 말이 퍼져서 두성이의 귀에 들어가고, 그 집 어른들까지 알게 되는 날이면 일이 정말 건잡을 수 없게 될 것 같았던 것이다.

병식이한테 그 얘기를 들은 영덕댁은,

"쯧쯧쯧…… 망할 놈."

이렇게 말했다. 기분이 몹시 안 좋은 모양이었다. 좋아한 가시나가 하필 두성이의 색시가 된 것도 기분 안 좋고, 남의 색시가 된 여자를 이제 와서 도로 빼앗으려고 들다니 '망할 놈'이라 싶은 모양이었다.

"어무이, 이런 얘기 절대로 입 밖에 내지 마이소. 아무도 모릅니더. 병칠이 지하고 나하고 그리고 어무이밖에 모릅니더."

"그 집에서 그런 사실은 모르능강?"

"예. 모른답니더."

"두성이 각시는 알끼 앙이가?"

"허허허. 어무이도 참. 그야 물론이지요. 그러나 그 색시가 그런 말을 입 밖에 낼 턱이 있능교."

"그년, 속에 그런 비밀을 감추고서 시치미를 뚝 떼고 남의 각시 노릇을 할라 카는 모양이제. 망할 년."

자기 아들과 관계까지 가지고서 남한테 시집을 가버린 그 두성이의 색시가 영덕댁은 생각할수록 괘씸하고 얄미운 모양이었다. 이번에는 '망할 놈'이 아니라 '망할 년'이었다.

"좌우간 어무이, 절대로 비밀로 해야 됩니대이. 만약 그런 사실을 그 집에서 알게 되는 날이면 큰일 날 끼니까요."

"그런 말을 남사스럽어서 우째 입 밖에 낸단 말이고. 아이고 망할 놈. 망할 년. 쯧쯧쯧……."

영덕댁은 이맛살을 찌푸리며 쓰디쓰게 입맛을 다셨다.

흔들리는 산줄기

병칠이가 고향을 떠난 것은 이듬해 이른 봄이었다.

어느 장날, 읍내에 나갔다 돌아온 병식은 저녁을 먹으면서 병칠이에게 넌지시 말을 꺼냈다.

"저…… 오늘 읍내에서 보니까 광고가 나붙었는데……."

"무슨 광고?"

병칠은 입안에 불룩불룩 음식을 씹으면서 형을 바라보았다.

"국방경비대라는 기 생긴 모양이더라."

"국방경비대? 그기 뭔데?"

"군대를 국방경비대라 카는 모양이라. 국방경비대에서 대원을 모집하는 광고가 붙어 있더라니까."

"……."

"어떤노? 니 생각 없나? 거기 들어가 보지."

조심스런 어조였다.

병칠이는 아무 대답이 없었다. 잠시 생각에 잠기는 듯하더니,
"육군이더나, 뭐더노?"
하고 물었다.
"물론 육군이겠지 뭐. 해군 공군 말은 없던데……."
"……."
"촌구석에 처박히서 농사를 지어봤자 별수 없고, 우리가 뭐 논밭도 많은 기 앙이니까, 니는 군인이 돼 보는 것도 안 개않겠나. 어떤노?"
"생각해보고……."
병칠이는 무뚝뚝하게 대답했으나, 퍽 구미가 당기는 듯한 그런 표정이었다.
병식은 어떻게든지 병칠이를 마을에서 떠나보내려고 생각하고 있었다. 겨울 동안에는 추워서 집 안에 들어앉아 새끼를 꼬고, 가마니 짜는 일을 거드느라 그런대로 별일 없이 넘겼지만, 봄이 되어 산에 들에 꽃이 피고, 아지랑이가 아른거리면 마음이 심란해져서 아무래도 병칠이가 그냥 얌전히 있을 것 같지가 않았다. 기어이 또 두성이 색시에게 무슨 수작을 부릴 것만 같았고, 잘못하면 일이 크게 터지고 말 듯 싶었다. 어떻게든지 외지로 떠나보내 버리는 것이 상책일 것 같았다. 외지에 나가면 괴로웠던 심사도 좀 풀리고, 또 눈에 드는 딴 계집애를 만날 수도 있을 터이니 말이다.
그것이 유일한 해결책인 것 같았는데, 마침 읍내에 국방경비대의 대원 모집 광고가 나붙어 있어서, 얼씨구 좋은 기회다 싶었던 것이다.
병칠이 역시 어디로든지 훌쩍 고향을 떠나 버릴까 하는 생각을

여러 번 해보았었다. 지난겨울은 병칠이에게는 유난히 춥고, 지겹도록 긴 계절이었다. 우울하고 심란해서 도무지 살맛이라고는 요만큼도 나지가 않았다.

바로 한동네 안에 선애가 살고 있는데도 만날 수가 없을 뿐 아니라, 밤마다 그녀가 두성이 품에 안긴다는 생각을 하면 정말 미칠 것만 같았다.

그렇다고 당장 어떻게 빼앗을 수도 없는 노릇이고, 또 얻어맞은 원한을 풀 길도 없었다. 그저 이를 뿌드득뿌드득 갈면서 참는 수밖에 없으니, 차라리 훌쩍 어디로 멀리 떠나 버리는 게 나을 것 같은 생각이 들기도 했다. 복수의 기회를 길게 내다보고서 말이다.

그런 생각을 문득문득 해보며 살맛 안 나는 하루하루를 보내고 있는데, 뜻밖에 형의 입에서 국방경비대 얘기가 나왔으니, 솔깃하지 않을 수가 없었다.

군대라는 말에 처음에는 좀 얼떨떨했으나, 잠시 후 병칠이의 머리에 떠오른 것은 총이었다. 총— 그렇다. 바로 그거다. 총을 손에 쥐어야 된다 싶었다. 총을 마구 쾅쾅 쏘아댄다면 얼마나 속이 후련할까. 그리고 그것으로…… 문득 섬뜩한 생각이 머리를 때리자, 병칠이는 그만 등골이 썰렁해지며 버르르 떨렸다. 그러나 그것은 으스스하도록 기분 좋은 전율이었다. 두말없이 입대하기로 병칠이는 마음을 굳혔다.

"형, 나 국방경비대에 입대하겠어."

이튿날 아침 자고 일어나자, 병칠이는 활짝 밝은 얼굴로 말했다.

동생의 그런 표정을 참으로 오래간만에 보는 터이고, 또 자기의 권유를 받아들여 주어서 병식은 무척 기분이 좋은 듯,

"그래, 잘 생각했다. 잘 생각했어. 그기 니한테 좋을 끼다."
하고 고개를 끄덕이며 웃었다.

병칠이가 군인이 되기 위해서 마을을 떠나갔다는 소식을 들은 선애는 마치 앓던 이가 빠진 것 같은 느낌이었다. 바로 이웃에 언제 또 손을 뻗쳐 와서 자기를 난처한 구렁텅이로 떠밀어 넣을지 모를 그런 위험한 사내가 있어서 늘 불안하고 뒤숭숭했었는데, 이제 그 위험인물이 멀리 떠나가 버렸으니 시원할 수밖에 없었다. 그러면서도 선애는 한편 야릇하게 가슴 한쪽이 텅 빈 듯 허전해지며 쓸쓸하고 슬프기까지 했다.

한 번은 뒷마당에 있는 빨랫줄에 빨래를 널다가 공연히 핑 눈물이 어려서 가만히 일손을 놓고, 옷고름을 눈으로 가져갔다. 눈물을 찍어내고는, 나직히 한숨을 쉬며 하염없이 먼 산줄기를 바라보고 서 있었다. 그러다가 맥없이 흠칫 놀라며 누가 보고 있지나 않는가 싶어서 주위를 휘둘러보고는 얼른 다시 빨래를 널기 시작했다.

빨랫줄이 매여 있는 복숭아나무에 한참 새 움이 눈부시게 돋아나고 있었다. 그런데 그 부드럽고 연한 연둣빛마저도 선애의 눈에는 왠지 슬픈 빛깔로 비쳤다.

두성이는 고향의 국민학교에 발령을 받아 매일 자전거로 통근을 하고 있었다. 어느 날 퇴근을 해서 집에 돌아오니 어머니가,

"야야, 병칠이 그눔아가 군인이 될라고 떠났단다."

자못 반가운 소식이 아니냐는 듯이 입언저리에 헤죽이 웃음까지 떠올리며 일러 주었다.

두성이는 귀가 번쩍 뜨이는 듯했다. 눈 위에 대롱거리던 혹이 뚝 떨어져 나가버린 것 같은 느낌이었다. 그러나 겉으로는,

"그래요? 흥! 지깐 놈이 군인……."

공연히 못마땅한 듯 빈정거리는 투로 내뱉었다. 속으로는 "그 나쁜 놈의 자식 잘 꺼져버렸다!" 하고 외치고 싶으면서도 말이다.

모교이기도 한 고향의 국민학교 선생이 되어 처음으로 교단에 서서 학생들을 가르치는 두성이는 그렇지 않아도 하루하루가 매우 즐거운 터이었는데, 눈 위의 혹 같은 병칠이 녀석까지 마을을 떠나버렸으니, 이제 정말 뱃속까지 개운하게 씻겨 내려간 듯 홀가분하고 유쾌해서 더욱 살맛이 났다.

어찌나 신이 나서 열심히 학생들을 가르치는지, 아침에 일어나 세수를 하면 대야물에 뚝뚝뚝…… 코피가 떨어지기도 했다.

남편의 코피를 보고 선애가 놀라서,

"우야꼬! 피가 나네. 와 그래예?"

하고 눈이 휘둥그레지면, 두성이는 빙그레 웃음을 떠올리며,

"개않어. 기분이 좋아서 안 그러나."

예사로 받아넘겼다.

"기분이 좋아서 코에서 피가 나예? 참 얄궂대이."

"걱정 없다니까. 기분이 좋아 좀 무리를 해서 그런 모양이지 뭐."

그 말에 선애는 그만 살짝 얼굴을 붉히며 돌아섰다. 학생들을 좀 무리해서 가르쳤다는 뜻인데, 여느 때보다 훨씬 지나친 것 같았던 간밤의 일이 머리에 떠올랐던 것이다.

그런 기색을 두성이가 알아차리지 못할 턱이 없어 코피를 수습하면서도 싱글벙글 혼자서 곧잘 웃었다.

두성이에게 또 한 가지 매우 기쁜 일이 곧 닥쳐왔다. 어느 날 밤이었다. 이부자리 속에서 두성이가 선애를 가슴 안에 끌어당겨 가만

가만 어루만지고 있는데, 별안간 선애가 두성이의 가슴패기를 밀어붙이고 후닥닥 일어나 앉았다.

"와 카노?"

두성이는 약간 볼멘소리를 하며 어둠 속에 일어나 앉은 선애를 멀뚱히 바라보았다.

곧 선애는 구역질을 하기 시작했다.

"억 으윽 으으윽……."

목구멍으로 무엇을 토해낼 것 같은 그런 심한 구역질이었다.

"와 얹혔나?"

"으으윽 으윽……."

"아니, 저녁에 뭘 묵었지? 뭘 잘몬 묵었노? 등떠리*('등때기'의 비표준어)를 뚜디리 주까?"

두성이는 부스스 일어나 앉아 선애의 등줄기를 살살 두들기기 시작했다.

잠시 구역질이 멎은 선애는,

"헤헤헤……."

묘한 웃음을 터뜨렸다.

"와 웃제? 인제 개앉나?"

"얹힌 기 앙이라 말이예."

"그럼 와 구역질을 하노?"

"그것도 모르겠어예? 바보."

그제야 두성이는,

"아하, 그렇구나. 야—"

눈이 번쩍 뜨이면서 자기도 모르게 환성이 터져 나왔다.

"호호호……."

선애는 조금 부끄러운 듯이 웃고는 다시 으윽 으으윽…… 헛구역질을 시작했다.

선애의 배가 남의 눈에 띌 정도로 약간 방방해졌을 무렵, 어느 날 해질녘이었다.

쾅!

난데없는 총소리가 동구 앞쪽에서 울렸다. 저녁 짓는 연기가 자욱이 나부끼는 호젓하기만 한 마을이 들썩 흔들릴 정도로 요란한 총소리였다. 총소리는 산허리를 타고 쩌렁쩌렁 메아리가 되어 멀리 울려나갔다.

마을 사람들은 모두 눈들이 휘둥그레졌다. 별안간 웬 총소린가 싶어서 동구 앞쪽으로 달려가 보는 사람도 적지 않았다.

산자락에 안긴 후미진 두메 마을인 은냇골에 총소리가 울린 것은 마을이 생긴 이래 처음 있는 일이었다. 마을 사람들의 눈이 휘둥그레지도록 놀라는 것도 무리가 아니었다.

동구 앞에서 한 방 터트리고, 그 총을 도로 한쪽 어깨에 둘러메고서 저벅저벅 마을로 걸어 들어오는 사람은 다름 아닌 병칠이었다. 군인이 된 병칠이가 처음으로 고향을 찾아오는 길이었다. 첫 휴가를 나온 것이었다.

마을에 당도한 병칠이는 어쩐지 그냥 얌전히 집으로 향하고 싶지가 않았다.

'내가 돌아왔다. 내가 군인이 되어 이렇게 돌아왔다. 봐라—' 하고 외치고 싶은 심정이었다. 훈련을 받느라 고생을 한 끝에 오래간만에 고향에 돌아온 기쁨을 그렇게 내뿜고 싶었고, 또 군인이 되어 총을 메고 귀향한 자기를 과시하고 싶기도 했다.

해방된 이듬해여서 그 무렵은 미군정청 치하였다. 아직 모든 것이 제자리를 잡지 못하고, 혼란을 거듭하고 있을 때였다. 처음으로 창설된 국방경비대도 아직 군율이 제대로 잡히지 않아서 휴가 때 사병들이 자기의 총과 지급받은 실탄을 지니고서 귀향길에 오르는 것이 다반사였다. 그래서 병칠이도 보름 동안의 휴가가 떨어지자, 얼씨구 좋다 하고 엠원 소총을 메고, 실탄이 든 탄창이 몇 개나 꽂힌 탄띠를 허리에 두르고서 고향을 찾아왔던 것이다. 총을 벗겨 탄창을 박자, 병칠이는 코언저리에 비시그레 웃음을 떠올리며 마을을 바라보았다. 짓궂은 장난을 하려는 개구쟁이 같은 표정이었다. 그러나 곧 그런 장난기 어린 표정이 사라지고, 눈매에 날카로운 긴장이 감돌았다. 마을의 초가지붕들 가운데에 유난히 두두룩한 지붕이 눈에 들어왔던 것이다. 그것은 당숙네 집, 즉 두성이네 집이었다. 선애의 시집이라는 생각이 들자, 병칠이는 약간 들떴던 기분이 싹 가시고, 가슴속이 팽팽하게 죄어지는 느낌이었다.

총을 들어 조준 자세를 취했다. 가늠쇠 구멍 한복판에 그 두두룩한 지붕이 가만히 멎었다. 그것을 쏘아보는 눈매가 섬뜩하리만큼 싸늘했다. 방아쇠를 당기려는 손가락이 가늘게 떨렸다.

"후유."

병칠이는 바람이 새는 것 같은 숨을 쏟아냈다. 온몸에서 긴장이 스르르 풀리고 있었다.

총구를 번쩍 쳐들었다. 그리고 방아쇠를 당겨 버렸다.

쾅!

아무렇게나 마을 뒷산을 향해 쏘아 버렸던 것이다.

요란한 총소리를 선애는 부엌에서 밥솥에 불을 지피다가 들었다.

"아이고 놀래라."

깜작 놀란 선애는 부지깽이를 쥔 채 벌떡 일어났다. 얼른 부엌문 쪽으로 가서 멀뚱히 바깥을 내다보며,

"총소리 같은데…… 우짠 총소리가 다 나제?"

혼자 중얼거렸다. 그리고 방방하게 부풀어 오른 배를 한 손으로 어루만지며 도로 아궁이 앞에 와서 앉아 다시 부지깽이로 솔가리를 밀어 넣었다.

"총소리 앙이가. 맞제?"

시어머니가 부엌으로 들어서며 물었다.

"예, 그런 것 같심더."

"우짠 일이제? 총소리가 다 나다니…… 얄궂다. 누군공?"

"글씨예."

"밥 아직 멀었나?"

"다 돼 갑니더."

배가 고픈 듯 한실댁은 솥뚜껑을 한 번 열어보고는 시렁에서 상을 두 개 내려 부뚜막에 놓고, 손수 숟가락이랑 김치보시기 같은 것을 차리기 시작했다.

그러고 있는데, 구 서방이 대문을 들어서서 웃는 듯 마는 듯한 묘한 얼굴로 부엌 쪽으로 다가왔다.

"총소리가 났지예? 우짠 총소린게?"

선애가 물었다.

그러자 구 서방은 말을 꺼내기가 뭐한 듯 좀 망설이다가 한실댁을 향해 불쑥 입을 열었다.

"병칠이란 놈이 돌아왔심더."
"뭐라? 그럼 병칠이가 쏜 총소리라 말이가?"
"예, 그놈아가 총을 메고 돌아왔네요."
"우야꼬."
한실댁의 얼굴이 하얗게 핏기를 잃고 있었다.
선애도 그만 한 대 낮바닥을 얻어맞은 사람처럼 얼떨떨해져 눈 둘 바를 모르고 있었다.
동구 앞에서 울린 한 방의 요란한 총소리는 군인이 되어 휴가를 온 병칠이가 쏜 것이라는 말이 곧 온 마을에 퍼졌다.
마을 사람들의 반응은 크게 두 갈래였다.
"총을 가지고 휴가를 왔구나."
"총소리 억씨기 크제?"
"난 깜짝 놀랬다 앙이가. 무슨 총인공?"
이런 식으로 호기심을 가지고 얘기하는 축도 있었고,
"그누묵 자석, 휴가를 왔으면 왔지, 와 마을에 들어서면서 총부터 쏘노."
"그기 인산 모양이지, 고얀 녀석."
"내사 놀래서 간이 떨어질 뻔했다 앙이가."
"그놈아가 그 총을 가지고 무슨 짓을 저지를똥……."
이런 식으로 못마땅해하며 슬그머니 걱정을 하는 축도 있었다.
입 밖에 내어 말은 안 했지만, 속으로 누구보다도 염려하는 것은 영덕댁이었다. 병칠이가 저 총으로 두성이를 혹시…… 싶은 것이었다. 마을 들머리에서부터 한 방 터트린 것을 보면 아무래도 마음이 놓이지가 않았다. 병식이 역시 마찬가지 심정이었다. 어쩌면 그런

속셈이 있어서 휴가를 오면서 일부러 총을 가지고 온 게 아닌가 싶어 두려운 생각을 떨쳐버릴 수가 없었다.

그러나 영덕댁도 병식이도 그저 병칠이의 눈치를 볼 뿐, 겉으로는 오히려 전혀 그런 기색을 나타내지 않으려고 애를 썼다. 생각만 해도 몸서리가 쳐지는 그런 엄청난 일을 입 밖에 내다니…… 될 말이 아니었다. 애당초 입에 담을 성질의 것이 아니었다. 그래서 어쩌면 더 불안한지도 몰랐다.

병칠이는 들떠 있었다. 이미 일본 땅에 가서 두어 해 공원으로 고통스러운 생활을 맛본 터이지만, 몇 달 동안의 군대에서의 훈련생활은 그것과는 또 다른 진땀나는 경험이 아닐 수 없었는데, 그 철두철미한 단체생활에서 놓여나 자유의 몸이 되어 훨훨 날듯이 고향을 찾아왔으니, 기분이 마냥 들뜰 수밖에 없었다.

보리를 베고, 논에 모를 심는 농번기였으나, 병칠이는 애써 농사를 거들려고 들지도 않았다. 가족들 역시 그가 농사를 거들기를 바라지도 않았다. 고된 훈련을 마치고 휴가를 왔으니, 푹 쉬었다가 가라는 생각에서 그가 혹시 일을 거들려고 나설 것 같으면 영덕댁과 병식은 오히려 말렸다. 집안일은 걱정 안 해도 좋으니, 아무쪼록 아무 사고도 말썽도 일으키지 않고, 그저 푹 쉬고 얌전히 놀다가 부대로 돌아가 주기만을 바랐다.

병칠이는 곧잘 총을 들고 산으로 갔다. 노루나 멧돼지를 한 마리 잡고야 말겠다는 생각에서였다. 집안 농사를 거드는 대신 큼직한 산짐승이나 한 마리 잡아서 가족들에게 선물하고 싶었던 것이다.

1946년, 그 무렵은 산에 나무가 우거져 있어서 멧돼지나 노루, 혹은 늑대 같은 큰 산짐승들이 곧잘 모습을 나타냈다. 그러나 어찌된 셈인지 병칠이는 그런 큰 짐승은 고사하고 산토끼 따위도 한 마리 잡아 들고 내려오는 일이 없었다. 쾅! 콰쾅! 하고 이따금 총소리는 울렸으나 말이다. 총 쏘는 솜씨가 서투른지, 아니면 사냥을 하는 엽총이 아니기 때문에 그런지 잘 알 수가 없었다.

쾅 우르르 쾅쾅 우르르 우르르…… 총소리는 메아리가 되어 산줄기를 타고 멀리 울려나가곤 했다.

그럴 때면 논밭에서 일하던 사람들은 고개를 들어 총소리가 울린 산 쪽을 바라보며 저마다 한마디씩 했다.

"산짐승 한 마리도 몬 잡으면서 와 자꾸 쏘아대노."

"노루나 멧돼지를 기어이 한 마리 잡고 말겠다고 큰소리친다면서?"

"노루나 멧돼지가 그렇게 쉽게 잽힐 줄 아는 모양이지."

"이 바쁜 때 저거 집 일이나 안 거들고 쯧쯧쯧……."

못마땅하게 여기며 혀를 차는 사람도 있었다. 대체로 어른들은 병칠이의 총 사냥을 빈정거리는 투로 말했으나, 아이들과 젊은 축은 산울림이 되어 퍼져나가는 총소리를 신기해하고 병칠이를 부러워하기도 했다.

"총소리 억씨기 크다 그제?"

"꼭 산이 무너지는 것 같다."

"나도 총 한 번 쏘아 봤으면 좋겠다."

"나도."

"오늘은 노루를 한 마리 잡아가지고 내려오면 좋을 낀데……."

"노루보다도 멧돼지를 잡으면 더 좋겠다 내사…… 멧돼지가 훨씬 크고 무섭게 생겼다 말이다. 아나?"

"나도 알아."

아이들은 이런 식으로 주고받으며 공연히 히히덕거렸고,

"아이고 이놈의 농사 지겹다, 지겨워. 나도 시팔 것, 군대에나 나가서 병칠이처럼 저렇게 쾅쾅 총이나 쏠까구마."

"그기 뭐 어렵나. 담에 모집이 있거든 나가라마."

"같이 안 나갈래?"

"생각해 보고."

"생각할 끼 뭐 있노. 저 보래. 쾅쾅…… 얼매나 시원시원하노. 내사 답답하던 가슴이 다 툭 트이는 것 같다."

"만일 전쟁이 나면 우얄라고?"

"까짓것, 사내대장부가 쾅, 쾅, 싸우다가 죽을 만하면 죽는 기지 뭐. 까짓것……."

"장개 한 번 몬 가보고 우얘 죽노. 억울해서……."

"그건 그렇대이. 하하하……."

"허허허……."

총각 녀석들은 이런 투로 은근히 병칠이를 부러워하며, 산골에 처박혀 농사나 짓는 불만을 터트리기도 했다.

어느 날 해질 무렵 병칠이는 산토끼 한 마리를 잡아 들고 산을 내려오고 있었다. 사냥을 시작한 뒤로 처음으로 잡아본 산짐승이었다. 비록 보잘것없는 산토기 한 마리였지만, 빈 손으로 하산할 때보다는 월등히 기분이 좋아 병칠이는 흥얼흥얼 콧노래까지 흥얼거렸다.

산허리를 돌아 내려오던 병칠이는 주춤 걸음을 멈추었다. 저만큼 아래에 마을로 향하는 길이 산자락을 따라 이어져 있는데, 길에 자전거를 타고 가는 사람이 눈에 띄었던 것이다.

두성이였다. 퇴근을 해서 돌아오는 길이었다.

병칠이는 절로 온몸이 굳어드는 듯 바짝 긴장이 되었다. 천천히 자전거 페달을 밟으며 서서히 마을을 향해 움직여 가는 두성이를 가만히 서서 노려보듯 지켜보고 있던 병칠이는 한쪽 손에 쥔 산토끼를 그 자리에 뚝 떨어트렸다. 그리고 어깨에 메고 있던 총을 벗겨 철컥, 탄창을 박았다. 선 채로 총을 들어 올려 사격자세를 취하다가 병칠이는 얼른 앉은 자세로 바꾸었다.

가늠쇠 구멍에 자전거를 탄 두성이가 들어왔다. 목표물이 서서히 움직이기 때문에 가늠쇠 구멍도 따라서 조금씩 이동을 하고 있었다. 방아쇠에 닿아 있는 손가락이 경련을 일으킨 듯 가늘게 떨리고 있었다.

병칠이가 첫 휴가를 얻어 고향에 돌아오면서 총과 실탄을 가지고 온 것은 결코 두성이를 해칠 생각이 있어서가 아니었다. 군인이 되어 처음으로 귀향하는 터이라, 기분이 우쭐해져서 그저 자랑삼아 가지고 떠났을 뿐이었다.

그런데 처음 동구 앞에서 장난삼아 한 방 터트리려고 했을 때, 문득 두성이네 집 지붕이 눈에 띄자, 가슴속에 응어리처럼 굳어져 있는 복수의 감정이 절로 불끈 고개를 쳐들었던 것이다. 그래서 가늠쇠 구멍 속에 그 지붕을 담아 보았으나, 차마 그것을 향해 실제로 발사할 수는 없어서 총구를 들어 마을 뒷산을 향해 쏘아 버렸던 것이다.

그때와 마찬가지로 이번 역시 전혀 의도적인 것은 아니었다. 하산을 하는데, 마침 길에 두성이가 눈에 띄어 증오의 감정이 뻗쳐올라서 순간적으로 그만 어깨에 멘 총을 벗긴 것이다. 그러나 그때보다 이번은 월등히 더 긴장이 되었다. 그때는 지붕이었지만, 이번에는 실제로 두성이가 아닌가 말이다.

가늠쇠 구멍 한가운데에 들어와 있는 두성이를 쏘아보는 병칠이는 숨을 쉴 수 없을 정도로 팽팽해져 있었다. 방아쇠를 당기기만 하면 십중팔구 두성이는 골로 가고 말 게 아닌가. 방아쇠에 닿아 있는 손가락이 얼음처럼 차가워져서 경련을 일으킨 듯 떨릴 수밖에 없었다.

당겨 버릴까. 어쩔까…… 숨 막히는 긴장 속에 망설이다가 병칠이는 결국 후유— 숨을 내뱉으며 총구를 살짝 위로 쳐들었다. 가늠쇠 구멍에서 자전거를 탄 두성이의 모습이 사라지자 방아쇠를 당겨 버렸다.

쾅!

총소리는 병칠이의 귓전에 다른 때보다 월등히 크게 울렸다. 팽팽하던 긴장이 풀린 순간이라 그런지도 몰랐다.

저 아래 길에 조그맣게 보이는 두성이는 그만 자전거를 탄 채 옆으로 쓰러지고 있었다. 얼른 보기에 마치 총을 맞은 것 같았다. 그러나 곧 두성이는 일어났고, 자전거를 일으켜 세우며 이쪽 산을 쳐다보았다. 뭐라고 투덜대는 것 같았으나 그 소리가 들리지는 않았다.

몸을 움츠리고 앉아서 가만히 그 광경을 내려다보고 있는 병칠이의 코언저리에 고소한 듯한 짓궂은 웃음이 싸늘하게 떠오르고 있었다.

놀라 거의 사색이 되다시피 하여 집에 돌아간 두성이는 그러나 어찌된 셈인지 얼른 그 사실을 가족들에게 얘기할 수가 없었다. 너무나 충격이 심해서 마치 혀가 굳어진 것 같은 느낌이었다.

밥상을 들여온 선애 앞에서도 마냥 화난 얼굴이었다. 남편의 그런 표정을 보고 선애는 오늘 학교에서 무슨 기분 언짢은 일이 있었나보다 싶어 힐끗힐끗 눈치를 볼 뿐, 입을 떼지는 않았다.

두성이는 입맛까지 뚝 떨어져버린 듯 밥을 몇 술 뜨는 둥 마는 둥 하고 상을 밀어냈다.

"아니, 와 그래예? 당신 오늘 무슨 일 있었지예?"

그제야 선애는 조심스럽게 입을 열었다. 두성이는 아무 대답이 없었다.

"말해 봐예. 학교에서 틀림없이 무슨 일이 있었던 것 같단 말입니더. 당신 얼굴에 그렇게 써져 있어예."

남편의 언짢은 기분을 누그러트리려는 듯 선애는 약간 애교어린 그런 표정까지 지으며 말했다.

"학교 좋아하네."

두성이는 그제야 툭 한마디 했다.

"그럼 어디서 무슨 일이 있었능교? 말해 봐예."

"……."

"기분 나쁜 일은 말을 해삐리야 좀 속이 가라앉는 기라예. 당신이 그러고 있으니까 나까지 기분이 안 좋아질라 카지 뭡니꺼. 예? 여보, 무슨 일이 있었는데예?"

아내의 나긋나긋한 표정 앞에 두성이는 그만 도리 없다는 듯이 내뱉었다.

"병칠이 그눔아가 날 죽일라 안 카나."

"뭐라꼬예?"
선애는 두 눈이 휘둥그레지고 말았다.
"내가 자전거를 타고 집으로 돌아오는데 글쎄, 산에서 그눔아가 나를 보고 총을 쐈지 뭐고."
"우야꼬……."
두려움에 그만 선애는 파랗게 질리고 있었다.
"조금 전에 총소리 안 나더나. 그기 나를 보고 쏜 기라 말이다."
"……."
"깜짝 놀래서 나도 모르게 자전거를 탄 채 길바닥에 쓰러졌지 뭐고. 하마터라면 그눔아 총에 맞아……."
두성이는 말끝을 흐리면서 다시 충격이 뒤덮여 오는 듯 약간 충혈된 눈으로 선애를 쏘아보듯 바라보았다.
그렇지 않아도 병칠이가 휴가를 와서 산으로 다니며 총을 쏘아대는 바람에 가뜩이나 심사가 착잡하고 슬그머니 두렵기도 했던 터인데, 실제로 그 총으로 남편을 죽이려고 들다니…… 선애는 겁에 질려 입이 얼어붙어 버렸고, 그 일이 다 자기로 인한 것이어서 눈길을 어디에다가 두면 좋을지 알 수가 없었다. 남편을 대할 면목이 없고, 숨이 막히는 듯해서 그만 선애는 상을 들고 일어나 방을 나가 버렸다.
선애 역시 그 얘기를 누구에게도 입 밖에 낼 수가 없었다. 두성이는 충격이 심하고, 어이가 없기도 해서 잘 입이 열리지 않았지만, 선애는 충격도 충격이지만, 자기가 원인이 된 일이어서 도저히 발설을 할 수가 없었다. 결국 이삼 일 지나서 심정이 좀 가라앉은 두성이가 어머니에게 그 얘기를 비쳤다.

한실댁은 얘기를 듣자 까무러칠 정도로 놀라며,

"뭐라꼬? 그기 정말이가? 와 그런 일을 인제사 얘기하노. 응이? 그 때리죽일 놈이 총으로 살인을 할라 캐? 뒤지고 싶어서 환장을 해도 분수가 있지. 지가 뭘 잘했다고…… 그눔아가 그렇게 나쁜 놈일 줄은 정말 몰랐네. 내 참 기가 맥히서……."

입에 거품을 물고 분해서 못 견디었다. 그리고 한실댁은 도저히 그냥 듣고만 넘길 일이 아니라 싶어서 벌떡 일어나 자기가 직접 병칠이란 놈을 붙들고 따지러 그 집을 찾아갔다. 저녁이었다. 마침 그날 병칠이는 휴가가 끝나 부대로 돌아가고 없었다. 그 집 영덕댁을 붙들고 한바탕 분풀이를 하듯 떠들어대는 수밖에 없었다.

그런 사실을 까맣게 모르고 있던 영덕댁은 마치 자기가 무슨 죽을죄라도 지은 것처럼 주눅이 들어 뭐라고 한마디 변명도 못했다. 영덕댁뿐 아니라 병식도, 다른 가족들도 마찬가지였다. 병칠이가 총으로 두성이를 쏘아 죽이려 한 게 사실이라면, 입이 열 개라도 할 말이 없었다.

그 소문은 곧 마을에도 퍼졌다. 마을 사람들은 눈이 휘둥그레지지 않을 수 없었다. 병칠이가 그처럼 독하고 무서운 놈인 줄은 미처 몰랐다는 듯이 혀를 내두르는 사람도 적지 않았다. 그러나 개중에는 설마 정말로 죽이려고야 했겠느냐고, 좋은 쪽으로 생각하는 사람도 없지가 않았다. 정말 죽일 생각이었으면 한 방만 쏘았겠느냐, 첫 방이 맞지 않았으면 두 번 세 번 쏘았을 게 아니냐는 것이었다. 두성이를 죽이면 저도 어떻게 된다는 것을 뻔히 알면서 그런 어리석은 짓을 할 턱이 있느냐, 아마 전에 얻어맞은 분풀이로 한 방 공포를 쏘았을 게 틀림없다고 했다.

어쨌든 마을 사람들 사이에 그 얘기는 고약한 화제이면서도 흥미 있다면 흥미 있는 것이어서 쉬 사라지질 않고, 꽤나 오랫동안 꼬리를 이었다.

수상한 나그네

선애가 아기를 낳은 것은 가을이 짙어갈 무렵이었다. 아들이었다. 첫 아들을 낳은 산모뿐 아니라, 아버지가 된 두성이, 그리고 첫 손자를 얻은 안 생원과 한실댁은 기뻐서 어쩔 줄을 몰랐다. 온통 집안이 웃음에 휩싸여 하루아침에 활짝 밝아진 듯한 느낌이었다.

이름은 상원이라 지었다. 상원이는 온 집안사람들의 귀여움을 한 몸에 받으며 잘 자랐다.

해가 바뀌고, 봄여름이 지나 다시 가을이 돌아왔다. 상원이의 돌날이 다가오고 있었다.

그동안에 병칠이는 두 차례 고향을 다녀갔다. 한 번은 정식 휴가를 와서 보름 가까이 쉬다가 갔고, 한 번은 무슨 공용외출이었던 듯 집에 들러 하룻밤을 자고 떠났다. 두 차례 다 병칠이는 첫 휴가 때와는 달리 총을 가지고 오질 않았다.

하룻밤 자고 갔을 때는 두성이네 집에서는 그가 온 줄을 몰랐었고, 정식 휴가를 왔을 적에는 물론 알고서 약간 긴장들이 되었으나, 이번에는 총을 가지고 오질 않았다기에 좀 마음을 놓았다.

보름 가까이 머물면서 병칠이는 첫 휴가 때와는 달리 집안 농사를 잘 거들었고, 친구들과 어울려 술을 마시고서 좀 거칠게 굴기는 했지만, 별일 없이 지내다가 떠났기 때문에 이제 얻어맞은 지난날의 원한을 잊고 마음을 잡았나 보다고 두성이네 가족들은 적이 안심을 하기에 이르렀다.

상원이 돌날이 내일 모레로 다가온 어느 날 퇴근 시간이 가까워졌을 때였다.

"안 선생, 밖에서 누가 찾는데요."

동료 교사 한 사람이 교무실을 들어서며 말했다.

"누굽띠까?"

두성이는 자리에서 일어나며 물었다.

"모르겠어요. 철봉 있는 데서 기다리고 있어요."

누굴까 싶으며, 두성이는 교실을 나가 운동장 가에 있는 철봉대 쪽으로 걸어갔다.

운동장 가에는 벚나무가 일정한 간격으로 심어져 있었다. 철봉대 근처의 벚나무 그늘에 보릿짚 모자를 쓴 웬 남자가 한 사람 앉아 있었다.

두성이가 다가가자, 그 남자는 자리에서 부스스 일어나며 보릿짚 모자를 벗었다. 그리고 얼굴에 활짝 웃음을 떠올리며,

"야, 너 오래간만이다."

하고 한 손을 내밀어 악수를 청했다.

그게 누군지, 두성이는 얼른 알아차리질 못했다.

"날 몬 알아보는구나. 나 학수 앙이가. 김학수. 가네무라 가꾸슈(金村學洙) 말이다."

"오, 이거 우짠 일이고?"

두성이는 그의 손을 덥석 잡았다. 중학교 시절의 학우였다. 농림학교에 다닐 때 같은 학급이었고, 한때는 하숙도 같이 한 일이 있는 꽤 친한 사이였다. 그런데 그 김학수는 집안 형편이 여의치 않아서 3학년 1학기로써 학업을 중단하고 말았다.

여름방학을 마치고 2학기가 시작되어 학교에 가보니 김학수는 결석이었고, 그 뒤 끝내 학교에 모습을 나타내지 않았다. 들리는 말로는 고향에서 농사를 짓는다고도 했고, 어떤 상점에 점원으로 들어갔다고도 했다. 확실한 것은 알 길이 없었다. 어느 쪽이었든 좌우간 학교를 중도에 그만두지 않을 수 없었던 친구를 두성이는 몹시 측은하게 여겼다. 그러나 달이 가고 해가 바뀌고 세월이 흐르면서 자연히 그를 잊어버렸다.

그러니까 그와 헤어진 지 어느덧 칠팔 년이 지난 것이다.

"아니, 어떻게 알았지? 내가 이 학교에서 선생질을 하고 있다는 걸……."

두성이의 말에 김학수는,

"다 알아내는 수가 있지."

하고는 히죽이 웃었다.

농삼아 하는 말이었으나, 그 말투와 함께 웃는 표정에도 어딘지 모르게 좀 음흉한 그늘 같은 것이 느껴져서 두성이는 기분이 약간 개운치가 못했다. 칠팔 년 전 학생 시절의 김학수와는 어쩐지 느낌이 다른 것만 같았다.

그러나 오래간만에 찾아온 옛 친구에게 그런 기색을 내비칠 수는 없는 일이어서 두성이는 애써 웃음을 떠올리며,

"넌 그동안 어떻게 지냈나? 지금 어디서 뭘 하고 있노?"

하고 물었다.

"차차 얘기하지 뭐."

김학수는 또 그 별로 기분 안 좋은 웃음을 씩 웃어 보였다.

그 말투로 보아 무슨 볼일이 있어 이곳을 지나가는 걸음에 잠시 들른 것은 아닌 것 같았다.

"그래? 가만있자…… 그럼 좀 기다릴래? 곧 끝나니까."

"응."

"종례가 있기 때문에 교무실에 같이 들어가기는 좀 뭐하고, 우리 교실에 가서 기다리지."

마침 그때 땡땡땡 땡땡땡…… 종례를 알리는 종소리가 들려왔다.

두성이는 김학수의 곁에 놓여 있는 낡은 조그마한 손가방을 힐끗 보고는 성큼성큼 운동장을 질러서 교무실 쪽으로 걸어갔다.

종례를 마치고, 두성이는 자전거를 끌고 김학수와 함께 교문을 나섰다.

어느덧 가을해가 서산으로 기울어 날이 설핏했다.

두성이는 학교에서 좀 떨어진 곳에 있는 면소재지 마을의 단골 주막으로 김학수를 데리고 가려 했다. 그런데 김학수는 주막에 가기가 싫은 듯,

"너거 집은 여기서 머나?"

하고 물었다.

"좀 멀지."

"얼매나 되는데?"

"이십 리가량 되지."

"뭐? 이십 리?"

김학수는 약간 놀라는 기색이었다.

"매일 이십 리 길을 자전거로 통근 안 하나."

"그럼 말이다, 이렇게 하자. 주막에서 술을 마실 끼 앙이라, 술을 받아 가지고 가자. 내가 자전거를 탈 끼니까, 너는 뒤에 올라앉어라. 나 자전거 잘 탄다. 중국집에서 배달을 했었다 앙이가. 학교를 그만두고 한때……."

"그래?"

두성이는 웃음이 나오려는 것을 참았다. 그리고 말했다.

"그럼 그러지 뭐. 술이사 집에 가면 안 있나. 가을인데 농주가 없겠나. 그리고 저……."

"……."

"내일 모레가 우리 알라(아기) 돌 앙이가. 술을 새로 한 단지 해 넣어 놨는데, 잘 익었을 끼다."

"야, 그거 참, 오는 날이 장날이라고 잘 됐는데……. 벌써 닌 아부지가 됐구나. 아들이가 딸이가?"

"물론 아들이지. 아들 앙이면 안 낳는다 앙이가."

"허허허…… 물건이 제법 쓸 만한 모양이지. 자, 자전거 이리 도고. 니는 뒤에 올라앉어라."

"나도 잘 탄다. 니가 뒤에 올라앉어. 가다가 교대하지 뭐."

"그래, 좋았어."

김학수는 기분이 매우 좋은 듯 성큼 자전거 뒷자리에 올라탔다.

두 사람은 서로 교대해서 자전거 페달을 밟으며 그동안 지내온 얘기를 주거니 받거니 이십 리 길을 갔다. 두성이 쪽은 지내온 얘기라고 해야 별 게 없었다. 학교를 졸업하고 일본 군대에 징집되어 나가기 직전에 장가를 들었고, 해방이 되어 돌아와 고향의 국민학교 교사 발령을 받았고, 아들을 낳았고…… 그런 순탄한 얘기였다.

그러나 김학수는 고생을 꽤나 한 셈이었다. 3학년 1학기로써 학교를 그만두고는 잠시 고향집에서 농사를 짓다가 가을걷이를 마치자, 김천에 있는 어떤 중국 요릿집에 심부름꾼으로 들어가 주로 자전거로 음식 배달을 했으며, 두어 해 뒤에는 때려치우고, 광산으로 가서 석탄 캐는 일에 종사하다가 너무 고되어서 까짓 놈의 것 차라리 군대에 가는 게 낫겠다고 지원을 해서 일본 군대에 들어갔다는 것이다. 훈련을 마치고 중국, 그 무렵은 지나(支那)라고 했는데, 그곳 최전선에 배치되어 죽을 고비를 여러 번 겪다가 결국은 부상은 당하여 육군병원에서 해방을 맞이했다는 것이다.

"해방 뒤로는 뭘 했노? 지금 뭘 하고 있노?"

두성이는 그 점이 궁금해서 물었다.

어떻게 알았는지 난데없이 불쑥 찾아온 것도 그렇고, 낡은 조그마한 손가방 하나를 달랑 들고 보릿짚 모자를 눌러쓰고 있는 행색으로 보아서는 도무지 무슨 일에 종사하고 있는 것인지 알 수가 없었다.

그러나 김학수는 그 말에는 대답을 하지 않고,

"뭐 하는 사람 같으노?"

도리어 물었다.

"실업자 같은데."

두성이는 느낀 대로 서슴없이 내뱉었다.

"그렇게 보이나? 내가……."

"글쎄 잘못 본지는 모르지만, 어쩐지 아무 직업 없이 돌아다니는 방랑객같이 보인다 앙이가."

"정처 없는 나그네라 그 말이구나. 허허허…… 그렇게 봤다면 도리 없는 거 앙이가. 그렇다고 해두지 뭐."

"그럼 실업자가 앙이라 말이구나."

"아니라면 아니고, 그렇다면 그렇고……."

"그기 무슨 말이고? 반실업자라 그 말이가? 하던 일이 잘 안 돼서 지금은 좀 쉬고 있다 그기구나. 그래서 바람을 쐬러 다닌다 그기지? 맞지?"

"허허허…… 맞는 것 같은데……."

"같은 데는 또 뭐고? 맞으면 맞고, 틀리면 틀린 기지."

그러자 김학수는,

"나중에 알 때가 있겠지."

아리송한 말을 하고는 얼른,

"내가 가면 너거 집 식구들이 싫어하지 않을까 모르겠다."

말머리를 돌리듯이 말했다.

"싫어하기는…… 옛날 친구가 왔는데……."

실상 두성이는 김학수를 데리고 가는 게 뭐 그다지 마음에 내키는 일은 아니었지만, 그러나 입으로는 그렇게 말하는 수밖에 없었다.

"그래? 그러면 됐다."

무엇이 됐다는 것인지, 김학수는 혼자서 무척 좋아했다.

김학수는 두성이네 집에 무려 엿새를 머물렀다. 그렇다고 그만 가라고 내쫓을 수도 없는 노릇이었다. 학교에서 퇴근을 해서 돌아올 때마다 두성이는 혹시 오늘은 떠났나, 오늘은…… 하고 속으로는 생각하면서도 막상 방 안에 앉아서 자기가 돌아오기를 기다리고 있는 김학수를 대하면 차마 싫은 낯을 할 수가 없었다.

떠나면서 김학수는 여비까지 요구했다.

그러나 두성이는 못마땅한 얼굴을 하지 않고, 떠나주는 것만 해도 고맙다는 듯이 자기의 호주머니 안에 있는 돈을 모조리 털어 손에 쥐어주었다.

도대체 뭘 하는 사람인데, 그런 염치도 코치도 없는 놈이 다 있느냐고, 그런 게 네 친구냐고, 특히 한실댁은 잔뜩 이맛살을 찌푸리며 두성이를 향해 한심하다는 듯이 혀를 차댔다. 김학수가 떠나간 그날 저녁에 말이다.

김학수가 두 번째 찾아온 것은 두어 달 지나서였다.

그날은 두성이 숙직 당번이었다. 집이 학교에서 이십 리 길이나 되기 때문에 숙직 날은 아예 근무 시간이 끝나도 귀가를 하지 않고, 식사를 음식집에서 사 먹고서 숙직을 하는 것이었다. 집이 학교에서 멀지 않은 선생들은 집에 가서 저녁을 먹고서 숙직을 하러 나오는 터인데 말이다.

그날도 김학수는 퇴근 시간이 가까워져 학교로 찾아왔는데, 두성은 저 친구 또 나타났구나 싶으며 절로 이맛살이 찌푸려졌다. 그러나 겉으로는 애써 이맛살을 펴고서 그를 데리고 음식집에 가서 저녁을 사 먹고 같이 숙직실에서 잤다.

숙직은 언제나 교사 한 사람과 소사 둘이서 하기 마련이었다. 그날은 나그네가 한 사람 끼어서 셋이 숙직을 한 셈이었다.

소사가 있어서 그런지 김학수는 되도록이면 말을 적게 하려고 애를 쓰는 듯한 눈치였다. 두어 달 전 처음 찾아왔을 때는 이런 얘기 저런 얘기 곧잘 지껄여 댔었는데 말이다. 말수가 적을 뿐 아니라, 어딘지 모르게 불안에 싸여 있는 사람처럼 초조해 보이기도 하고, 침울한 기색이 엿보이기도 했다.

두성은 도대체 자네 뭘 하고 돌아다니는가, 하고 그 정체를 까뒤집어보고 싶은 충동을 느끼기도 했으나, 왠지 차마 그런 말은 입에서 나와 주지가 않았다. 그래서 그냥 겉도는 듯한 얘기만 조금 나누다가 잠이 들어버렸다.

이튿날 새벽, 누군가가 흔들어 깨우는 바람에 두성은 잠을 깼다. 숙직실의 창문에 새벽 기운이 희붐하게 어리고 있을 뿐, 아직 방은 어둠침침했다.

"두성이 두성이, 나 가야겠어. 일어나 봐."

김학수가 벌떡 일어나서 옷을 주워 입고 흔들어 깨우고 있었다.

"으응, 아윽—"

크게 기지개를 켜고서 두성은 부스스 일어나 앉으며,

"아니, 아직 날도 안 샜는데, 벌써 와 이카지?"

아직 잠이 덜 가신 눈으로 멀뚱히 김학수를 바라보았다.

"날이 밝기 전에 떠나야겠어. 그런데 말이다……."

"아니, 아침이라도 묵고 떠나야지, 뭐가 그렇게 바빠서……."

"그럴 일이 있어. 그런데 말이지…… 미안하지만 두성이, 나 돈 좀 도고. 인제 니한테 신세지는 것도 이것으로 마지막이니까. 선심 한 번 쓰는 셈치고, 돈을 있는 대로 내놓아 보래."

"내가 무슨 돈이 있겠노. 학교 접장이……."

"두성아, 그카지 말고, 친구 한 번 살려주는 셈치고 좀 봐도고. 공짜로 달라는 기 앙이다. 나중에 내가 그 은혜를 십 배 백 배 갚을 날이 있을 끼니까. 정말이다. 이 김학수는 입에 바른 소리는 절대 안 한다. 두고 보래."

"허 내 참, 이 새벽에 별안간 돈을 내놓으라니……."

뭐 이런 친구가 다 있나 싶어 두성은 어이가 없고, 입맛이 쓰기만 했다. 두어 달 전에는 염치도 코치도 없이 집에 엿새나 머물고 떠나며 여비를 좀 달라고 노자까지 받아가지고 사라지더니, 이번에는 '여비'를 좀 달라는 것이 아니라, '돈'을 있는 대로 내놓으라니, 참 낯가죽도 두꺼운 녀석이라 싶어 슬그머니 정나미가 떨어지기도 했다.

그러나 두성이는 하룻밤만 숙직실 신세를 지고, 새벽녘에 일찍 떠나주는 것만도 고맙다고 생각하려고 애를 썼다. 그렇지 않고서 전번처럼 또 집에 가서 며칠 신세를 지자고 나서면 어쩔 것인가 말이다.

"음—"

도리가 없다는 듯이 두성은 무거운 신음소리를 토하며 일어났다. 벽에 걸어놓은 양복 웃옷의 안주머니에서 돈을 꺼내보았다. 돈이래야 몇 푼 되지도 않았다.

"이거밖에 없는데……."

김학수 앞으로 내밀자,

"두성이, 부탁이네. 이러지 말고, 있는 대로 다 좀 내놔 봐."

아까는 사정조로 나오더니, 이번에는 질긴 어투로 매달리려고 드는 것이 아닌가.

"야, 이 친구야. 학교 접장이 무슨 돈이 있단 말이고? 설사 돈이 있다 하더라도 뭐 할라고 많이 가지고 댕기겠노. 안 그러나?"

"마지막 부탁이라니까 그러네."

"마지막 부탁이고 뭐고 있어야 주제. 자, 니가 직접 뒤져보라마."

"남의 호주머니를 뒤지기는……."

"그럼 우짜란 말이고? 내 참……."

"교무실 책상 속에라도 혹시 더 없나?"

김학수는 염치고 뭐고 그런 것 싹 내던져버린 듯한 비굴하면서도 뻔뻔스러운 표정으로 말했다.

'교무실 책상 속'이라는 말에 두성은 자기도 모르게,

"아, 보자……."

하는 소리가 입에서 흘러나왔다. 어제 받아서 책상 서랍 속에 넣어둔 세 학생 분의 사친회비 생각이 문득 머리에 떠올랐던 것이다.

"가만있자……."

도리 없으니, 어서 이 귀찮고 천덕스러운 친구를 떠나보내기 위해서 그것이라도 주어버리자 싶어 두성은 숙직실 문을 열고 밖으로 나갔다.

염치 좋게도 김학수는 교무실까지 동행하려는 듯 뒤따라 나왔다.

바깥 새벽공기는 썰렁했다. 11월 초순인데, 벌써 겨울이 살갗에 와 닿은 듯한 느낌이었다. 두성은 목을 움츠리고 쩝쩝 입맛을 다시며 교무실로 갔다. 물론 김학수도 뒤를 따랐다.

자물쇠를 따고, 책상 서랍을 열어 사친회비 징수 장부를 꺼낸 두성은 돈을 끼워둔 갈피를 펼쳐 얼른 손에 집히는 대로 지폐 두어

장을 집어냈다. 그리고 재빨리 갈피를 닫아버렸다.

꺼낸 돈과 자기 돈을 합쳐서,

"자아, 인자 됐지?"

하면서 김학수 앞으로 내밀었다.

김학수는 그것을 우선 받고서,

"히힉."

다 봤다는 듯이 교활한 웃음을 흘렸다.

두성이 장부를 도로 서랍 속에 넣으려 하자, 그 팔을 덥석 잡으며,

"그러지 말고, 그거 다 도고. 마지막 부탁이다. 정말이다."

애원이라기보다는 강요에 가까운 그런 어투로 말했다.

말없이 두성은 김학수의 얼굴을 빤히 바라보았다. 그 뻔뻔스럽고 천덕스러운 낯바닥을 그만 장부로 냅다 후려갈겨 주고 싶은 충동을 느꼈다.

"나를 한 번 살려주는 셈치고 다 도고. 이 은혜는 정말 안 잊는다. 백 배로 갚을 날이 있을 끼니까."

"……."

"응? 두성아, 친구의 마지막 소원을 몬 들어주겠나?"

"오냐, 그래, 좋다. 다 가져가거라."

두성은 그만 장부 채로 내밀어버렸다. 상대할 값어치가 없는 인간, 어서 썩 꺼져버리라는 그런 심정이었다.

"고맙다. 정말 고맙다."

김학수는 장부를 받아 지폐가 끼워져 있는 갈피를 펼쳐서 돈을 전부 집어내어 아까 받아 쥔 것과 합쳐서 안 호주머니에 넣었다.

건네주는 장부를 받아 두성은 책상 위에 아무렇게나 툭 던져놓

고, 서랍을 쾅 소리가 나도록 요란하게 닫아버렸다. 자물쇠는 채우지도 않고 얼른 돌아서서 교무실 밖으로 나갔다.

뒤따라 나온 김학수는,

"두성이, 고맙네. 그럼 나는 떠나간다. 자……."

하면서 악수를 하자고 손 하나를 내밀었다.

두성은 그 손을 잡고 싶은 생각이 조금도 없었다. 그러나 차마 작별의 악수를 뿌리칠 수가 없어서 그저 힘없이 손을 내밀었다.

김학수는 두성의 손을 잡고 힘을 주며 흔들었다.

"이 은혜를 갚을 날이 반드시 온다. 멀지 않았대이. 두성아, 그때 보재이."

"응."

두성은 그저 건성으로 고개를 한 번 끄덕였다.

"그럼 몸조심하고 잘 있어. 나는 간다."

김학수는 숙직실 쪽과는 반대 방향으로 돌아서서 복도를 성큼성큼 걸어갔다.

멀뚱히 서서 그 뒷모습을 바라보던 두성은 마치 고약한 인간에게 돈을 모조리 털려버린 듯한 느낌이어서 쩝쩝 쓴 입맛을 다시며 숙직실로 향했다. 그 녀석의 말을 믿는다면 이번이 마지막이라 하니 귀찮게 달라붙었던 거머리 같은 것이 몸에서 떨어져나간 것 같아 기분이 개운하기도 했다.

숙직실로 들어서자, 자리에 누웠던 소사가 부스스 일어나 앉으며 입을 열었다.

"그 사람 누궁겨? 누군데 새벽부터 돈을 달라고……."

잠을 깨어 두 사람이 주고받은 말을 다 들었던 모양이다.

"농림학교 댕길 때 같은 반 친구였지. 중간에 학교를 그만두고 나갔지만……."

"뭐 하는 사람잉겨?"

아직 스무 살이 못 된 소사는 선생한테 뭐 그런 친구가 다 있느냐는 투로 말했다.

"모르겠어. 뭘 하고 있는지……. 이번이 두 번짼데, 실직을 해서 떠돌아 댕기는 것 같애.

"혹시……."

소사는 무슨 말을 하려다가 말끝을 흐려버리는 것이었다.

"혹시 뭐?"

"아니예."

소사는 말문을 닫아버렸다.

'혹시……' 소사의 그 말은 두성의 머리에도 어떤 의문의 그림자를 던졌다. 소사가 무엇을 머리에 떠올리면서 '혹시'라고 했는지, 물론 남의 속을 정확히는 알 수 없었으나, 십중팔구 짐작이 갔다.

"혹시 그런지도 모르겠는데……."

두성은 속으로 중얼거리면서, 아까 김학수가 떠나면서 마지막으로 하던 말이 머리에 떠올랐다. '이 은혜를 갚을 날이 반드시 온다. 멀지 않았대이. 두성아 그때 보재이.' 이렇게 말했었는데, 그때는 그저 미안해서 하는 말인 줄 알고 건성으로 들어 넘겼었지만, 가만히 생각해보니 좀 수상하다면 수상한 대목이 없지가 않았다. 은혜를 갚을 날이 '반드시 온다', '멀지 않았대이' 이 두 대목이 아무래도 예사로운 말이 아니질 않는가 말이다.

"음—"

자리에 다시 누운 두성은 심정이 착잡해왔다. 약간 불안한 생각이 들기도 했다. '반드시 온다' '멀지 않았대이'라는 말은 자기 개인의 형편이 펴일 날이 곧 온다는 뜻이라기보다는 어떤 세월이 멀지 않아 온다는 의미로 한 말인 것 같았다.

"그렇다면 김학수가……."

두성은 굳이 그 다음을 단정적으로 생각하고 싶지가 않았다. 기분이 안 좋은 것이었다. 재수 더럽게도 그 녀석이 어떻게 내가 이 학교에서 교편을 잡고 있다는 것을 알았을까…… 싶으며, 끙 하고 무겁게 옆으로 돌아누웠다. 그리고 그만 이불을 얼굴까지 푹 뒤집어쓰고 말았다.

함박눈 쏟아지는 밤

지리산을 비롯해서 한라산, 태백산 그리고 그 줄기들이 뻗어나간 여러 고장의 깊은 산에 산사람들이 준동하는 세상이 되었다. 남로당이 불법화되어 지하로 들어가더니, 이곳저곳에서 반란과 소요가 일어나고, 군대와 경찰의 진압에 쫓긴 잔도들이 산으로 들어가 유격전을 시작한 것이다.

그런 뒤숭숭한 시국 돌아가는 소식을 신문지상에서나 보고, 바람결에 흘러오는 소문으로나 들으며 그저 먼 남의 이야기처럼 여기고 있던 이 고장 사람들에게도 마침내 그것이 눈앞의 현실로 다가왔다. 산에서 산사람들이 내려와 마을을 털기 시작한 것이다. 산간 후미진 곳에 자리 잡고 있는 마을들이 곧잘 밤으로 산사람들의 습격을 받게 되었다.

은냇골 역시 두멧골이었으나, 큰 산에서 꽤 떨어진 그 줄기의 한쪽 기슭에 자리 잡고 있어서 그런지 아직 직접 그들의 습격을 겪지는 않았다. 그러나 언제 화를 당할지 알 수가 없어서 마을 사람들은 도무지 마음을 놓을 수가 없었다.

산사람들이 준동하자, 전투경찰이 토벌을 하게 되어 곧잘 산간 부락에 총소리가 울렸다. 때로는 깊은 산중에서 피아가 맞붙어 싸우는 듯 콩 볶는 듯한 총소리가 들려오기도 했다. 고요하고 한가롭기만 하던 두메가 그만 뒤숭숭해지고, 때로는 흉흉한 공기가 감돌기에 이른 것이다. 말하자면 산간지방의 평화는 깨어지고 만 것이었다.

어느 눈 내리는 밤이었다. 은냇골의 개들이 짖어대기 시작했다. 자정이 가까워지고 있을 무렵이었다. 깊이 잠든 사람들은 개가 짖어대는 것도 모르고 그대로 자고 있었으나, 잠귀가 밝은 사람들이나 선잠이 들었던 사람들은 개 소리에 눈들을 떴다. 이 한밤중에 웬 개들이 저렇게 짖어대는 것일까 하고 슬그머니 긴장들이 되지 않을 수 없었다.

두성이네 집 개도 짖어대고 있었다. 그 소리에 선애는 잠을 깼다. 방 안은 어두웠다. 한 이불 속에서 자고 있는 남편은 코까지 조금 골면서 깨어나질 않았고, 옆에 따로 재워놓은 상원이 역시 새근새근 잠들어 있었다.

선애는 잠시 가만히 개 짖는 소리에 귀를 기울이고 있었다. 집의 개뿐 아니라, 온 마을의 개들이 일제히 짖어대고 있는데, 그 소리가 차츰 요란해지는 것이 아닌가. 어떤 개는 마치 무엇에 놀란 것처럼 악을 다 써서 짖어댔다. 아무래도 무슨 심상치 않은 일이 있는 것 같았다.

그런데 개들이 어쩐지 산 쪽을 향해 짖어대는 듯한 느낌이 들자,

선애는 깜짝 놀라며,

"여보 여보……."

남편을 흔들어 깨웠다.

"아으윽—"

눈을 뜬 두성은 이불 속에서 기지개를 켰다.

"저 개 짖는 소리 좀 들어봐예."

"응? 개가 짖는다고? 와 짖제?"

아직 잠이 덜 깬 듯 잠꼬대 같은 소리를 하다가 곧 정신이 들었는지,

"아니 개들이 와 저렇게 짖어대제?"

두성이 역시 약간 놀라는 기색이었다.

"불을 킬까예?"

"그래."

선애가 자리에서 일어나 더듬더듬 더듬어서 성냥을 찾아 남포등에 불을 켰다.

개들의 짖어대는 소리가 한결 더 요란해지는 것 같았다. 온통 마을이 개 짖는 소리에 떠나가는 듯했다.

두성이도 이부자리 속에서 빠져나가 엉금엉금 기어가서 방문을 열고 바깥을 내다보았다.

"눈이 오는데……."

"그래예?"

선애도 남편 곁으로 다가가 문 밖을 내다보았다. 방 안에 불이 켜져 있어서 바깥이 얼른 눈에 잘 들어오지가 않았으나, 쏟아져 내리는 눈송이들이 어찌나 큰지 곧 함박눈이라는 것을 알 수가 있었다.

"눈이 억씨기 많이 오네예. 그런데 여보, 혹시……."

"혹시 뭐?"

"개들이 산을 보고 짖어대는 것 안 같은교?"

"산을 보고? 아니 그럼……."

두성이도 선뜻 머리에 와 닿는 것이 있어서 깜짝 놀라는 기색을 지었다.

"그런 것 같은데……."

"이 일을 우야지예?"

"야, 이거 정말 큰일 났는데……."

당황하며 서로 마주보는 두 사람의 얼굴에 공포의 빛이 역력했다. 선애는 입술이 파랗게 핏기를 잃고 있었고, 두성이는 안색이 새하얗게 바뀌고 있었다.

개 짖는 소리 속에 사람들의 목소리도 뒤섞여 들려오는 것 같았다.

두 사람은 바짝 굳어진 얼굴로 가만히 귀를 기울였다. 틀림없었다. 틀림없이 사람들이 떼를 지어 마을로 몰려들며 지껄여대고, 이따금 큰 소리를 지르기도 했다.

"아이구야꼬, 맞대이."

"이 일을 우야면 좋으노?"

선애와 두성은 또 한 번 마주보며 눈이 휘둥그레지지 않을 수 없었다.

사람들의 질러대는 소리 가운데에 분명히 '동무'라는 말이 섞여 들려왔던 것이다. 저희끼리 '김 동무' '이 동무' 하고 불러대는 소리였다. 그렇다면 틀림없이 산사람들이 마을을 털러 내려온 것이었다.

벌써 마을의 이 골목 저 골목을 산사람들이 우루루 달리는 기척까지 들리는 듯했다.

"불 꺼!"

두성이는 다급한 목소리로 그러나 나직이 내뱉었다.

선애는 얼른 훅 남폿불을 향해 숨을 불었다. 꺼지지가 않았다. 훅! 훅! 몇 번을 불어도 여자의 숨길인데다가 당황해서 그런지 불꽃이 너울너울 춤을 출 뿐, 도무지 꺼지지가 않았다.

"심지를 낮추고 불어야지."

두성은 공연히 짜증을 내듯 말하고는 얼른 자기가 남포등으로 다가가며 힘껏 후욱! 입에서 바람을 내뿜었다. 역시 남자가 달랐다. 심지를 낮추지도 않았는데 불은 팔락 꺼졌다.

방 안에 다시 어둠이 가득해지자, 두 사람은 마치 약속이라도 한 것처럼 후닥닥 이부자리 속으로 묻어 들어갔다. 이불을 콧구멍 바싹 아래까지 당겨 올려 덮고서 어둠 속에서 눈들을 반질거리며 바깥의 동정에 신경을 곤두세우고 있었다.

"여보, 당신은 다락 속에 숨는 기 어떻겠어예?"

선애가 약간 떨리는 듯한 목소리로 나직이 속삭였다.

"다락 속에?"

두성은 좀 생각해보는 것 같았다.

"산사람들이 붙잡아 갈지도 모르잖아예. 젊은 사람은 붙잡아 간다는 말이 있던데……."

"다락 속에 숨어 있다가 만일 발각되면 그때는 안 붙잡아 갈 것도 틀림없이 붙잡아갈 게 앙이가. 그리고 숨어 있는 걸 보니 반동분자에 틀림없다고 가만히 안 놔둘지도 모르고……. 안 그러나?"

"글쎄예. 아이고 우야면 좋지."
떨리는 듯한 숨을 내쉬다가 선애는 깜짝 놀라며,
"여보, 왔다 앙이가. 아이구야꼬."
남편의 가슴 안으로 후닥닥 얼굴을 묻어버렸다.
두 살짜리 상원이는 여전히 새근새근 잘 자고 있었다.
대문을 왈칵왈칵 밀어붙이는 소리가 몇 번 나더니,
"문 열어! 문 열어!"
고함소리가 거칠게 들렸다.
마당에서 개는 자지러지듯이 짖어대고 있었다.
그제야 큰방의 한실댁이 잠을 깬 듯,
"누구고? 이 밤중에……."
투덜거리듯이 말하면서 방문을 여는 기척이었다.
"문 열어! 어서 열어! 어서!"
쾅쾅 냅다 발길로 차대는 듯 대문짝이 곧 빠개질 것처럼 요란한 소리를 냈다.
"구 서방 자나? 누가 왔는 것 같은데……."
문간방을 향해 소리를 지르는 한실댁도 이미 어떤 사태가 일어났다는 것을 알아차린 듯 그 목소리가 떨리고 있었다.
구 서방도 벌써 잠이 깨어 있었던 모양으로 곧 방문이 열렸다.
"누궁겨?"
예사롭게 한밤중의 방문객을 맞이하듯이 방에서 나와 대문 빗장을 빼기는 했으나, 그 역시 이미 어떤 사태라는 것을 다 알고 있었던 모양으로 고분고분 하는 폼이 역력했다.
대문이 열리자, 서너 명의 산사람들이 들이닥쳤다. 모두 총을 한 자루씩 들고 있었고, 온통 몸에 눈이 묻어서 마치 흰색의 두툼한 방한복을 입고 있는 듯한 모습들이었다.

그들이 들이닥치자, 짖어대던 개가 그만 쏜살같이 달려들어 한 놈의 다리를 물어뜯었다.

"으악!"

놀라 그자가 비명을 지르며 어쩔 줄을 모르자, 옆에 있던 한 녀석이 총의 개머리판으로 냅다 개를 내리쳤다.

엉덩이를 맞아 깨갱깨갱…… 소리를 지르면서도 개는 물러날 줄을 모르고 마구 물고 늘어졌다.

그러자 개에 물려 혼쭐이 빠졌던 녀석이 그만 정신없이 개를 향해 총을 쏘아버렸다.

"쾅!"

온통 집채가 들썩할 정도로 요란하게 총소리가 진동했다.

그러나 명중이 되지 않은 듯 개는 재빨리 본채 뒤쪽으로 꽁무니를 빼버렸다.

총소리에 놀란 것은 개뿐이 아니었다. 대문을 열어주었던 구 서방도 정신없이 그만 곳간 뒤쪽으로 도망을 쳤고, 한실댁도 방문을 닫고 고리를 걸어버리고 후닥닥 이불 속으로 푹 파묻히고 말았다.

총소리가 진동하자, 두성이와 선애도 소스라치게 놀라며 이불 속으로 얼굴을 묻고 바짝 더 오그라들었다. 상원이도 놀라 깨어서 앙— 울음을 터트렸다. 그러자 선애는 얼른 상원이를 끌어다가 품에 안고 젖을 물려 울음을 그치게 했다. 곧 두성은 벌떡 일어나더니, 다락문을 열고 그 속으로 기어 들어가 버리는 것이었다. 마치 정신을 못 차리는 사람 같았다.

선애도 놀라 따라 일어나서 자기도 아이를 안은 채 남편의 꽁무니를 따라 다락 속으로 기어 들어갈까 하다가, 그랬다가는 잘못하면 세 사람 다 무슨 변을 당할지 알 수가 없으니, 자기는 방 안에 아이와 둘이 자고 있었던 체 해야겠다는 생각이 순간적으로 머릿속을 휘어잡았다. 그래서 도로 상원이와 함께 이불 속으로 정신없이 파묻혀버렸다.

개를 쫓아버린 산사람들은 안채로 달려가 신을 신은 채 마루로 뛰어오르며,

"문 열어!"

"문 열고 나와!"

"모두 방에서 나와!"

하고 고함을 질렀다.

큰방 문을 잡아당겼으나 안으로 걸려 있어서 열리지가 않자, 냅다 발길로 한 번 걷어찼다.

"어서 열어! 안 열면 불을 질러 삐릴 끼니까."

"아이고 열겠심더. 열 끼니까 불은 지르지 마이소. 부디부디, 아이고……."

안에서 한실댁의 곧 울음이 터져 나올 것 같은 애원조의 목소리가 들리고, 곧 방문이 열렸다.

작은방 문은 왈칵 잡아당기자, 활짝 열렸다.

이불 속에 파묻혀 상원이를 꼭 안은 채 오그라들어 있던 선애는 덜커덩! 소리를 내며 방문이 열리자, 자기도 모르게 이불을 걷어붙이고 얼른 일어나 앉았다. 물론 가슴에 상원이를 안고 있었다.

"아이고 이기 무슨 일이라예? 도대체……."

입에서 절로 이런 소리가 흘러나왔다. 그런데 두려움과 공포도 극에 달하면 오히려 무감각해지는 듯 싸늘하게 가라앉은 목소리였다.

어두운 방 안에서 젊은 여자의 차가운 목소리가 들리자,

"야 이것 보래. 간땡이가 부었어. 가시나가, 색시가? 히히……."

한 놈이 웃었다.

"어서 불을 켜 봐. 어둡어서 가시나 동문동 색시 동문동 알 수가 있나."

다른 한 녀석 역시 히들히들 웃는 소리로 말했다.

성냥을 꺼내어 불을 켜려 했으나, 젖어서 켜지지가 않자,

"가시난지 색신지 어서 불 켜!"

공연히 발칵 화를 내듯 내뱉었다.

"어서 키라니까!"

신을 신은 채 방 안으로 성큼 들어서며 불쑥 총구를 들이밀었다.

어둠 속이었지만 총구멍이 앞으로 다가온 것을 선애는 느낄 수가 있었다.

"예, 예, 키지예."

한 팔로 상원이를 안은 채 선애는 더듬더듬 더듬어 성냥을 찾았다. 그리고 탁 불을 켜서 일어나 남포등에 갖다가 붙였다.

"가시나가 아니구나."

"알라 에미 동물세그려."

실망했다는 그런 투의 빈정거림이었다.

불빛에 드러난 산사람의 모습을 본 선애는 새삼스럽게 눈이 휘둥그레졌다. 온통 눈송이에 뒤덮여 얼굴만 빠끔한 것이 마치 무슨 괴

상한 짐승같이 보였던 것이다.

상원이도 놀라 앙— 울음을 터트리고 있었다.

다락 안 한쪽 구석에 납작 엎드려 있는 두성은 벌떡벌떡 가슴이 뛰는 것을 어쩌지 못했다. 혹시 다락문을 열까 두려워서 등줄기가 당기기도 했고, 그러면서도 선애를 놀림감 취급하는 것이 분하기도 했다. 자기 혼자 정신없이 다락 속으로 기어 들어와 숨어 있는 것이 마치 처자를 나 몰라라 한 것 같은 생각이 들어 부끄럽게 여겨지기도 했다. 그러나 도리가 없었다. 그들에게 발각되지 않고 위기를 무사히 넘기는 것이 우선의 급선무였다.

그때였다. 대문간 쪽에서 요란한 고함소리가 들려왔다.

"동무들! 무엇들 하고 있소! 어서 물러나오지 몬할 끼가. 이 집에는 손을 대면 안 된다 앙이가. 그만 어서 물러나와!"

참으로 뜻밖의 일이 아닐 수 없었다. 우두머리 되는 산사람인 것 같았다.

온몸이 눈에 휩싸여 다른 산사람들과 겉으로는 조금도 다를 바가 없었으나, 저벅저벅 걸어 들어와 눈에 뒤덮인 마당 한가운데에 우뚝 멈추어 서서 다시,

"아무것도 가지고 나오면 안 된다! 이 집 물건에는 손대지 말고 어서들 물러나와!"

호통을 치듯 호령을 하는 폼이 틀림없는 그들의 우두머리였다.

난데없는 일에 모두 어리둥절해졌다. 큰방과 작은방 안으로 들어섰던 산사람들은 별안간 무슨 까닭인가 싶으면서도 대장의 명령이니 도리가 없는 듯 모두 슬금슬금 물러나왔다.

산사람들보다도 가족들이 훨씬 더 어리둥절한 얼굴이었다. 천만

뜻밖의 일이 아닌가 말이다. 이 집의 물건에는 손을 대지 말고 물러나오라니…… 도대체 어찌된 영문인지 알 수가 없었다.

가족들 중에서도 다락 속으로 기어 들어가 납작 엎드려 숨을 죽이고 있는 두성이가 누구보다도 놀라고 있었다. 그 호령소리가 아무래도 귀에 선 음성이 아닌 것만 같았던 것이다. 어디선가 많이 들은 목소리 같았다.

"누굴까……."

다락 바닥에 밀착시키고 있던 머리를 번쩍 쳐들고 바깥의 기척에 귀를 곤두세웠다. 정말 너무나 의외의 일에 어리둥절하고 얼떨떨하면서도, 우선 살았구나 하는 안도감에 가슴이 두근거렸다. 도대체 누구길래 이 집 물건에는 손을 대지 말고 물러나오라는 것일까…… 참 이상한 일이 아닐 수 없었다.

"동무들 어서 대문 밖으로 나가! 다른 집으로 가서 보급투쟁을 하라 말이다!"

다시 호령소리가 들렸다.

"아니 혹시……."

두성이의 머리에 번쩍 떠오르는 목소리가 있었다. '이 은혜를 갚을 날이 반드시 온다. 멀지 않았대이. 두성아, 그때 보재이' 하던 김학수의 말이었다. 숙직실에서 자고, 새벽에 교무실까지 같이 가서 사친회비로 거둬둔 돈까지 모조리 긁어가지고 떠나면서 마지막으로 했던 말 말이다.

"야, 이것 봐라. 김학수가……."

그러고 보니 틀림없는 김학수의 목소리 같았다. '이 집에는 손대지 말고 어서 물러나오라'는 호령은 곧 '은혜를 갚을 날이 온다'던 그 보은과 맞아떨어지는 말이 아니고 무엇인가.

두성은 벌떡 몸을 일으켜 다락에서 기어나가 바깥으로 나가보고 싶은 충동을 느꼈다. 그의 두 눈에는 야릇한 미소가 떠올라 어둠 속에서 반질거리기까지 했다. 그러나 곧 그 웃음은 사라지고, 도리어 어떤 짙은 불안 같은 것이 얼굴에 깃들며 표정이 굳어들고 있었다. 기뻐해야 할지 슬퍼해야 할지 알 수 없는 그런 뒤죽박죽이 된 착잡한 심정이었다. 어쨌든 그가 나타나는 바람에 집안의 재물을 약탈당하는 화는 면했고, 또 목숨의 위기는 모면한 것 같았으나, 어쩐지 거머리 같아서 싫은 그 옛 친구가 산사람의 우두머리가 되어 이 함박눈이 쏟아지는 한밤중에 다시 불쑥 나타나다니 정말 어처구니가 없었다. 혹시 그에게 발각이 되면 산으로 같이 가자고 하지나 않을까, 문득 그런 생각이 들자 두성은 두려움에 그만 쳐들었던 고개를 다시 가만히 숙여 다락 바닥에 한쪽 볼을 밀착시켰다. 그리고 숨까지 죽였다.

산사람들이 모두 대문 밖으로 사라진 듯 조용해지자, 작은방 앞으로 뚜벅뚜벅 다가오는 인기척과 함께,

"나 모르겠능교?"

하는 소리가 들렸다. 납작 엎드린 채 두성은 귀를 곤두세우고 있었다.

"아이고, 누구신지예?"

조금 떨리는 듯한 선애의 목소리였다.

"나 김학수구마. 김학수. 그래도 모르겠능교?"

틀림없는 김학수였다. 순간 두성은 숨을 딱 멈추고 바짝 굳어들었다.

"모르겠는데예."

선애는 누군지 정말 짐작을 못하는 것 같았다.

"두성이 친구 말이구마. 그전에 한 번 집에 와서 며칠 신세도 지고 안 그랬능교. 농림학교 때 같이 다닌……."

"아 예, 알겠심더. 우야꼬. 그분이구만예."

선애는 놀라는 기색이었다. 약간 반가운 듯한 말투이면서도 여전히 겁을 먹은 그런 음성이었다.

"두성이는 어디 있능교?"

그 말에 두성은 그만 불알이 오그라붙는 듯한 느낌이었다. 선애의 입에서 어떤 대답이 나올지 아슬아슬하기만 했다.

"오늘 밤 학교 숙직입니더."

선애는 시치미를 뚝 떼고 자연스럽게 말하고 있었다.

후유— 두성은 안도의 숨이 떨리면서 가만히 흘러나왔다. 선애의 머리가 잘 돌아가는 줄은 알고 있었지만, 이렇게 재치가 비상한 여잔지는 미처 몰랐었다. 새삼스럽게 아내의 고마움과 소중함을 짜릿하게 가슴으로 느끼고 있었다.

"아하, 그렁교. 해필 오늘밤 숙직이라니……."

김학수는 선애의 말을 곧이듣고 좀 아쉬운 듯한 투로 말했다. 그리고 선애가 안고 있는 상원이를 보고서,

"아이가 많이 컸네요. 그때 내가 집에 왔을 때 마침 돌이었는데……. 돌 음식을 잘 대접 안 받았능교. 허허허……."

제법 여유만만하게 김학수는 웃기까지 했다.

그러자 상원이가 별안간 그만 앙— 하고 울음을 터트렸다.

"내가 무섭은 모양이제. 허허허……."

김학수는 또 웃고 나서,

"두성이를 한 번 보고 갔더라면 좋았을 낀데……. 내가 왔다 갔다고 안부나 전해 주소."

하고는 돌아섰다.

"아이고, 잘 가입시대이."

"예, 꼭 안부 전해줘야 되느마. 다시 만날 날이 있을 끼라고……."

"예. 알겠심더."

선애의 대답하는 소리가 목구멍으로 기어들어가는 듯했다.

후유— 두성은 부스스 몸을 일으켰다. 그리고 잠시 또 바깥쪽의 기척에 귀를 기울이다가 대문 밖으로 김학수가 사라진 듯하자 다락에서 기어 나왔다.

위기를 무사히 넘겨서 안도의 숨을 내쉴 수는 있었으나, 두성은 기분이 울적하고 지랄같기만 했다. 뭐 꼭 안부를 전해달라고? 누가 안부를 듣고 싶다고 했나……. 그리고 다시 만날 날이 있을 끼라니……. 산사람들의 우두머리가 된 녀석을 다시 만나서 뭘 한단 말인가. 정나미가 떨어지는 소리였다.

기분이 뒤숭숭한 것은 비단 두성이뿐이 아니었다. 정도의 차이는 있었지만, 온 가족이 모두 마찬가지였다.

함박눈이 쏟아지는 아닌 밤중에 한바탕 홍역을 치르고 난 것 같은 기분이었다. 김학수라는 그 우두머리 덕택에 재물을 빼앗기는 화만은 면했지만, 어찌나 놀랐는지 아마 십 년까지는 아니라도 족히 이삼 년은 감수를 한 느낌이었다.

가족들 중에서도 특히 한실댁이 누구보다도 심사가 안 좋았다. 남의 집에 와서 염치도 코치도 없이 몇 날 며칠을 묵고 간 그런 덜

된 인간이 이번에는 뭐할 짓이 없어서 하필 산사람들의 우두머리가 되어 나타나다니…… 재수가 더러워도 이만저만 더러운 게 아니었다. 제 딴은 무슨 신세라도 갚듯이 물건에 손을 대지 못하게 했지만, 조금도 고마운 게 없고, 도리어 어떻게 생각하면 물건을 좀 가지고 간 것보다 더 기분이 나빴다. 마치 그들과 한통속이 된 것 같은 느낌이라고나 할까. 다른 집에서는 식량이나 물건을 털어가고서 우리 집만 손을 안 댔다는 것을 남들이 알면 뭐라고 수군거리겠는가 말이다. 그리고 마을을 습격한 산사람들의 우두머리가 두성이의 친구이고, 연전에는 집에 와서 엿새 동안이나 머물고 갔다는 사실까지 알게 되면 어떤 오해를 불러일으킬지 정말 큰일이 아닐 수 없었다.

한실댁은 몹시 그 점이 마음에 걸렸다. 재수 없게 그런 엉뚱한 오해가 소문이 되어 굴러가서 지서의 순경들 귀에라도 들어가는 날이면 어떤 곤욕을 또 치르게 될지 모르는 일이었다. 덜컥 두려운 생각까지 들어 한실댁은 이 일을 어쩌면 좋을는지…… 잠자리에 다시 들기는 했으나 도무지 잠을 이룰 수가 없었다.

결국 구 서방의 입을 틀어막는 방법밖에 없다는 생각이 들었다. 가족들이야 집안의 화를 자초하는 일이니 그런 말을 절대로 입 밖에 내지 않기로 서로 다짐을 하면 마음을 놓을 수가 있지만, 머슴인 구 서방의 경우는 달랐다. 그가 일부러 주인집을 모함하려고 그런 말을 퍼트리지는 않겠지만, 사람의 입이란 어떤 비밀을 알면 근질근질해서 견디질 못하는 법이니, 언제 어느 때 슬쩍 입 밖에 흘려버릴지 알 수가 없었다. 그저 말로 다짐을 받는 것만으로는 마음을 놓을 수가 없는 일이었다.

그래서 한실댁은 이튿날 아침 영감과 상의를 한 다음, 몸소 구 서방의 거처인 문간방으로 찾아 들어갔다.

밥상을 받아 아침을 먹고 있던 구 서방은 한실댁이 방 안으로 들어와 앉자, 무슨 일인가 싶어 들었던 숟가락을 놓고 바라보았다.

"어서 들게. 들면서 얘기를 하세."

"진지 드셨능겨?"

"난 아직……. 어서 들라니까."

구 서방은 다시 숟가락을 들었다.

"구 서방, 다름이 아니라 한 가지 부탁이 있어서 그러네."

"뭔데요?"

항상 오늘은 이 일을 해라, 저 일을 해라 시키는 처지인데, 일부러 방 안으로까지 들어와서 부탁을 할 일이 있다니, 무슨 일인가 싶어 구 서방은 다시 숟가락질을 멈추고, 입안에 든 음식을 불룩불룩 씹으면서 한실댁을 바라보았다.

"입을 다물어 달라는 부탁이네."

"예?"

입을 다물어 달라니, 무슨 뜻인지 구 서방은 얼른 알 수가 없었다.

"우리 집안이 앞으로 무사한가 안 한가는 자네 입에 달렸으니까. 부디 좀 꾹 입을 다물어 달라 그걸세."

"무슨 뜻인동 도무지……."

"몬 알아듣겠는가?"

"몬 알아듣겠는데요. 입을 꾹 다물어야 할 무슨 그런 일이라도 있능겨?"

한실댁은 가만히 구 서방의 표정을 살폈다. 정말 무슨 일을 두고 하는 말인지 이해를 못하는 것 같았다.

"어젯밤에 그눔의 산사람들이 우리 집에서는 아무것도 안 가지고 간 기 이상 안 하나 말이다."

"그 우두머리가 손을 몬 대게 안 했능겨."

"글쎄, 그기……."

"그 사람이 두성이 친구니까 그랬지요. 언젠가 집에 와서 몇 날 며칠 있다가 간 그 친구 아닝겨?"

"구 서방, 그러니까 큰일이라 그 말이네. 산사람 우두머리가 우리 두성이 친구라니 남들이 알면 뭐라 카겠능가. 그래서 그 사람이 부하들에게 우리 집 물건에는 손도 몬 대게 했다 카면 남들이 듣고 우리가 산사람들하고 한통속이라고 오해를 할 끼 앙이가 말이다."

"허허허……."

구 서방은 웃고 나서,

"걱정 마이소. 두성이가 다락 속에 숨어 있었는데 무슨 걱정잉겨. 그 친구를 반갑다고 환영한 것도 아닌데……."

하고 대수롭지 않게 말했다.

"그래도 이 사람아, 말이라는 건 이 사람 저 사람 건너가면서 엉뚱하게 부풀어 올라뻬리기 일쑨 기라. 세상에 무섭은 기 말 앙이가."

"그렇기사 합니더만……."

"그래서 자네한테 부탁인기라. 부디 그 말이 밖으로 새나가지 않도록 입을 꾹 다물어 달라고……. 알겠능가?"

"걱정 마이소. 허허허……."

"이 사람이 웃을 일이 아닐세. 자네는 웃음이 나오는지 모르지만,

우리는 똥줄이 땡긴다 그기라. 만약 그 말이 엉뚱한 소문이 되어 지서 순경들 귀에라도 들어가는 날이면…….”

생각만 해도 두려운 듯 한실댁은 말끝을 흐리고서 구 서방을 똑바로 바라보았다. 구 서방도 그 말에는 꽤나 긴장이 되는 듯 표정이 굳어들었다.

“가을에 내가 나락 한 가마니를 새경에 더 얹어 줄 끼니까, 부디 입을 다물어 주게. 알겠제?”

“예. 알겠심더.”

아침을 먹다가 뜻밖에도 가만히 앉아서 나락 한 가마니를 횡재한 것 같아 구 서방은 절로 콧구멍이 벌름거렸다.

평소에도 비교적 입이 무거운 편인 구 서방인지라, 그 정도로 다짐을 받았으니 이제 마음을 놓을 수가 있었다. 그러나 한실댁은 또 한 가지 걱정이 꼬리를 물 듯 머리를 쳐들었다. 김학순가 뭔가 하는 그 재수 없는 놈이 부하들을 이끌고 다시 나타나지 않을까 하는 두려움이었다.

두성이에게 꼭 안부를 전해 달라면서 다시 만날 날이 있을 거라는 말을 남기고 사라지질 않았는가 말이다. 그 염치도 코치도 없는 놈이 남이 몸서리치는 줄도 모르고 틀림없이 또 찾아올 것만 같아 도무지 심란해서 견딜 수가 없었다.

어떻게 했으면 좋을지 궁리를 한 끝에 한실댁은 아들 내외를 학교 근처로 이사를 시키는 도리밖에 없다고 생각했다. 그렇지 않아도 이십 리가량이나 되는 길을 매일 자전거로 통근을 하느라 고된 터이니, 그렇게 하는 게 좋을 것 같았다.

아들 내외와 귀여운 손자 녀석을 따로 내보내고, 늙은 내외와 머슴만이 집안에 남을 것을 생각하니 허전하고 섭섭하기도 했으나, 도리가 없었다. 영감에게 상의했더니, 안 생원 역시 우리 모두가 이사를 했으면 좋겠지만, 농사 때문에 그럴 수가 없으니 두성이 저희만이라도 마을을 떠나 면소재지로 가 있도록 하는 게 후환을 덜기 위해서 잘 생각한 일이라고 고개를 끄덕였다.

그 말을 두성이에게 꺼냈더니, 마지못하는 듯 "그러지요" 하고 대답했다. 그러나 속으로는 무척 기뻐하는 그런 눈치였다.

아들의 그런 기색을 한실댁이 놓칠 턱이 없었다. 자기가 제안한 일인데도 어쩐지 한실댁은 내심 얄궂게 섭섭하기만 했다.

그 말을 듣고 두성이보다도 월등히 좋아한 것은 선애였다. 선애는 그만 온 얼굴이 활짝 밝아 오르는 것이었다. 시집에서 나가 저희끼리 따로 새살림을 차리다니, 꿈같은 느낌이 드는 모양이었다.

떨어진 날벼락

한겨울 추위 속에 면소재지 마을로 이사를 하기는 했으나, 두성이네 세 식구는 마냥 즐겁기만 했다. 방 한 칸에 부엌이 딸린 남의 집 아래채를 세로 얻어 세 사람만의 보금자리를 꾸민 것이다.

막내이면서 외아들인 두성이는 노부모와 한집에 같이 사는 것을 당연한 일로 여겨왔는데, 별안간 분가를 해서 떨어져 나오다니, 좀 얼떨떨하면서도 마치 무슨 횡재라도 한 것처럼 기분이 유쾌했다. 딴살림이란 자기가 타지방의 학교로 전근이 되어 갈 경우에만 가능한 일로 생각했었는데, 난데없는 산사람들 때문에, 산사람의 우두머리가 된 김학수 때문에 예정에 없던 분가를 하게 되다니, 마치 그들의 덕을 본 것 같기도 해서 씁쓰레한 웃음이 나오기도 했다.

비록 방 하나에 조그마한 부엌이 딸린 남의 집 아래채이긴 했지만, 새살림을 꾸민 선애는 어쩐지 새로 시집을 온 새색시 같은 기분이었다. 이제야 비로소 진짜 신혼생활로 들어간 듯한 야릇한 행복

감에 젖기도 했다.

그러나 그들의 단란한 생활도 오래 가지는 않았다. 참으로 어처구니가 없는 검은 그림자가 한 걸음 한 걸음 그들에게로 뚜벅뚜벅 다가오고 있었다. 운명의 악귀라고밖에 뭐라고 말할 수 없는 그런 것이 다가오고 있는 줄을 그들은 꿈에도 알 길이 없었다.

겨울방학이 끝나고, 학교가 다시 시작되었을 무렵이었다. 어느 날 학교에 한 무리의 국방경비대가 진주해 왔다. 일개 중대가량 되는 병력인 듯했다.

물론 군청 학무과와 학교장에게 사전 양해를 얻고서였다. 교실 두 개를 그들이 차지했고, 운동장 한쪽에 취사장을 비롯한 막사를 여러 개 설치하기도 했다. 산사람들을 소탕하기 위해서 출동한 토벌부대였다. 이 고장에 산사람들의 발호가 날로 심해져 경찰의 힘만으로는 역부족이어서 마침내 군부대가 출동해 온 것이었다.

교장을 비롯한 선생들은 수업에 적지 않은 지장이 생겨 못마땅하기는 했으나, 산사람들의 소탕 작전을 위한 일이니 도리가 없었다.

두성이 역시 군인들이 들어와 학교 분위기가 어수선해지고, 그 전과 달리 학생들도 어딘지 모르게 공부하는 데 안정감을 잃은 것 같아 좀 안타깝기는 했으나, 머지않아 작전이 끝나고 부대가 떠나가면 다시 종전과 다름없는 분위기로 돌아가겠지 하고 대수롭잖게 여겼다. 오히려 학교에 색다른 구경거리라도 생긴 것 같아 심심찮고 괜찮다는 생각이 들기도 했다.

그러나 그게 아니었다. 어느 날 퇴근을 하다가 두성은 뜻밖에도 병칠이의 모습을 군인들 속에서 발견하고 말았다. 교문을 나서는데, 작전차 출동했던 한 소대인 듯한 병력이 마침 돌아오고 있었다.

전투 끝이라 모두가 지친 표정들이면서도 어딘지 모르게 살기가 등등해 보였다. 두성은 얼른 한쪽으로 비켜섰다. 그런데 그때 이상하게도 자기를 유난히 쏘아보는 듯한 시선과 마주쳤다.

"아니!"

두성은 절로 눈이 휘둥그레졌다. 온 얼굴의 핏기가 싹 가시는 듯하더니, 곧 다시 확 모여드는 듯 안면이 화끈거렸다.

병칠이었던 것이다. 철모를 눌러 쓰고 완전무장을 한 병칠이는 대열 속의 한 병사로 끼어 있는 것이 아니라, 대열 곁을 혼자서 걷고 있었다. 소대장은 아닌 것 같았으나, 국방경비대에 들어간 지도 꽤 되어서 선임하사쯤 되는 듯했다.

시선이 마주쳤을 때 병칠이의 두 눈에는 섬뜩한 것이 번뜩였다. 그것은 분명히 핏빛을 띤 듯한 살기였다. 전투를 한 다음이라 눈에 충혈이 되어 있었던 것이다.

먼저 고개를 돌린 것은 병칠이었다. 얼굴이 화끈 달아오르면서도 두성은 그를 계속 멀뚱히 바라보고 있었다. 너무나 뜻밖의 일에 얼떨떨해서 정신이 없었다고나 할까.

고개를 돌리고 두성이 앞을 몇 걸음 지나자, 병칠이는 다시 홱 뒤를 돌아보았다. 한 번 더 무섭게 쏘아보는 섬뜩한 핏빛의 눈이었다.

그제야 두성은 얼른 시선을 피하여 허겁지겁 걸음을 떼놓았다.

그런데 대열의 맨 꽁무니에는 두 명의 민간인 복장을 한 사람이 묶여서 끌려오고 있었다. 생포된 산사람인 것 같았다. 그중 한 사람은 온몸이 피투성이가 되어 있기도 했다. 그 몰골이 어찌나 을씨년스럽고 처참한지 두성은 똑바로 그자들을 볼 수가 없었다. 으스스한 기운이 등골을 흘러내려서 가볍게 몸을 떨며 목을 움츠리고 집을 향해 잰걸음을 쳤다.

집에 돌아가 저녁상이 들어올 때까지 두성은 한마디도 입을 열지 않았다. 상원이의 재롱도 귀찮은 듯 벌렁 드러누워 천정만을 멀뚱멀뚱 바라보고 있을 따름이었다.

부엌에서 밥상을 차리면서 벌써 선애는 그런 기색을 눈치채고 있었다. 그러나 그녀는 밥상을 들고 방으로 들어가며 힐끗 한 번 남편의 표정을 살피고서 말했다.

"시장하신데 어서 일어나예."

두성은 못 들은 척 그대로 굳어진 채 누워 있었다.

"많이 피곤한 모양이지예? 저녁 먹고 일찍 주무시예. 김치찌개가 맛있어예. 어서예."

그제야 두성은 부스스 일어났다.

밥상을 마주하고 앉았으나, 여전히 남편은 말이 없고, 기색이 좋지 않아서 선애는 오늘 학교에서 무슨 단단히 기분 나쁜 일이 있었나보다 하고 처음에는 자기도 조심스러워 말없이 가만가만 수저를 놀리다가 분위기가 하도 무거워서 안 되겠다 싶어,

"여보, 오늘 학교에서 무슨 일이 있었어예?"

하고 나긋한 목소리로 물었다.

"아니."

두성은 들릴 듯 말 듯 힘없이 대답했다.

"그럼 당신 어디 몸이 아프신 거 아니예?"

여전히 '아니'였다. 그렇다면 도대체 무슨 까닭이란 말인가. 분가를 해서 새살림을 꾸민 뒤로는 이런 적이 한 번도 없었는데, 참 알

수 없는 일이었다.

"그럼 와 그래예? 내가 뭐 잘몬한 일이라도 있어예?"

답답하고 안타까운 듯한 아내의 목소리에 두성은 그제야 조금 코언저리에 씁쓰레한 웃음을 떠올렸다.

"당신이 잘몬한 기 뭐 있노."

"그럼 와 그러능교? 말해 보이소."

잠시 망설이는 듯하다가 두성은,

"산사람이 잡혀 오더라니까."

불쑥 입에서 나오는 대로 말했다.

"하하하……."

선애는 그만 웃음이 나왔다.

"산사람이 잡혀 오는데 당신이 그렇게 기분 상할 끼 뭐라예?"

"두 사람이 잡혀 오는데 보니까 한 사람은 온통 피투성이지 뭐꼬."

"총에 맞은 모양이지예?"

"그런 것 같애."

"여보, 그렇다고 당신이 그렇게까지 기분 나빠할 끼사 없잖아예."

선애는 남편이 좀 얄궂다는 듯이 묘한 눈길로 바라보았다.

여전히 굳어진 얼굴로 말없이 수저를 놀리다가 두성은 힐끗 아내의 표정을 살폈다. 선애에게 어떤 오해가 생기지나 않을까 하는 생각이 문득 들었던 것이다. 혹시 자기의 사상을 의심스럽게 생각한다면 기분 나쁜 일이 아닐 수 없었다. 그럴 턱이 없겠지만, 혹시 말이다. 그래서 두성은,

"저…… 실은 말이지……."

하고 입 밖에 내기 싫은 말을 억지로 꺼냈다.

"병칠이 그눔아가 왔지 뭐고."

"예?"

선애의 낯빛이 순간 새하얗게 변했다. 정말 예기치 않은 말이었던 것이다.

"우리 학교에 들어와 있는 군인들 속에 병칠이가 있더라니까. 아까 퇴근하다가 봤지 뭐고."

"……."

"그누묵 자석 지가 뭐 잘했다고 지금까지 나를 원망하고 있는 모양이라. 잡아묵을 듯이 노려보더라니까. 핏발이 선 눈으로. 나쁜 놈의 자석……."

선애는 도무지 어떤 표정을 지었으면 좋을지 알 수 없는 그런 심정이었다. 시치미를 뚝 떼고 자연스럽게 뭐라고 말을 한마디라도 하는 게 좋을 것 같았으나, 혀가 굳어진 듯 도무지 입이 열리지가 않았다.

하필 왜 병칠이네 부대가 이곳에 출동해 왔는지, 참 공교롭기도 하고, 재수 더러운 일이 아닐 수 없었다.

'운명의 장난'이라더니, 정말 무슨 짓궂은 운명이란 놈이 장난을 하는 것 같은 생각이 들어 어이가 없기도 했다.

선애는 이제 병칠이가 두렵고 싫기까지 했다. 그가 또 나타났다는 말을 들어도 조금도 마음의 동요를 느낄 수가 없었다. 오히려 두려움에 굳어들 따름이었다.

지난날의 아련한 첫사랑의 정은 어느덧 사라지고, 대신 남편에 대한 은근한 정과 첫아들인 상원이에 대한 짜릿한 모성애가 그 자리를 온통 차지해 버렸다고나 할까. 더구나 분가를 해서 오붓한 자기네만의 새살림을 꾸미질 않았는가. 그런데 그 소중한 것이 혹시나 병칠이 때문에 망가트려지지나 않을까 하는 불안에 선애는 몸을 떨었다.

두성이가 기분이 상해버린 것처럼 선애 역시 그 얘기를 듣고부터는 얼굴에 그늘이 덮인 듯 도무지 웃음이라고는 떠오르는 일이 없었다. 새 가정을 꾸민 뒤로는 조그마한 일에도 기분이 좋아서 곧잘 환하게 웃곤 하더니 말이다.

며칠이 지난 어느 날 아침, 출근을 한 두성은 또 한 가지 놀라운 소식을 들었다. 교무실로 들어서자, 책상 위를 걸레로 대충대충 훔치고 있던 소사가 대뜸,

"안 선생님, 공비 우두머리가 잡혔대요."

하고 말했다.

"뭐? 공비 우두머리?"

"예, 어제 잡혔는데, 저녁 늦게 부대로 끌고 왔대요. 다리에 총을 맞아서 끌고 오는 데 애를 먹었다 캅띠더."

"음, 그래?"

두성은 별일 아닌 듯이 예사롭게 말했으나, 속으로는 왠지 뜨끔했다. 산사람 우두머리라면 혹시…… 싶었던 것이다. 그래서,

"우두머리가 몇 살이나 묵은 사람인가?"

하고 그저 건성인 듯이 슬쩍 물어보았다.

"몇 살인지는 모르겠어예. 아직 젊은 갑습띠더. 성은 김가고, 이름은 학…… 뭐라 카더라……."

"학수?"

겉으로는 예사로운 체했지만, 두성은 이마빼기라도 한 대 얻어맞은 것 같은 느낌이었다. 김학수가 잡혔다. 그렇다면…… 어쩐지 불길한 그림자가 자기의 몸 위로도 뒤덮여 오는 것만 같아 불안했다.

김학수가 생포되었다는 소식을 들은 두성은 기분이 뒤숭숭하고 어쩐지 불안하기도 해서 도무지 수업이 제대로 되지가 않았다.

겉으로는 아무렇지도 않은 체했지만, 속으로는 혹시 자기에게도 그 여파 같은 것이 밀어닥치지 않을까 싶어 은근히 걱정이 되는 것이었다.

생각해보면 사실 자기에게는 아무런 잘못이 없었다. 김학수를 두 번 만난 것은 사실이지만, 옛 학우였던 그가 제 발로 찾아왔었고, 그때는 산사람도 아니었으니 말이다.

처음엔 집에서 엿새가 머물다 갔고, 두 번째는 숙직실에서 하룻밤 같이 자고 떠났는데, 떠날 때 두 번 다 돈을 주었지만, 주고 싶어서 준 게 아니라, 그가 요구를 해서 마지못해 준 것이니, 친구 사이에 그런 일이 무슨 잘못일 까닭이 없었다.

그가 산사람들의 우두머리가 되어 마을에 내려왔을 때도 그 전에 입은 은혜를 갚는답시고 부하들에게 집의 물건에는 손을 못 대도록 하고 떠났지만, 자기는 그라는 것을 알고서도 끝까지 다락 속에 숨어 있었으니, 조금도 잘못을 저지르지 않은 것이다.

그러니까 김학수가 생포되었다고 해서, 걱정을 할 아무런 건덕지가 없었다. 그런데도 두성은 어찌된 셈인지 종일 막연한 불안감에서 벗어날 수가 없었다.

퇴근 후 집에 돌아가서도 두성은 그 불안의 그림자를 떨쳐버리질 못했다. 남편의 그런 기색을 선애가 알아차리지 못할 까닭이 없었다. 그러나 선애는 오늘은 또 무슨 일이 있었느냐고 물어보질 않았다. 십중팔구 병칠이를 다시 만났거나, 무슨 그와 관계되는 일일 것 같아서였다.

병칠이가 다시 나타났다는 말을 들은 뒤로 선애는 남편의 그런 좋지 않은 표정을 보아도 종전처럼 캐묻질 않고, 자기도 슬그머니 굳은 표정을 지을 뿐이었다.

잠자리에 들어서였다. 두성은 처음에는 선애에게 등을 돌린 채 웅크리고 옆으로 누워 있다가 별안간 욕정이 솟구쳐 오른 사람처럼 후닥닥 돌아눕더니,

"여보."

뜨거운 목소리를 내뱉으며 아내를 불끈 끌어안았다.

선애는 약간 어리둥절하지 않을 수 없었다. 그처럼 기색이 좋지 않던 사람이 별안간 이렇게 정신없이 달려드니 말이다. 좀 이상해서 얼떨떨하기는 했지만, 그러나 조금도 싫은 일은 아니어서 그녀는 남편의 목을 두 팔로 휘감고 찰싹 달라붙었다.

상원이는 새근새근 깊이 잠들어 있었다. 근래에 드물게 온몸으로 꿈틀거리며 여느 때보다 시간도 길게 뜨거운 정을 나누고 난 두성은 힘없이 벌렁 나가떨어졌다. 선애는 남편의 한쪽 팔을 벤 채 지친 듯 잠시 늘어져 있다가 땀이 끈적거리는 그의 펑퍼짐한 가슴을 손바닥으로 어루만지며,

"여보."

나긋한 목소리로 불렀다.

"응?"

"……."

"와?"

"호호호……."

선애는 그저 웃기만 했다.

"사람 참……."

"기분이 좋아서 안 그러능교."

그러자 두성은,

"후유—"

길게 숨을 내뿜었다. 지쳐서 내뱉는 큰 숨인 듯도 했고, 무겁게 신음을 하는 듯한 그런 한숨 같기도 했다. 그리고 두성은 불쑥 혼자 중얼거리듯이 말했다.

"운수가 불길한 것 같다니까. 아무래도……."

그 말에 선애는 지금까지 황홀하던 기분이 어디론지 싹 날아가는 듯했고, 나른하면서도 아직 온몸에 남아 있던 감미로운 온기마저 싸늘하게 식어버리는 듯한 느낌이었다.

"금년 신수가 어떤가 한 번 봤으면 좋겠어."

"……."

"여보, 내 말 들어?"

"들어예."

"음력설도 지나곤 했으니, 재미삼아 한 번 신수를 보로 가보래."

남편의 입에서 그런 말이 나오기는 처음이어서 선애는 조금 얄궂다 싶었다. 아직 이십 대 중반인 남자가 벌써부터 '운수'니 '금년 신수'니 하는 말을 입에 담다니, 더구나 신학문을 가르치는 학교 선생이 말이다. 그러나 선애는,

"그러지예."
하고 마지못하는 듯 대답했다.

틀림없이 병칠이 때문에 그러는 것 같아 뒤가 켕기는 듯해서 선애는 슬그머니 일어나 벗어 붙인 속옷들을 주워 입기 시작했다.

그러고 있을 때였다. 아닌 밤중에 웬 사람들인지 저벅저벅 사립으로 들어서는 발자국소리가 요란하게 들렸다.

"안두성이 있나?"

"안두성이 나와라!"

마당에서 버럭버럭 내지르는 고함소리에 이어 총에다가 탄창을 박는 소리가 철컥! 철커덕! 하고 들려왔다.

선애는 도대체 이게 무슨 일인가 싶어 눈이 휘둥그레지며 어찌할 바를 몰랐다. 두성이도 놀라 반사적으로 이불을 걷어차고 벌떡 일어났다. 그리고 정신없이 옷을 주워 입기 시작했다. 두 손이 헛 놀 듯 덜덜덜 떨리기까지 했다.

"이 방이지?"

"열어 봐."

쿵쾅 하고 마루로 뛰어오르는 구둣발 소리가 나더니, 방문이 활짝 열렸다.

"우야꼬! 누궁게?"

선애는 자기도 모르게 비명을 질렀다.

어두운 방 안으로 불빛이 쏟아져 들어왔다. 플래시 불빛이었다.

바짓가랑이에 한쪽 다리를 집어넣고 있던 두성이는 그만 그 자리에 벌렁 엉덩방아를 찧었다.

"니가 안두성이지?"

"맞지?"

두 사람은 군인이었다.

"아니, 우째 된 일입니꼬? 예?"

선애가 물었다.

"안두성이 맞나 안 맞나 대답부터 해!"

그러면서 군인 한 사람이 총구를 불쑥 방 안으로 들이밀었다.

"예. 맞심더."

두성이 얼른 대답했다.

"이리 나와!"

"무슨 일인데요? 이 밤중에……."

"잔소리 말고 나오라면 어서 나와!"

"가만있어요. 옷을 마저 입고요."

두성은 속으로 올 것이 왔구나 싶으며 아랫배에 지그시 힘을 주었다.

그리고 얼른 일어나 애써 침착하게 웃옷을 입고 오버까지 걸치고서 밖으로 나갔다.

선애는 아닌 밤중에 난데없이 이게 도대체 무슨 날벼락인지 알 수가 없어서,

"아이고 군인 양반들, 우째된 일잉교? 예? 예?"

하고 후들후들 떨면서 뒤따라 나갔다.

상원이가 깨어서 놀라 앙— 울음을 터트리고 있었다.

사립 밖에 군인 한 사람이 더 서 있었다. 두성이를 두 군인이 양쪽에서 불끈 붙들고서 끌고 나가자 그 사립 밖에 섰던 군인은,

"어서 가자."

내뱉고는 얼른 돌아서 앞장을 섰다.

"니 병칠이 앙이가?"

순간 두성이의 입에서 자기도 모르게 튀어나온 말이었다. 어둡기는 했으나 사람의 모습을 짐작할 수는 있었고, 또 목소리를 들으니 대뜸 알겠는 것이었다.

"흥! 꼴좋게 됐지 뭐고."

빈정거리듯이 말하며 병칠이는 뒤도 돌아보지 않고 성큼성큼 걸어가고 있었다.

그만 선애는 눈앞이 아찔해지는 것을 느끼며 그 자리에 비실 무너지듯 쓰러졌다.

도대체 무슨 일인가 하고 마루에 나와 서서 눈이 휘둥그레져 있던 주인집 사람들이,

"아이구야꼬!"

"선생댁이 쓰러졌네."

"저런 저런……."

놀라며 후닥닥 마당으로 뛰어내렸다.

이튿날 아침, 날이 밝기가 무섭게 선애는 상원이를 업고 집을 나섰다. 시가가 있는 은냇골까지 이십 리 남짓한 길을 잰걸음을 치는 것이었다.

간밤의 날벼락 같은 일을 시부모에게 알려 대책을 강구하기 위해서였다.

그 소식을 들은 한실댁과 안 생원은 얼굴에서 핏기가 싹 가시며 어찌할 바를 몰랐다.

"아이구야꼬……."

한실댁은 무너지는 듯한 탄식과 함께 현기증이 머리를 흔들어 하마터면 자리에 쓰러질 뻔했다.

기어이 올 것이 왔구나 싶어 눈앞이 캄캄하기만 했다. 그러면서도 무슨 이유로 군인들이 두성이를 붙들어 갔는지 그 까닭을 확실히 알 수가 없어 안타까웠다.

선애는 병칠이의 무슨 수작이려니 하고 속으로 생각하고 있었다. 간밤에 그가 집 사립 밖까지 와 있었던 것만 보아도 알 수가 있었다.

그러나 그 말을 선애는 입 밖에 내지를 않았다. 병칠이의 이름을 자기 입으로 들먹이고 싶지 않았을 뿐 아니라, 그의 수작인지 무슨 다른 까닭이 있는 것인지 확실한 것을 알 수가 없었기 때문이었다.

세 사람이 잠시 앉아 그 일에 대해 의논을 했다. 말하자면 대책을 강구한 셈인데, 어떤 뚜렷한 대책이 있을 턱이 없었다.

우선 면소재지 쪽으로 나가서 두성이가 왜 붙들려 갔는지 그 이유를 알아보고, 어떻게든지 놓여나오도록 손을 써보는 도리밖에 없었다.

학교에 군인들이 주둔해 있고, 두성이가 학교 교사니까, 먼저 교장을 찾아가서 상의를 해보는 게 타당할 것 같았다. 교장 선에서 일이 잘 안 되면 안 생원은 면장과 잘 아는 사이니까 면장도 만나볼 생각이었다.

그래서 안 생원이 서둘러 선애와 함께 집을 나섰다. 그러자 한실댁도 도저히 궁금하고 걱정이 되어 가만히 앉아 있을 수가 없다고, 구 서방에게 집을 맡겨놓고 자기도 뒤따라 나섰다.

면소재지 마을에 도착하자 안 생원은 혼자서 학교로 교장을 찾아가고, 선애는 한실댁과 함께 자기네 집으로 가서 기다리기로 했다.

안 생원이 교장을 만나 그 얘기를 하니까,

"아, 그런 일이 있었어요? 안 선생이 무슨 일로 결근인가 싶었더니……."

교장은 어리둥절한 표정을 지었다. 그 일을 까맣게 모르고 있는 것이었다.

교장은 성격이 걸걸하고 활달한 사람인 듯 당장 자기가 부대장을 만나서 무슨 내막인지 알아보겠다면서 자리에서 일어났다.

안 생원에게 앉아서 기다리라고 하고는 교무실을 나간 교장은 불과 오 분도 안 되어 돌아왔다. 그 표정이 나갈 때와는 달리 몹시 굳어져 있었다.

자리에 돌아와 앉은 교장은 대뜸 내뱉듯이 말했다.

"안 되겠는데요. 큰일 났어요."

"예? 와예?"

안 생원은 눈앞이 노오래지는 듯했다.

"공비의 두목이 잡혔는데, 그 두목과 그동안 연락이 있었다지 뭡니까."

"예? 그기 무슨 말씀잉교?"

"자세한 것은 나로서는 알 수가 없지만, 부대장 말이 안 선생도 공비들과 한통속이라는 겁니다."

"아하—"

안 생원은 결국 그놈의 김학순가 뭔가 하는 작자 때문에 일이 터지고 말았구나 싶어 탄식이 흘러나왔다.

"안 선생이 그런 사람인 줄은……."

교장까지가 그 말을 믿는 듯 놀랐다는 듯이 몹시 불쾌한 표정을 지었다.

"그기 앙이라, 교장 선생님, 지 얘기를 좀 들어보이소. 우째된 일잉고 하면……."

안 생원은 두성이와 김학수가 농림학교 시절의 동기생이라는 관계를 말하고, 그동안에 있었던 일을 자기가 아는 대로 극구 변명조로 얘기했다.

지난번에 산사람들이 마을을 습격해왔던 그날 밤에 있었던 일까지 사실대로 털어놓았다.

얘기를 듣고 난 교장은 가만가만 고개를 끄덕였다. 그러나 이렇게 말했다.

"오해를 받을 만하게 됐네요. 하지만 그기 사실이라면 놓아주겠지요 뭐. 죄 없는 사람을 어쩌겠어요?"

"그놈의 공비 우두머리란 작자가 뭐라고 지껄였는지 알 수 없단 말입니더. 그놈이 뭐라고 잘몬 지껄였으니까 두성이를 잡아간 것이 아니겠어예? 안 그렇습니껴?"

"글쎄요…… 조사를 해보면 다 알게 될 텐데요 뭐."

"재수가 없으면 뒤로 넘어져도 코를 깬다 안 캅니껴. 교장 선생님, 수고스럽지만 한 번 더 부대장을 만나서 지가 지금 얘기한 대로 사실을 좀 알려 주이소. 그래서 아무쪼록 무사히 되도록 힘을 써 주이소. 그 은혜는 잊지 않겠심더. 부탁입니더."

"예. 한 번 얘기해 보지요. 나중에……."

교장의 대답은 미지근했다. 그런 일에 끼어들기 귀찮다는 기색이었다.

"교장 선생님만 믿고 갑니더."

교무실을 나서는 안 생원의 걸음은 무겁기만 했다.

그 길로 안 생원은 곧바로 면사무소를 찾아가 면장도 만나보았다. 면장은 그 얘기를 듣고 서슴없이,

"나는 그런 일에 개입하고 싶지 않구마. 부대장을 잘 알지 못할 뿐 아니라, 면장이 개입할 문제가 아닌 것 같구마. 직장의 상사인 교장이 나서야 할 일 아닝게? 교장한테 찾아가 보소."

하고 거절의 의사를 밝혔다.

안 생원은 야속한 생각이 들었으나, 도리가 없었다. 면장의 성격이 본시 맺고 끊는 데가 분명할 뿐 아니라, 냉정하다면 냉정한 구석이 있는 그런 사람이란 것을 잘 알고 있는 터여서 뭐라고 더 사정을 해보지도 않았다.

"예. 알았구마."

쓰디쓴 입맛을 다시며 안 생원은 면장실을 나와 버렸다.

소식을 기다리고 있던 한실댁과 선애는 돌아온 안 생원으로부터 두성이가 왜 붙들려 갔는지 그 까닭을 얘기 듣자 눈앞이 아찔해져 버렸다.

"아이구야꼬. 기어이 일이 벌어지고 말았구나. 그누묵 자석, 그 썩어 문드러질 문딩이 같은 자석 때문에 우리 두성이 안 죽나. 응이? 응이? 그누묵 자석 총에 맞아 칵 안 되져 삐리고 와 잽힜노. 응이? 응이?"

한실댁은 마치 살짝 실성한 사람처럼 뇌까렸다.

병칠이의 무슨 수작인가 싶었더니, 그게 아니라 김학수가 생포되

어서 그 때문에 붙들려 갔다는 것을 안 선애는 놀라지 않을 수 없었다.

그러면서도 묘하게 안도의 숨이 가만히 내쉬어졌다. 병칠이와 관계가 없는 일이어서 우선 마음이 놓이는 것이었다. 선애로서는 병칠이 때문에 또 무슨 일이 벌어지는 것이 가장 괴롭고 두려웠다. 뒤가 켕기는 터이니 그럴 수밖에 없었다.

김학수와의 관계 때문이라면 설사 처음에는 조사를 받느라 좀 괴로움을 당하겠지만, 결국 아무 잘못이 없으니 오해가 풀려 놓여나올 게 아닌가 말이다.

그러나 안 생원과 한실댁이 워낙 걱정을 하는 터이라, 선애도 초조함을 누를 길이 없었다. 혹시 조사하는 군인들이 사실을 믿어주지 않는다면 일이 어떻게 되는 것인지⋯⋯ 생각하면 두렵기 짝이 없었다. 어쩌면 병칠이가 수작을 부린 것보다 훨씬 겁나는 일인 것 같아 선애는 속으로 두려움에 떨기도 했다.

그날 해질 무렵이 되어도 두성은 집에 돌아오지 않았다. 하는 수 없이 안 생원과 한실댁은 은냇골 집으로 가서 자고, 이튿날 아침 다시 나왔다. 밤새 아무것도 달라진 게 없어서 안 생원은 교장을 또 찾아갔다.

교장은 부대장을 만나 얘기를 했더니 알았다고 고개를 끄덕이라면서 좋게 될 것 같으니 기다려보자고 말했다. 조금 마음이 놓여 아들네 방에 돌아와 하루 종일 기다렸으나 여전히 아무 소식이 없었다.

해질 무렵이었다. 선애는 아무래도 일이 잘못되어 가는 것 같은 생각이 자꾸 들어 지그시 이를 물었다. 그렇다면 이제 자기가 나서 보는 수밖에 없다는 생각이 들었던 것이다.

그날은 안 생원만 은냇골 집으로 돌아가고, 한실댁은 심신이 함께 지치고 해서 며느리네 방에서 같이 자며 두성이가 돌아오기를 기다리기로 했다.

상원이를 시어미에게 맡겨놓고, 선애는 혼자서 집을 나섰다. 학교에 주둔한 부대를 찾아가는 것이었다.

선애는 모교이기도 하고, 또 남편이 교편을 잡고 있는 학교였지만, 소재지 마을로 살림을 나온 뒤에도 한 번도 학교에 걸음을 들여놓아 보질 않았다.

교문을 들어서는 선애의 걸음은 왠지 쑥스럽고 조심스럽기만 했다. 부대가 주둔해 있는 쪽으로 다가가면서는 슬그머니 두려워지며, 남편이 지금 어디에 갇혀 있는지 슬픈 생각이 들어 코허리가 시큰해지기도 했다.

졸병인 듯한 군인 한 사람에게 다가가서 물었다.

"저…… 안병칠 씨라고 부대에 있지예?"

"안병칠 씨요? 아, 안 중사 말이구나. 있고 말고요."

"좀 만날 수 없을까예? 미안하지만 좀 만나게 해주이소."

그러자 그 사병은,

"안 중사 부인되십니까?"

하면서 싱그레 웃음을 떠올렸다.

"아닙니더."

"그럼요?"

"그저 좀 아는 사입니더."

"애인인 모양이죠?"

"아니라예. 애인은 무슨 애인예."

그러면서도 선애는 절로 얼굴이 화끈 달아오르는 것을 어쩌지 못했다.

"이상하시네요. 애인이 아니라면서 왜 그렇게 얼굴이 빨개집니까? 히히히…… 예, 좋아요. 여기서 기다리고 있으세요."

사병은 공연히 재미있다는 듯이 휙휙 휘파람까지 날리면서 저쪽 막사를 향해 걸어갔다.

싱겁고 짓궂은 녀석도 다 있다 싶었으나, 선애는 결코 기분이 나쁘지는 않았다. 오히려 졸병답다는 생각이 들어 혼자서 가만히 미소를 지었다.

잠시 후 막사 쪽에서 어깨가 떡 벌어진 건장하게 생긴 군인 한 사람이 이쪽으로 성큼성큼 걸어오는 게 보였다. 물론 군모까지 쓰고 있었다. 그러나 선애는 대뜸 그게 병칠이라는 것을 알 수 있었다.

병칠이의 모습을 보자, 선애는 얼른 자기도 모르게 돌아섰고, 교사 모퉁이로 숨으려는 듯이 슬금슬금 걸음을 옮겼다.

다가온 병칠이는 걸음을 멈추며 대뜸,

"선애, 정말 오래간만이다."

하고 거침없이 말했다. 육촌 형수라는 생각 같은 것은 눈곱만큼도 없고, 여전히 자기의 여자라고 생각하고 있는 듯한 말투였다. 군인답게 무뚝뚝하기는 했으나, 그 어조에는 후끈한 진정이 깃들어 있었다.

선애는 말없이 힐끗 한 번 병칠이를 바라보고는 고개를 살짝 떨구며 몸을 약간 돌렸다. 아까 그 사병이 보았더라면 '그러면 그렇지' 하고 이번에는 히히히…… 앞니를 드러내며 웃었을 게 틀림없었다.

잠시 두 사람 사이에 아무 말이 없었다.

어느덧 해가 지고, 사방이 어둑어둑 저물어가고 있었다.

선애를 지긋한 눈길로 바라보고 있던 병칠이가 가만히 입을 열었다.

"찾아올 줄 알았다."

아까보다 무겁게 가라앉은 목소리였다.

그 말에 선애는 떨구었던 고개를 들고 병칠이의 표정을 살피듯 바라보았다.

"되련님."

"되련님이라니, 그런 말 입 밖에 내지도 말아. 듣기 싫으니까."

"형을 와 잡아갔능게?"

"나는 벌써부터 형이라고 생각하질 않고 있어. 그런 놈이 무슨 형이고? 동생을 때려죽일라 카는 형도 있나?"

선애는 말문이 막히는 듯해서 머뭇거리다가 약간 떨리는 듯한 목소리로 물었다.

"좌우간 와 잡아갔는지 그 이유를 얘기해 주이소."

"나는 명령을 따랐을 뿐인 기라."

"알아예. 우리 집 양반이 무슨 잘못이 있다고 잡아가지예?"

"우리 집 양반? 흥!"

병칠이는 콧방귀를 뀌고 나서,

"듣기 싫단 말이다! 내 앞에서 그런 말 꺼낼라고 찾아왔나?"

하고 벌컥 화를 냈다.

선애는 살짝 또 고개를 떨구었다.

약간 거칠어진 숨을 가다듬고 나서 병칠이는 내뱉듯이 말했다.
"공비 우두머리와 내통을 했는데 가만둔단 말이가?"
"내통을 하다니 그기 무슨 소리라예?"
"재워주고, 돈도 주고 했단 말이다. 공비 우두머리가 자기 입으로 다 털어놓았어."
"우야꼬, 그기 아니라예."
"아니라니?"
"어떻게 된 일잉고 하면……."
선애가 그 자초지정의 얘기를 꺼내려 하자 병칠이가,
"가만 있자, 춥어서 안 되겠다. 저리 들어가자."
하면서 앞장서 군화를 신은 채 교사 안으로 들어갔다. 선애는 뒤따르는 수밖에 없었다.
복도에 서서 얘기를 들으려다가 병칠이는 더 조용한 데가 좋겠다는 듯이 교실 문을 열고 안으로 들어섰다.
교실 안은 꽤 어둠침침했다.
병칠이는 학생들의 책상 하나에 털썩 걸터앉았고, 선애는 조금 떨어진 곳에 선 채 얘기를 하기 시작했다.
선애가 얘기를 늘어놓는 동안 병칠이는 팔짱을 끼고 굳어진 표정으로 말없이 듣고만 있었다.
자초지종의 얘기를 끝낸 선애는,
"일이 그렇게 된 기니 우리 집 양반, 아니……."
자기도 모르게 또 '우리 집 양반'이 튀어나오자 얼른 말을 끊었다가,
"그이한테 아무 잘못이 없는 기라예. 친구 간에 그렇게 안 하는

사람이 있겠어예? 안 그래예? 그러니까 되련님이, 아니…… 병칠 씨가 잘 좀 얘기해서 부디 그이가 풀려나게 해 주이소. 부탁입니더."

하고 애원을 하듯 말했다.

병칠이는 '그이'라는 말도 듣기가 싫은 듯 찡그린 표정이었다. 그러나 되련님 대신 '병칠 씨'라고 부르며 애원을 하는 게 조금은 마음이 흐뭇한 모양이었다.

"부대 일이 내 맘대로 된다면 얼매나 좋겠노. 그러나 그런 중대한 일은 누구 한 사람 맘대로 되는 기 아닝기라. 내가 직접 조사를 하는 기 아니니까 확실한 것은 모르겠는데, 얘기를 들으니까 선애 니 말하고는 다르던데?"

"다르다니예? 어떻게 달라예?"

"두 번째 학교 숙직실에서 같이 잤을 때는 그 친구가 공산당이라는 것을 알았다 카던데…… 조사관한테 들었는데…… 조사관이 내 친구 앙이가."

"안 그렇심더. 그럴 리가 없심더."

"두성이 지 입으로 털어놨다 카던데 뭐."

"아이고— 그럴 리가 없다니까예. 절대로 그럴 리가 없어예. 아이고—"

선애는 바짝 긴장이 되어 어찌할 바를 몰랐다.

"몽둥이에 견딜 장사가 어디 있노. 솔직하게 털어놓고 말은 기라. 선애 니는 그런 내막까진 모르고 있었는 기라. 아나?"

"아이고 아닙니더. 그이는 그런 사람이 아니라예. 절대로 절대로……."

"니가 남의 뱃속을 우째 아노? 응? 우째 알아?"

"그이는 그렇지 않다니까예. 아이고— 병칠 씨, 그이를 살리주이소. 예? 사실대로 잘 말해서 어떻게든지 살리주이소. 그 은혜는 안 잊을 끼니까예."

그 말에 병칠이는 비시그레 코언저리에 웃음을 떠올렸다. 잠시 무슨 생각을 하는 듯하더니 불쑥 입을 열었다.

"그래, 좋다. 내가 잘 얘기해서 무사히 되도록 해보지. 그 대신 한 가지 조건이 있다. 뭔고 하면……."

선애는 긴장된 눈으로 병칠이를 똑바로 바라보았다.

"두성이가 무사히 풀려나오면 니는 그와 헤어져야 된다. 그기 조건이다. 알겠나?"

"뭐라고예?"

"그와 갈라서야 한단 말이다."

"……."

"니는 내낀 기라. 처음부터. 그러니까 두성이를 살려주는 대신 니는 나한테로 와야 된다 말이다. 알겠나?"

"……."

"와 대답이 없노? 그 조건을 안 들으면 두성이는 끝장인 기라. 공산당으로 몰리면 어떻게 되는동 알지? 더구나 공비 우두머리와 내통했다면 볼 장 다 본 거지. 우짤 끼고? 내 조건을 들을 끼가, 안 들을 끼가? 대답을 해보래."

선애는 싸늘한 시선으로 병칠이를 뚫어지게 바라보고 있었다. 원망스럽기도 하고 얄밉기도 하면서 한편 어떻게 했으면 좋을지 괴로움에 가득 찬 그런 눈빛이었다.

"귀에 걸면 귀고리, 코에 걸면 코걸이라는 말 안 있나. 바로 그긴 기라. 조사관의 붓대에 두성이의 운명이 달렸단 말이다. 조사관은 나하고 친한 친군 기라. 그러니까 내 말 한마디에 달렸다 캐도 과언이 아니지. 두성이하고는 어릴 때부터 한 마을에서 살았으니까 하나부터 열까지 내가 다 안다 카면서 절대로 그런 사상을 가진 사람이 아니라 카면 되는 기라. 알겠제?"

"……."

"자, 대답을 해 봐. 내 조건을 들을 끼가 우짤 끼고? 인제 니 말 한마디에 두성이가 죽고 사는 기라. 어떤노? 내 조건 듣나 안 듣나? 듣제?"

선애는 순간 고개를 가로저으며,

"그렇게는 몬 하겠어예."

하고 내뱉었다.

"뭐라? 그렇게는 몬 하겠다고? 정말이가?"

병칠이는 선애를 매섭게 쏘아보았다. 선애는 고개를 살짝 돌릴 뿐 아무 말이 없었다.

"정말로 캤나? 두성이가 우째 돼도 괜찮다 그기가? 후회 안 하제?"

"……."

"좋다. 어디 두고 보자."

거칠게 내뱉고는 병칠이는 성큼 돌아서서 교실을 나가 버렸다.

선애는 곧 달려가서 그를 붙들고 싶었으나 어찌 된 셈인지 도무지 발이 떨어지지가 않았다. 붙든다면 결국 입에서 시키는 대로 그렇게 하겠다는 승낙의 말이 나와야 되는 것이 아닌가.

선애는 넋이 나간 것처럼 멍하게 한참 서 있다가 무거운 걸음으로 교실을 나서는 수밖에 없었다.

집에 돌아온 선애는 그날 밤 잠을 이룰 수가 없었다. 정말 어떻게 했으면 좋을지 앞이 캄캄하기만 했다. 남편을 살려내기 위해서 병칠이의 요구 조건을 승낙한다면 그게 어떻게 남편을 위하는 길이 되겠는가 말이다.

남편을 살려내 놓고서 남편과 이혼을 해야 하다니, 도대체 그게 말이 되는가. 상원이는 어떻게 하고…… 도저히 있을 수 없는 일이었다.

그렇다고 병칠이의 요구 조건을 끝내 거절해 버린다면 결국 남편의 목숨은 어떻게 되는 것인지…… 생각만 해도 겁이 나고, 눈앞이 아찔해지기도 했다.

병칠이를 만나 사정을 해보았으나, 그런 요구 조건을 내세우더라는 말을 선애는 시어미에게 도저히 밝힐 수가 없었다. 그런 얘기는 고사하고, 자기 입으로 병칠이의 이름을 들먹이는 것조차 선애로서는 있을 수 없는 일이었다.

그래서 시어미에게는 그저 부대장을 만나서 애원을 해보려 했으나 만나 주지 않아서, 그 밑의 군인 한 사람을 붙들고 사정을 했으니 두고 기다려 볼 수밖에 없다는 식으로 얼버무렸다.

한실댁 역시 밤이 이슥토록 잠을 이루지 못하고, 이따금 꺼지는 듯한 한숨과 함께,

"그누무 학순가 지랄인가 하는 놈이 은혜를 원수로 갚는구나. 그 썩어 문드러질 놈……."

하고 혼자서 투덜투덜 욕지거리를 내뱉곤 했다. 그렇게라도 해야

견디겠는 모양이었다.

이튿날 아침 선애는 부엌에 앉아 밥을 지으면서 결심을 했다. 우선 사람을 살려놓고 보자고 마음을 먹은 것이다.

그대로 놓아두면 아마도 틀림없이 살아서 돌아오지는 못할 것만 같았다. 산사람의 우두머리와 내통을 했었다는 말을 본인의 입으로 털어놓았다고 하니 살아남을 수는 없을 것 같았다.

어쩌면 산사람 우두머리인 그놈의 김학수란 자와 함께 총살을 당할지도 모른다 싶었다.

남편이 죽을 줄을 뻔히 알면서 그대로 보고만 있다는 것은 말이 되지가 않았다. 무슨 수를 써서라도 우선 목숨부터 건져놓고 보아야 될 게 아니냐 싶었다.

병칠이의 요구 조건을 일단 응낙하고서, 남편을 살려낸 다음, 뒷일은 그때 가서 또 어떻게든지 버티어 보는 수밖에 도리가 없었다. 설마 병칠이 저도 사람인데 끝내 형수 되는 여자를 빼앗아 기어이 데리고 살려고 들기야 하겠느냐, 남의 눈도 있는데…… 이렇게 좋은 쪽으로 생각해 보았다.

선애가 다시 병칠이를 찾아간 것은 아침을 먹고 잠시 후였다. 그러나 병칠이는 산사람들을 토벌하는 작전에 출동을 하고 부대에 없었다.

어떤 하사관 한 사람을 붙들고 선애는 자기 남편이 지금 어떻게 되어 있는지 애원을 하듯 물어보았다. 그랬더니 천만 뜻밖에도 그 하사관의 대답은 너무나도 간단했다.

"넘어갔어요. 간밤에……."

"넘어가다니예? 어디로예?"

선애는 어리둥절해지지 않을 수 없었다.

"특무대로요."

"특무대가 뭔데예?"

"그것도 몰라요? 빨갱이들 조사하는 데란 말이요."

"그기 어딨는데예?"

"대구요."

하사관은 이제 귀찮다는 듯이 돌아서서 가버렸다.

선애는 눈앞이 캄캄해지고 말았다. 기어이 일은 잘못된 방향으로 굴러가고 말았구나 싶으니 디디고 서 있는 발밑의 땅이 쑥 꺼져 내려가는 듯한 느낌이었다.

불타는 여름

두성이의 소식은 몇 개월 뒤에야 알게 되었다. 형무소에 갇힌 몸이 되어 있었다. 7년의 징역형을 선고받은 죄수였다.

선애는 살림을 거두어 가지고서 도로 은냇골 시집으로 들어갔고, 이따금 남편을 면회하러 시어머니 혹은 시아버지와 함께 대구에 나가곤 했다.

이제는 세월이 빨리 흘러서 7년이 지나 형무소에서 남편이 석방되어 나올 그날을 기다리는 수밖에 도리가 없었다.

옛 학창 시절의 친구 때문에 남편이 좌익수가 되다니, 생각하면 기가 차고 어처구니가 없어서 땅을 치고 통곡해도 분이 풀리지 않을 일이었지만, 시대를 잘못 만났고, 또 재수에 옴이 붙어서 그렇게 된 것이니 언제까지나 한탄을 거듭한들 무슨 소용이 있겠는가 하고 선애는 체념을 하려고 애를 썼다.

그 정도로 목숨을 부지하게 된 것만도 천만다행이라고 생각하는 수밖에 없다 싶었다.

과부 아닌 생과부가 된 선애는 어린 상원이를 키우는 것을 낙으로 삼아 이를 악물고 살아 나갔다.

준동하던 산사람들이 모조리 소탕되어 깊숙한 산골 마을들까지 평온을 되찾게 되자 토벌부대도 철수해 갔다. 물론 병칠이도 부대와 함께 떠나갔다.

그런데 두어 해 지나서, 정확하게 말하면 1950년 봄에 병칠이는 군복을 벗고 고향에 돌아왔다. 의병제대를 한 것이었다.

부대의 차량이 전복하는 사고가 발생했는데, 재수 불길하게 그 차에 타고 있었던 병칠이도 크게 부상을 당했던 것이다.

한쪽 다리의 뼈가 부러졌고, 늑골이 몇 개 어긋나기까지 했다. 육군병원에서 오랜 치료 끝에 뼈들은 그런대로 아물어 붙었으나, 늑막염이 발병해서 수술을 받았다.

병은 이제 거의 치료가 된 셈이었으나, 몸이 워낙 쇠약해져서 다시 부대에 복귀하여 복무할 수는 없는 상태였다. 그래서 육군병원에서 제대를 시켜 귀향토록 조치했던 것이다.

고향에 돌아온 병칠이는 실의에 빠진 사람처럼 멀뚱히 집 안에 틀어박혀 있기만 했다. 몸도 쇠약해질 대로 쇠약해진 데다가 불의의 사고 때문에 군복을 벗게 되어 사는 의욕마저 잃게 되었으니 그럴 수밖에 없었다.

병칠이가 차량 전복 사고로 부상을 입어 육군병원에서 치료를 받고 의병제대가 되어 집에 돌아와 있다는 소식을 들은 선애는 심정이 다시 뒤숭숭해지지 않을 수 없었다.

남편을 구해 달라고 그처럼 애원을 했었는데도 당치도 않은 요구 조건을 내세워 결국 일을 망쳐버리고 말더니, 그 벌을 받아 그런 끔찍한 변을 당했던 모양이라고 속으로 고소하다는 생각이 우선 들었다.

그러면서도 어찌된 셈인지 한쪽 구석에서는 안됐다는 측은한 정이 슬그머니 고개를 쳐드는 것이 아닌가. 그런 생각이 들다니, 여자의 마음이란 이렇게도 간사한 것인가 싶어 선애는 스스로 약간 어이가 없기도 했다.

그렇다면 아직도 마음 한구석에는 병칠이에 대한 애정이 남아서 눌어붙어 있다는 말인가. 혼자서 슬그머니 당황하기도 했다.

그리고 선애는 과연 그때 자기가 병칠이의 요구 조건을 수락하지 않았기 때문에 남편이 특무대로 넘어가 버렸는지, 요구 조건을 수락했더라면 무사히 놓여나올 수가 있었을 것인지…… 다시 말하면 병칠이에게 그럴 만한 힘이 있었는지 어떤지, 그 점이 새삼스럽게 궁금하기도 했다.

이제 와서 그 궁금증이 풀린다 한들 아무 소용이 없는 일이지만, 좌우간 그런 생각까지 뒤얽혀서 공연히 뒤숭숭하기만 했다.

여름으로 접어들어 더위가 서서히 시작될 무렵 전쟁이 터졌다. 북한이 휴일인 일요일 새벽을 택해서 삼팔선을 넘어 기습 남침을 감행했던 것이다.

그 소문은 곧 산골 마을에도 와 닿았다. 은냇골 사람들도 전쟁이 터졌다는 소문에 눈들이 휘둥그레져 가지고 수군덕거렸다.

선애는 대뜸 남편 걱정부터 했다.

이북 공산당이 전쟁을 일으켰다면 형무소에 갇혀 있는 남편은 도대체 어떻게 되는 것인지, 그 앞날이 아무래도 불길하게만 생각되었다.

전쟁을 이쪽에서 이겨서 이북으로 쳐올라 간다면 그대로 형무소에서 형기를 마치게 되겠지만, 만일 그렇지 않고 이쪽이 밀려서 그들이 남쪽으로 쳐내려온다면 어떻게 될 것인지…… 선애로서는 얼른 판단이 서지가 않았지만, 어쩌면 공산당들의 손에 의해서 형무소에서 석방이 될 것 같기도 했고, 그렇지 않고 그들의 손아귀에 넘어가기 전에 좌익수들은 오히려 이쪽에서 미리 어떻게 처치해 버릴지도 모른다는 생각이 들기도 했다.

어느 쪽이 될지 알 수가 없었지만, 좌우간 선애는 두 가지가 다 두렵기만 한 일이었다.

미리 어떻게 처치가 되어 버리는 것은 말할 것도 없고, 공산당들의 손에 의해서 석방이 된다는 것도 두렵고 싫었다.

그저 아무쪼록 전쟁을 이쪽에서 이겨서 이북으로 쳐올라 가 이기회에 통일을 이루어 버렸으면 얼마나 좋을까. 그래서 어차피 형무소에 간 몸이니 형기를 무사히 마치고 나와서 새로 다시 시작하는 편이 떳떳하고 마음 편할 것 같았다.

선애의 그런 기대와는 달리 들려오는 소문에 의하면 전세는 날로 이쪽이 불리해져 자꾸 후퇴를 하고 있다는 것이었다.

뒤숭숭하고 걱정이 되어 선애는 혼자서 남편을 면회하러 두 차례나 대구에 가 보았다. 그러나 헛일이었다. 좌익수의 면회는 일체 금지가 되어 있어서 만나 볼 길이 없었다.

그대로 대구 형무소에 있는지, 어디 딴 곳으로 이송이 되어 갔는지 전혀 소식을 알 방도가 없었다.

어느 날 한밤중이었다. 선애는 소변이 마려워서 잠을 깼다. 방 윗

목에 요강이 놓여 있었다. 부스스 일어나 요강에 올라앉아 막 볼일을 보기 시작했을 때였다.

대문 두들기는 소리가 들렸다. 조심조심 몇 번 두들기더니, 이번에는 가만가만 흔들었다.

선애는 이 밤중에 누군가 싶어 귀를 그쪽으로 곤두세웠다.

"상원아, 상원아."

아이 이름을 부르는 것이 아닌가.

누굴까? 선애는 바짝 긴장이 되었다.

"상원아, 상원아, 자나? 나다 나. 아부지다. 아부지."

그 목소리에 그만 선애는 깜짝 놀라,

"우야꼬!"

자기도 모르게 소리를 지르며 얼른 요강에서 일어났다. 내뻗고 있던 오줌 줄기가 뚝 그치며 지르르 사타구니를 타고 흘러내렸으나 아랑곳없이 선애는 후다닥 아랫도리를 여미고는 정신없이 바깥으로 뛰어나갔다.

대문을 열자.

"여보—"

하면서 시커먼 그림자가 무너지듯 선애의 품에 안겼다.

"아이고 이기 우째 된 일이라예? 이기…… 응? 여보."

너무나 뜻밖의 일에 놀라서 선애는 어찌할 바를 몰랐다. 이 한 밤중에 불쑥 남편이 돌아오다니 정말 꿈만 같았다.

"아이고 여보, 이기 생시예, 꿈이예? 응? 여보, 얼매나 고생을 했어예? 얼매나…… 아이고 여보—"

기쁨이 너무 벅차서 그만 선애는 울음을 터트리고 말았다.

그러자 두성이는 당황하며,

"여보, 울면 안 돼. 조용히!"

주위를 경계하듯 낮은 목소리로 말하고는 얼른 한 손으로 아내의 입을 막기까지 했다. 그리고 아내를 데리고 마치 숨기라도 하려는 듯이 후닥닥 자기네 방 쪽으로 향했다.

그러자 잠을 깬 듯,

"누구고? 이 밤중에……."

한실댁이 하품을 하며 큰방 문을 열고 내다보았다.

"어무이예, 원이 아빠가 돌아왔심더."

"뭐라꼬?"

깜짝 놀라며 한실댁도 후닥닥 정신없이 뛰어나왔다.

안 생원은 한실댁이 가서 깨워서야 일어났다. 그래서 식구가 모두 작은방에 모여 앉게 되었다. 마침 그날 밤은 구 서방이 이웃 마을 자기네 친척집의 제사에 가고 없었다.

머슴인 구 서방이 용케 집에 없는 것을 두성이는 무척 다행으로 생각했다. 그럴 수밖에 없는 것이 그는 형무소에서 가석방이라도 되어 나온 것이 아니라, 도망을 쳐서 돌아온 것이었다.

대구 형무소에 수감되어 있는 죄수들은 부산 쪽으로 옮기게 되었던 것이다. 전세가 날로 불리하여 대구까지도 그들의 수중에 들어갈지 알 수 없는 그런 긴박한 상황이 되어 가고 있었던 것이다.

화물열차에 실려 한밤중에 대구역을 떠났는데, 기차가 얼마 안 가서 고장이라도 난 듯 산모퉁이에 정거를 하여 움직이지를 않았다.

그 기회를 이용해서 한 화물칸의 죄수들이 탈주를 감행했던 것이다. 행인지 불행인지 두성이도 마침 그 칸에 타고 있어서 앞뒤 생각할 겨를도 없이 엉겁결에 그만 죽기 아니면 살기로 다른 죄수들 속에 섞여 산속으로 냅다 튀었던 것이다.

형무소 속에서도 이미 전쟁이 터졌다는 것을 알고 있었다. 물론 두성이도 그 사실을 알고서 앞으로 좌익수들은 어떻게 되는 것인지 불안에 싸여 있었다.

그런데 난데없이 한밤중에 형무소를 떠나 화물열차로 어디론지 싣고 가는 바람에 운명이 어느 방향으로 굴러가고 있는지 도무지 알 수가 없어 몹시 긴장이 되어 있던 터이라 순간적으로 그만 옜다 모르겠다, 될 대로 되겠지, 하고 탈주의 무리 속에 섞여들고 말았던 것이다.

그래서 몇 날 며칠을 밤으로만 걸어서 용케 이렇게 고향집까지 당도한 것이니, 혹시 남이 알까 두렵기만 했다. 머슴인 구 서방이 알아도 안 될 것 같았다. 사람의 입이란 절대로 믿을 것이 못 되는 터이니 말이다.

두성이의 입에서 그런 자초지종의 얘기가 쏟아져 나오자 가족들은 모두 표정들이 심각하게 굳어들고 있었다. 아무 말은 없었으나 누구보다도 불안에 휩싸여 안색까지 새하얗게 변한 것은 선애였다.

선애는 남편이 이렇게 살아서 돌아온 것은 우선 반갑기 그지없는 일이었으나, 석방된 게 아니라 이송 도중에 탈주를 해 왔다고 하니, 만일 붙들리는 날이면 벌이 훨씬 더 무거워질 게 뻔한 이치여서 앞으로 어떻게 될 것인지 걱정이 태산 같았다.

"아이고 야야, 이 일을 우짜노. 이 일을…… 관세음보살—"

한실댁은 한숨을 쉬듯 염불을 외고서 말을 이었다.

"좌우간 잘 돌아왔대이. 까짓것 나중에사 설마 어떻게 안 되겠나. 전쟁이 터져서 세상이 우째 될동 모르는 판국인데, 우선 사람이 살고 봐야지. 잘 도망 왔어. 잘 도망 왔다니까."

진정으로 하는 소린지, 기왕에 이렇게 된 것 별 도리가 없으니까 자포자기를 한 그런 심정에서 내뱉는 말인지 잘 분간이 되지가 않았다.

안 생원은 그저 "음—" 하고 무거운 신음소리를 내뱉을 뿐, 이렇다 저렇다 아무 말이 없었다.

선애 역시 뭐라고 입을 뗄 수가 없어 약간 고개를 떨구고서 가만히 굳어져 앉아 있었다.

아버지가 돌아온 줄도 모르고, 어느덧 다섯 살이 된 상원이는 몸부림을 쳐서 저만큼 굴러가 콜콜 잘도 자고 있었다.

말없이 앉아만 있는 며느리를 보고 한실댁은 마치 화라도 난 사람처럼 볼멘소리로 말했다.

"야야, 어서 가서 밥상을 안 채리 오고 뭐 하고 있노? 퍼뜩 밥을 새로 지어라."

"예."

그제야 선애는 정신이 들기라도 한 것처럼 얼른 밖으로 나갔다.

집에 돌아오기는 했으나, 두성이는 집 안 깊숙이 숨어서 지내는 수밖에 없었다.

머슴인 구서방의 눈에 띄지 않도록 조심하는 것은 물론이고, 심지어 아들인 다섯 살짜리 상원이 앞에도 얼굴을 나타내지 않았다.

다락 속에 거처를 정해 놓고 낮으로는 그곳에 은신을 하고, 밤으로 집 안 사람들이 다 잠든 뒤에 살며시 자기네 방으로 내려와 아내와 잠자리를 같이 하곤 했다. 상원이는 아예 한실댁이 큰방에서 데리고 잤다.

두성이가 집에 돌아와 있다는 말이 밖으로 새어나가지 않게 하기 위해서는 그렇게 철저히 하는 도리밖에 없었다.

며칠이 지난 어느 날 밤, 두성이는 문득 생각이 난 듯 아내에게 물어 보았다.

"병칠이란 놈 어떻게 됐소? 소식 아나?"

그 말에 선애는 약간 당황하여 얼른 뭐라고 대답이 입 밖으로 나오지가 않았다.

"그누무 자석 총을 맞아 뒤져 버렸으면 속이 시원하겠는데, 어떻게 됐는지…."

"……."

"전쟁은 그런 놈 죽으라고 일어나는 거 앙이가? 안 그러나?"

선애는 그만 자기도 모르게 불쑥 입 밖으로 말이 나와 버렸다.

"집에 돌아와 있어예."

"뭐? 집에 돌아와 있다고? 병칠이가?"

"예."

"와? 전쟁이 났는데 군인이 싸우질 않고 우째서 집에 와 있노?"

"제대를 했답니더."

"제대를 했어? 언제?"

"벌써 몇 달 됐는 것 같던데예. 뭐 의병제대라 카덩가…… 아파서 제대를 했다 카지예."

선애는 애써 담담한 어조로 아무것도 아닌 남의 일처럼 말했다.

"음— 그렇구나. 이놈 어디 두고 보자."

두성이는 어둠 속에서 뿌드득 어금니를 악물기까지 했다. 그리고 생각하면 치가 떨린다는 듯이 약간 격앙된 그런 목소리로 말을 이었다.

"그누무 자석 때문에 내 신세가 이 지경이 안 됐나. 그 자석만 아니었더라면 그때 특무대로 넘어가지 않고 풀려나왔을 낀데…."

"뭐가 우째 된 일인데예? 당신 김학순가 그 친구 때문에 그렇게 된 거 아닝교?"

선애는 그렇지 않아도 궁금했던 일이었는데, 먼저 남편의 입에서 그런 말이 나왔기 때문에 잘됐다 싶으며 자기는 아무것도 모르는 것처럼 시치미를 떼고 물어 보았다.

"처음에 붙들려간 기사 김학수란 놈 때문이었지만, 내가 뭐 잘못한 기 있나. 조사하는 군인한테 사실대로 다 자세히 얘기했지 뭐. 그런데 병칠이란 놈이 그 조사하는 군인한테 뒤에서 말을 고약하게 한 기라. 서로 친한 사이였던 모양이라. 그눔아가 뭐라 캤는가 하면 내가 동네에서도 악질로 이름이 나 있다나. 지하고 먼 형제뻘이 되는데, 글쎄 동생뻘인 지를 내가 뚜디려서 죽일려고까지 했다는 기라."

선애는 말없이 약간 떨리는 듯한 큰 숨을 가만히 쉬었다.

"그리고 내 사상이 틀림없이 공산당 쪽이라고 말했다지 뭐고. 그런 때려죽일 놈이 있나 말이다. 그런 놈은 정말로 때려죽여도 싸다니까."

"……."

"그눔아가 뒤에서 그런 식으로 당치도 않는 고자질을 했기 때문에 조사하는 군인이 내 말을 믿어줘야 말이지. 어릴 때부터 한 동네에 살면서 하나부터 열까지 잘 아는 사람이, 더구나 친척 되는 사람이 그렇게 말하는데, 너는 왜 거짓말로 변명만 하느냐고 나중에는 그만 사실대로 털어놓지 몬 하겠느냐고 몽둥이뜸질이지 뭐고. 개 패듯이 패는데 당해낼 재간이 있나. 우선 안 맞고 볼라고 예, 그랬심더, 맞심더, 하고 입에서 나오는 대로 대답을 해 버렸지 뭐. 그래서 결국 김학수란 놈하고 내통이 있었다는 식으로 조서가 꾸며지고 말았던 기라. 특무대에 넘어간 뒤에는 더 말할 것도 없고……. 아예 내 말은 자세히 들어 볼라고도 안 하지 뭐꼬."

두성이는 그동안 겪은 고초를 더 이상 떠올리고 싶지 않다는 듯이,

"후유—"

무겁게 한숨을 내뱉고는 혼자 한탄을 하듯 중얼거렸다.

"재수가 더럽을라니까 내참 기가 맥히서……. 남도 아닌 동생뻘 되는 놈이 날 잡아묵을라고 들다니, 세상에 뭐 이런 일이 다 있제. 음—"

괴로운 듯 두성이는 아내에게 등을 돌리고 돌아누웠다.

선애는 어둠 속에서 자기도 모르게 몸을 떨며 사지를 바짝 오그라붙이고 있었다.

병칠이는 전쟁이 일어난 뒤에도 그저 멍청하게 집 안에 틀어박혀 있었다.

전세가 불리해서 아군이 후퇴를 거듭하고 있다는 소문을 듣고는 다시 군대에 복귀하여 전투에 참가할까 하는 생각도 해 보았으나, 몸이 말을 들어줄 것 같지가 않았다.

병은 이제 다 나았다고 할 수 있지만, 그전 같은 그런 건장한 몸으로 쉽게 회복되지가 않았던 것이다.

꽁보리밥에 된장국만 먹는 그런 형편이니 그럴 수밖에 없었다. 그래서 아예 군문에 복귀하는 것을 단념하고서, 설마 이런 남쪽까지야 밀리지 않겠지 하고 크게 걱정을 안 하고서 그저 멍청하게 나날을 보내고 있었다.

그런데 마침내 어느 날, 놀라운 소식을 듣고 말았다. 세상이 뒤집혀 버렸다는 것이었다. 읍내에 인민군들이 들어왔을 뿐 아니라, 면 소재지 마을에도 그들의 깃발이 나부끼게 되었다는 것이다.

병칠이는 그제야 정신이 번쩍 드는 듯 두 눈을 크게 뜨고서,

"뭐 이러노. 와 이렇게 돼 삐렸제? 씨팔, 이렇게 될 줄 알았으면 죽든지 살든지 다시 군대에 들어갈 낀데……."

하고 투덜거리듯이 말했다.

세상이 뒤집혀 공산당 천지가 되었다는 소식을 두성이는 다락 속에서 들었다. 선애가 다락문을 열고 알려주었던 것이다.

"여보, 세상이 바뀌었다 캐예. 면사무소에 인공기가 걸렸다지 뭡니껴."

"뭐? 그기 정말이가?"

두성이는 처음에는 얼떨떨하기만 한 모양이었다. 그러다가,

"그럼 인제 숨어 있을 필요가 없구나. 아이구 살았다."

세상이야 어찌 되었건 우선 이 답답하고 무더운 다락 속에서 벗어나게 되어 살 것 같다는 듯이 얼른 다락에서 기어 나왔다.

집 안 사람들은 두성이의 얼굴만 쳐다볼 뿐 뭐라고 말을 해야 좋을지 모르겠는 듯 착잡한 표정들이었다. 공산당이라는 것이 어떤 것인지 들어서 짐작을 하고 있는 터이라, 그들의 세상이 되었다면 마을에서 제일 부자인 자기네 집은 앞으로 어떻게 되는 것인지 알

수가 없어서 그저 두성이의 얼굴만 멀뚱멀뚱 바라보는 것이었다. 사연이야 어찌 되었거나 좌우간 칠 년 징역을 받고 좌익수로 복역을 하다가 탈출을 해서 돌아온 터이니까 공산당 세상이 되었다면 말하자면 자기가 활개 칠 세상이 된 셈인데, 그의 입에서 어떤 말이 나오는지, 앞으로 과연 그가 어떤 태도를 취할 것인지 지켜볼 따름이었다.

선애가 누구보다도 속으로 그 점이 궁금했다. 그러나 남편이 별다른 말이 없자, 슬그머니 마음속을 떠볼 생각으로 밤에 이부자리 속에서 조심스럽게 입을 열었다.

"여보, 앞으로 우째 되는 기라예?"

"뭐가?"

"세상이 말입니더."

"우째 되기는 뭐가 우째 돼. 인민공화국이 이미 돼 삐맀는데……."

'인민공화국'이라는 말이 예사롭게 남편의 입에서 나오자 선애는 약간 당황하지 않을 수 없었다. 공산당 세상을 반기는 그런 말투는 아니었지만, 그렇다고 못마땅하게 여기는 어조도 아니었다. 이미 바뀌어 버린 세상을 그대로 받아들이는 그런 표현이었다.

선애는 속으로 '우야꼬, 그렇구나' 싶었다. 남편의 마음속을 환히 들여다본 것 같은 느낌이었다. 세상만 바뀐 것이 아니라, 남편의 마음도 이제 달라졌구나 싶으니 왠지 선애는 조금 몸이 움츠러들면서 가늘게 떨렸다.

그러나 선애는 잠을 청하면서 가만히 속으로 여필종부라는 말을 머리에 떠올려 보았다. 옛 성현들이 남긴 그 교훈을 따르는 수밖에 없다는 생각이 들었다. 남편의 생각이 그렇다면 그 아내로서 반대 입장을 취할 수는 없다 싶었다. 그렇게 마음을 먹으면서도 선애는 어쩐지 심사가 개운하지가 않고 심란하면서 슬그머니 두렵기까지 했다.

선애가 속으로 더욱 당황한 것은 며칠 뒤의 일이었다. 매일 면소재지에 나가더니, 어느 날 저녁에 돌아온 남편은 늦은 저녁상을 받고 앉아서 불쑥 뜻밖의 말을 했던 것이다.

"나 자위대 대장이 됐어."

"예? 자위대 대장이라니예?"

선애는 약간 어리둥절했다. '자위대'가 뭔지 처음 듣는 말이었고, 그 대장이 되었다니 얼떨떨했던 것이다.

"그전 같으면 지서 주임인 셈이지."

"지서 주임예?"

선애는 너무나 뜻밖이어서 두 눈이 휘둥그레지고 말았다. 매일 아침을 먹고 출근을 하듯 집을 나가곤 해서 학교에 다시 가는 줄 알았더니, 그게 아니라 학교와는 거리가 먼, 그전 같으면 지서 주임이 되었다니 놀랄 일이 아닐 수 없었다.

"나한테 자위대 대장이 되어 반동분자들을 모조리 잡아들이라는 기라. 처음에는 별로 마음이 내키지 않아서 망설였는데, 병칠이란 놈 생각이 났지 뭐꼬. 그눔아한테 복수를 해야겠다 싶어서 승낙을 안 했나."

그렇게 말하면서 두성이는 선애의 표정을 힐끗 살피듯 바라보았다.

선애는 얼굴에서 핏기가 싹 가시는 느낌이었다.

"지가 남의 신세를 망칠라고 했으니, 지도 한 번 당해 봐야지. 꼭 내가 당한 만큼만 지도 당하도록 해줄 끼니까……."

순가락으로 밥을 떠서 입으로 가져가면서도 두성이는 증오에 치를 떠는 그런 표정이었다. 살기 같은 것이 섬뜩하게 내비치기까지 했다.

자위대란 세상이 뒤집혀 공산당 손아귀에 들어가기는 했으나, 아직 그들의 정식 치안 기관인 분주소라는 것이 면에 설치되기 전에 그 고장의 좌익들 가운데서 젊은 축들이 스스로 나서서 조직한 일종의 치안대였다. 순경들이 후퇴해서 비어 있는 지서를 점령해 들어가 소위 혁명 과업의 선봉대 노릇을 한답시고 설쳐댔던 것이다.

그 자위대의 대장이 된 두성이는 다른 어떤 일보다 먼저 병칠이를 잡아들이도록 지시했다. 그러나 병칠이가 날 잡아가라고 집에 가만히 도사리고 앉아 있을 턱이 없었다. 더구나 두성이가 나타나서 자위대 대장이 되었다는 소문을 들었으니 말이다.

병칠이는 공산당 세상이 되었으니 자기는 반동으로 몰릴 게 틀림없다는 생각을 했다. 군대에 몸담았을 뿐 아니라, 고향 쪽에 와서 공비 토벌작전까지 했으니 말이다. 게다가 두성이가 자위대 대장이 되었다면 자기를 붙들어 들일 것은 뻔한 노릇이었다.

그래서 병칠이는 산으로 피신을 했다. 산속 깊숙한 계곡에 은신처를 정하고서 그곳에 몸을 숨기고 있었다. 처음에는 낮에만 그곳에 숨어 있고 밤에는 남의 눈을 피해 집에 내려오곤 했으나, 자기를 잡으러 왔었다는 말을 듣고는 아예 밤에도 집에 내려오질 않았다. 대신 먹을 것을 영덕댁이 날랐다.

영덕댁은 밤에는 눈이 침침하고 또 찾아가는 산길이 험해서 꼭두새벽 아직 동이 트기 전에 하루를 견딜 수 있는 음식을 보자기에 싸서 머리에 이고 아들을 찾아가곤 했다.

그러나 그런 일이 언제까지나 비밀에 부쳐질 수는 없었다. 영덕댁이 산에 갔다가 내려오는 것을 마을 사람 하나가 보았고, 그 말이 퍼져서 결국은 두성이의 귀에까지 들어갔던 것이다.

두성이는 자위대 대장이 된 뒤로는 며칠에 한 번씩만 집에 돌아왔다. 자위대 사무실에서 밤늦도록 소위 과업을 수행하기 마련이었고, 잠은 근처에 마련된 숙소에서 자곤 했다. 과업이란 주로 이른바 반동분자들을 잡아들여서 족쳐대는 일이었는데, 그 일이 바쁠 지경이었고, 또 어느덧 두성이는 그런 일에 신명이 난 사람처럼 들떠 있기도 했다. 눈에 살짝 핏발까지 서 있었다.

어느 날 저녁, 집에 돌아온 두성이에게 한실댁은 무심히 지껄이는 것처럼 슬쩍 알려 주었던 것이다.

"세상은 참 재미있지 뭐고. 공비를 잡을라고 산으로 쫓아다니던 병칠이가 인제 지가 산에 숨어 있는 모양이니 말이다."

"예? 병칠이가 산에 숨어 있어요?"

"누가 봤는데, 영덕댁이 새벽 일찍이 산에서 내려오더라지 뭐꼬. 음식을 날라다주고 오는 것 같더라는데……."

"음—"

두성이는 회심의 미소를 지었다.

이튿날 즉각 부하 몇 사람을 밤에 병칠이네 집 근처에 잠복을 시켰다. 그래서 꼭두새벽에 산으로 향하는 영덕댁의 뒤를 밟도록 하여 병칠이를 체포하는 데 성공했다.

병칠이를 잡아오자 두성이는 지그시 이를 악물었다.

"오냐 이놈, 잘 만났다. 내가 당한 만큼만 니도 당해봐라. 눈에는 눈, 이에는 이, 몽둥이에는 몽둥이다.

속으로 중얼거리며 한 마음을 모질게 먹었다.

그러나 두성이는 취조를 직접 자기가 하지는 않고 부하에게 맡겼다. 그 대신 이런 것 이런 것을 조사하라고 하나하나 구체적으로 지시를 했고, 고분고분 실토를 안 할 때는 몽둥이맛을 단단히 보여주라고 일렀다. 그리고 취조의 결과를 수시로 보고 받았다. 이따금 취조실에서 들려오는 병칠이의 비명소리를 들을 때면 두성이는 절로 이맛살이 찌푸려지면서도 묘하게 가슴속이 후련해지는 것을 느끼며 코언저리에 비시그레 웃음을 떠올리곤 했다.

그런데 한 번은 취조를 하던 부하 대원이 약간 난처한 표정을 지으며 두성이 앞에 나타났다. 병칠이가 마지막으로 한 가지 털어놓을 말이 있는데, 그것은 대장한테 직접 해야 되겠으니 대장을 만나게 해달란다는 것이었다.

"뭐? 나한테 마지막으로 털어놓을 말이 있다고? 이누무 자석 어디 지가 무슨 할 말이 있는가 들어 보까."

그러면서 두성이는 성큼 일어나 취조실로 들어갔다.

병칠이는 며칠 동안 조사를 받으면서 자기가 도저히 여기서 무사히 놓여나갈 것 같지 않다는 것을 알게 되었다. 소위 반동으로 붙들려와 함께 갇혀 있으면서 조사를 받은 다른 사람들의 경우를 보더라도 틀림없이 군에 있는 이른바 내무서라는 곳으로 넘겨질 것 같았고, 그 다음은 어떻게 처리가 될지 알 수가 없었다. 어쩌면 그 길로 영영 돌아오지 못하는 그런 신세가 되어 버릴지도 몰랐다. 그렇다면 마지막으로 자기가 왜 육촌 형인 두성이를 증오하게 되었는지 그 깊은 까닭을 솔직하게 털어놓아야 되겠다는 생각이 들었다. 그래서 형수뻘 되는 선애에게 단순한 욕정에서 흑심을 품은 그런 패륜아는 결코 아니라는 것을 명백히 하고 싶었다. 그리고 당장 몽둥이에 맞아 죽는 한이 있더라도 지금도 여전히 선애를 변함없이 사랑하고 있다는 말을 마지막 유언처럼 해야겠다고 마음먹은 것이다.

"니가 나한테 마지막으로 털어놓을 말이 있다고? 어디 무슨 말인지 해봐. 들어줄 끼니까."

취조실로 들어가 책상 앞의 의자에 앉은 두성이는 병칠이를 노려보며 무뚝뚝하게 내뱉듯이 말했다.

책상을 사이에 두고 나무 걸상에 웅크리고 마주앉아 있는 병칠이는 절로 표정이 일그러지며 살짝 고개를 떨구었다.

"무슨 말이고? 응? 니가 도대체 할 말이 있나? 있으면 어서 해보란 말이다."

그러자 병칠이는 번쩍 얼굴을 들었다. 어금니를 악물고 있었으나 두 눈엔 약간 물기 같은 것이 어리고 있었다.

"형님, 이런 데서 이렇게 만나게 되다니 정말 기가 찹니더."

병칠이의 입에서 '형님'이라는 말이 나오자 두성이는 좀 곤혹스러운 듯한 그런 표정을 지었다. 그러나 '흥!' 콧방귀를 뀌었다.

"형님이라니, 뻔뻔스러운 자식 같으니……. 나는 니 같은 놈의 형이 아닌 지가 벌써 오래다. 어디서 누구한테 형님이라는 기고? 그런 말이 니 입에서 나올 수가 있나?"

"예. 형님의 그 심정을 이해합니더. 그러나 내 얘기를 들어 보이소."

"그래 들어줄 끼니 할 말이 있으면 해보라 안 카나."

"형님은 내가 형수한테 엉뚱한 흑심을 묵고 수작을 부린 줄 알고서 몇 해 전 그날 밤에 나를 죽으라 하고 뚜디리 팼지요?"

"그렇다. 우짤 끼고? 그럼 니가 수작을 안 부렸다 그기가?"

"엉뚱한 흑심을 묵고 수작을 부린 기 아닙니더. 선애는 형님하고 결혼하기 전에 내 애인이었구마. 알겠능교?"

병칠이는 서슴없이 내뱉어 버렸다.

"뭐라꼬?"

너무나 뜻밖의 말에 두성이는 놀라 그만 온 얼굴이 시퍼렇게 질리며 어찌할 바를 몰랐다.

병칠이도 표정이 싸늘하게 굳어들며 의외로 착 가라앉은 목소리로 말을 이어 나갔다.

"국민학교 때부터 선애와 나는 서로 좋아하는 사이였구마. 학교를 졸업하고 내가 일본 규슈로 돈벌이를 하로 떠날 때는 서로 굳게 장래를 약속하기까지 했구마."

"음—"

"내가 와 규슈로 돈벌이를 하로 떠났는 줄 아능교? 돈을 벌어 와서 선애하고 결혼할라고 그랬구마. 솔직하게 다 털어놓을까요? 그때 떠나기 전날 둘이 육체관계까지 맺었단 말이구마. 알겠능교? 형님도 알 거 아닝교. 첫날밤에 선애가 진짜 처녀덩교? 아니지요?"

"닥쳐! 이누묵 자석이 인제 보니까 아주 때리죽일 놈이구나."

"와 때리죽일 놈잉교? 나는 애인을 형님한테 빼앗긴 억울한 놈이란 말입니더. 안 그렁교? 내가 해방이 되어 고향에 돌아와 보니 형님이 내 애인한테 장개를 들었지 뭡니꼬. 분하고 원통해서 미칠 것 같았구마. 안 그렇겠능교? 입장을 바꿔놓고 생각해 보이소."

"이누묵 자석 닥치지 몬할 끼가!"

두성이는 그만 더 이상 듣고 있을 수가 없는 듯 자리를 박차고 일어났다. 그리고 눈에 불을 켜고서 취조실 한쪽 구석에 세워져 있는 몽둥이를 가서 집어 들었다. 멧돼지라도 능히 때려눕힐 그런 실팍한 몽둥이였다.

두성이는 그것으로 냅다 병칠이를 내리갈겼다. 살짝 실성을 한 사람 같았고, 마치 발작을 일으킨 것처럼 보이기도 했다. 비명을 지르며 마룻바닥에 나가 뒹구는 병칠이를 죽으라 하고 사정없이 마구 두들겨 패는 것이었다.

병칠이의 입에서 그런 뜻밖의 말이 나올 줄은 몰랐고, 그게 사실이라면 이거 정말 사람 환장할 노릇이 아닐 수 없었다. 병칠이가 그저 흑심을 먹고서 형수도 여자니까 한 번 어떻게 해보려고 접근한 것과는 아예 문제가 달랐다. 선애가 병칠이의 애인이었다니, 더구나 서로 육체관계까지 가진 사이였다니 기가 차고도 남을 일이었다. 그래서 그만 두성이는 미칠 것 같은 억제할 길 없는 감정 상태가 되어 눈이 뒤집혀가지고 정말 병칠이를 죽여 버릴 듯이 마구 두들겨 팼던 것이다.

병칠이는 마침내 비명소리도 지르지 못하고 입으로 거품을 내뿜으며 축 늘어지듯 뻗어 버렸다.

"뒤져! 뒤져 삐려! 니 같은 놈은 뒤져 삐리야 되는 기라."

두성이는 그제야 몽둥이를 놓고 제풀에 식식거리며 내뱉었다.

의자에 가서 앉아 두성이는 이마에 내밴 땀을 닦았다. 그리고 담배를 한 대 피워 물었다. 후— 후— 연기를 내뱉으며 격앙된 감정을 가라앉혀 보려고 애를 썼다. 아무 생각도 하고 싶지가 않았다.

이제 모든 것이 끝난 것 같은 그런 심정이었다.

담배를 거의 다 태우고서 두성이가 사무실 쪽으로 가려고 자리에서 일어났을 때였다.

병칠이가 꿈틀거렸다. 희멀겋게 눈을 뜬 병칠이는 두성에게서 고개를 돌리며 지르르 침을 흘렸다. 그리고 들릴 듯 말 듯한 그런 힘없는 목소리로 말했다.

"선애는 선애는…… 지금도 내 애인이란 말이구마. 내 애인. 내 애인……."

두성이는 멀뚱히 서서 병칠이를 가만히 내려다보고 있었다. 다시 감정이 뻗쳐오르려고 꿈틀거렸으나 애써 참았다. 생각 같아서는 냅다 발로 그 따위 소리를 중얼거리는 녀석의 아가리를 콱 밟아 짓뭉개주고 싶었으나, 그만두고 대신 침을 낯바닥에다가 탁 내뱉어 주었다. 그리고 두성이는 마치 더럽고 지긋지긋하고 재수 없는 것에서 얼른 멀어지려는 듯이 사무실 쪽으로 가버렸다.

그날 저녁 두성이는 술이 만취가 되다시피 해가지고 집으로 돌아갔다. 도저히 심정이 착잡하고 괴로워서 견딜 수가 없었던 것이다. 말할 것도 없이 선애를 붙들어 앉혀놓고 따지고 들었다. 그러나 선애의 대답은 달랐다.

"그기 무슨 소리라예? 내참 기가 맥히서……. 병칠이 그 자식이 그런 말을 해예?"

"그래 일본 규슈로 떠나기 전날 육체관계까지 맺었다 카던데……. 그기 정말이가? 솔직하게 말해 봐. 잘몬하면 오늘밤 니 죽고 나 죽을 끼니까."

"우야꼬, 정말 사람 잡네. 뭐 그런 나쁜 자식이 다 있제."

선애는 병칠이를 '나쁜 자식'이라고까지 서슴없이 내뱉으며 어처구니가 없는 듯한 표정까지 지었다.

술 취한 남편의 입에서 천만뜻밖에 그런 말이 나오자 선애는 속으로 무척 당황했다. 그러나 겉으로는 재빠르게 시치미를 뚝 떼고, 싸늘하게 마음을 다져 먹었다. 절대로 그런 일이 없었다고 딱 잡아떼야 된다는 생각이 들었던 것이다. 그렇지 않으면 무슨 큰일이 날지 모른다 싶었다.

그리고 벌써 언제 끝난 일인데, 지금까지 그 일을 물고 늘어져서 이제 와서 그런 소리를 입 밖에 내어 사람을 못살게 굴려고 드는지, 병칠이가 진정으로 원망스럽고 정나미가 떨어지기까지 했다.

시치미를 뚝 떼고 살짝 열까지 올려가며 병칠이를 거짓말쟁이라고 몰아붙여대는 선애의 말을 들으며 두성이는 도무지 어느 쪽 말이 옳은지 분간을 할 수가 없었다. 술도 취하고 해서 세상이 그저 빙글빙글 도는 듯 뭐가 뭔지 알 수가 없었다.

달빛 아래에서

병칠이는 결국 군소재지에 있는 내무서로 넘겨지고 말았다.

두성이는 그를 두어 차례 개 패듯이 몽둥이질을 하면서 심문을 했으나, 그의 입에서는 여전히 한결같은 소리만 흘러나왔다. 죽기를 각오하고서 내뱉는 말 같았다. 정말로 선애와 서로 사랑을 했던 것인지, 관계까지 맺었던 그런 깊은 사이였는지, 양쪽 말이 다 다르니 확인할 길이 없었다. 그렇다고 자기 아내를 자위대로 데리고 나와서 대질을 시킬 수도 없는 노릇이었다. 이미 부하 대원들도 그런 사연이 두 사람 사이에 얽혀 있다는 것을 눈치 챈 터이라 가뜩이나 창피하고 망신스러운 처지인데 말이다. 그래서 결국 두성이는 병칠이를 제 손으로 차마 처치해버릴 수는 없는 노릇이어서 악질 반동분자로 조서를 꾸며서 내무서로 넘겨 버리고 말았던 것이다.

비록 병칠이를 내무서로 송치해 버리기는 했으나, 두성이는 조금도 심사가 가라앉질 않고, 하루하루가 뒤숭숭하고 심란하고 괴롭기만 했다. 병칠이와 선애의 관계가 실제로 어떠했는지는 알 수가 없으나, 그런 얘기를 당사자인 병칠이의 입을 통해서 들은 터이라 가부간에 이미 선애와의 사이에 부부로서 커다란 금이 쫙 그어지고 만 셈이었다. 그전의 상태로 돌이킬 수가 없을 것만 같았다.

그래서 두성이는 그 뒤로는 집에 가는 일도 없이 저녁이면 연일 술에 빠져들곤 했다. 그리고 괴로운 심정을 풀기라도 하려는 듯이 낮으로는 취조실에 곧잘 들어가서 대장이라는 사람이 손수 몽둥이를 쥐고 바락바락 악을 쓰듯 고함을 질러가며 피의자를 마구 구타해 대기도 했고, 이 마을 저 마을로 자기가 직접 소위 반동분자를 잡으러 쏘다니기도 했다.

말하자면 두성이는 날로 악질이 되어 갔던 것이다.

그를 잘 아는 과거의 국민학교 동료인 교사들을 비롯해서 면내의 여러 사람들이 안두성이가 아마 눈이 뒤집힌 모양이라고, 형무소에 갔다 오더니 사람이 완전히 달라졌다고 수군거리기에 이르렀다. 어떤 이들은 은밀하게 서로 귓속말로 어쩌면 그가 그전에도 속으로는 진짜 빨갱이였던 모양이라고 주고받으며, 열 길 물속은 알아도 한 길 사람의 속은 모른다더니 정말 놀라운 일이라고 두려움에 혀를 내두르기도 했다.

오래지 않아 세상은 도로 뒤집히게 되었다. 후퇴를 거듭했던 아군이 전세를 만회하여 밀고 올라가기 시작했고, 인천 상륙작전에 성공해서 서울을 수복하기에 이른 것이다.

공산당 세력들이 하룻밤 사이에 자취를 감추고 만 것은 말할 것도 없다.

두성이도 물론 어디론지 행방을 감추고 말았다. 들리는 말로는 인민군 패잔병들과 함께 산으로 숨어 들어갔다는 것이었다. 이제 말하자면 두성이도 진짜 산사람이 되고만 셈이었다.

내무서로 압송되었던 병칠이는 살아서 다시 고향 마을에 모습을 나타냈다. 내무서에 갇혀 있던 사람들은 도망가는 공산당 세력들에게 대부분 학살을 당하고 말았는데, 그런 와중에서 병칠이는 용케 죽음을 면하고 살아서 돌아왔던 것이다.

구사일생으로 살아 돌아온 병칠이의 두 눈에는 핏발이 서 있었다. 그는 곧 의용경찰에 몸을 담았다. 그리고 핏발이 선 눈을 부릅뜨고 부역자들의 색출과 산으로 도망쳐 산사람이 된 자들을 소탕하러 앞장서 나서곤 했다.

자기가 공산당 세력들에게 당한 만큼 갚음을 해야겠다는 일념이었다. 그의 머릿속에는 두성이의 모습이 언제나 박혀 있었다. 몽둥이로 죽어라 하고 개 패듯 구타해대던 자위대 취조실에서의 두성이, 그리고 여러 해 전 겨울밤에 제각으로 끌고 가서 역시 작대기로 사정없이 갈겨대던 모습이 겹쳐서 어른거렸다.

그것은 증오의 구체적인 대상이었고, 복수의 실제적인 상대였다. 이번에는 잡기만 하면 까짓것 그 자리에서 눈 찔끔 감고 총으로 쾅! 없애버리리라 하고 이를 뿌드득 갈곤 했다.

실제로 빨갱이 하나쯤 잡아서 산중에서 쾅! 쏘아 없애버려도 별 문제가 안 되는 그런 어수선하고 흉흉한 시기였다.

병칠이는 이런 때에 두성이를 잡아서 없애버려야 그 다음에 과부가 된 선애를 자기 것으로 만들 수 있다는 그런 계산까지 속으로 하면서 핏발이 선 눈에 혼자서 섬뜩한 미소를 짓기도 했다. 선애를 향한 병칠이의 애정은 지독하기 짝이 없는 집념처럼 여전히 조금도 변함이 없었던 것이다.

은냇골에서 등성이를 하나 넘는 곳에 조박골이라는 동네가 있는데, 그곳에 병칠이의 가까운 친구가 살고 있었다. 마침 그 친구의 아버지가 돌아가셨다는 소식을 듣고 병칠이는 문상 겸해서 그 동네로 출동을 했다.

시골 초상집에서는 으레 밤을 새우다시피 하며 술들을 마시고 놀음판을 벌이기 마련이었다.

엠원 소총에 탄띠를 두르고 전투모자를 쓴, 다시 말하면 완전무장을 한 병칠이와 그 부하 두 사람도 문상을 하고서 술상 앞에 앉아 결국 밤늦도록 술을 마시게 되고 말았다. 그 가운데 한 사람은 술보다 놀음 쪽이 더 구미가 당겨서 나중에는 그쪽으로 옮겨 앉기도 했다.

병칠이는 술이 고래라고 할 수 있었다. 여간 마셔도 잘 취하지가 않았다.

자정이 넘어 첫닭 우는 소리가 들려오자 그제야 병칠이는 잠복근무를 나온 사람이 친구네 상가에서 밤을 세워가며 노닥거릴 수는 없다는 생각이 들어 부하 대원 두 사람을 이끌고 일어났다.

아무리 술이 고래라고 하지만 자정이 넘도록까지 마셨으니 취기가 돌지 않을 수 없었다.

상가를 나선 병칠이는 약간 비틀거리는 걸음으로 밭둑 쪽으로 가서 아랫도리를 까헤쳤다. 그리고 콱— 물줄기를 뽑아내는 것이었다.

두 부하 대원도 그제야 생각이 났다는 듯이 자기네도 뒤따라 밭둑에 가서 줄줄줄 물줄기를 뽑아 댔다.

달이 중천에 걸려 있었다. 세 개의 물줄기가 한참동안 달빛을 받아 번쩍거리며 내뻗었다.

소변을 보고 난 다음 병칠이가 앞장서고 두 부하 대원이 뒤따라 등성이 쪽으로 올라갔다. 병칠이는 자기네 마을 쪽으로 가고 싶었던 것이다. 그래서 집에 들러 잠을 좀 자는 수밖에 없다 싶었다. 취기 때문에 아무래도 잠복근무가 제대로 될 것 같지가 않았던 것이다.

등성이를 오르면서 한 대원이 마치 별안간 술기운이 머리로 치솟기라도 하는 것처럼 내뱉었다.

"아— 달도 밝다. 씨팔, 가시나 생각나서 죽겠네."

그러자 다른 대원이 맞장구를 치듯 말했다.

"맞다. 하하하…… 내사 가시나 맛본 지가 하도 오래 돼서 그것이 어떤 맛인동 다 잊어삐렸다 앙이가."

"형님요, 형님은 어떤교? 가시나 생각 안 나능교?"

병칠이를 향해 묻는 말이었다.

"임마들아, 나는 뭐 고잔 줄 아나? 너거가 그럴 땐 나도 마찬가지 아니겠나."

제법 점잖게 나왔다.

"형님도 아직 가시나 없능교? 하나 몬 낚았능교?"

"요새 빨갱이 잡느라고 바빠서 어디 그럴 새가 있어야 말이지."

그리고 나서 병칠이는 달을 우러러보며 약간 감상적인 투로 중얼거리듯 말했다.

"내사 일찍이 국민학교 시절에 가시나를 하나 낚았었지. 그런데 그 가시나를 내가 일본 규슈 땅에 돈벌이 하로 가고 없는 동안에 다른 놈이 낚아채 가버렸지 뭐꼬. 해방이 되어 돌아와 보니 글쎄 남의 마느래가 돼 있지 않겠어. 사람 환장하겠더라니까."

"그놈을 가만히 내삐리 뒀능교?"

두 부하 대원은 한 동네에 사는 터도 아니고, 나이도 훨씬 아래고 해서 병칠이의 과거에 대해 전혀 모르고 있었다.

"죽이나 우짜노."

"나 같으면 까짓것 사생결단을 내삐리지 뭐."

"생각 같아서는 당장 무슨 일을 저질러서라도 가시나를 도로 빼앗아 오고 싶더라마는 어디 사람의 일이 그렇게 마음 꼴리는 대로 되는 기가?"

"그래 그만 포기를 해삐렀능교?"

그 말에 병칠이는 벌컥 화라도 내는 것 같은 목소리로 말했다.

"포기를 하다니, 내가 포기를 할 그런 병신같이 보이나? 불알을 찬 사내가 그래 지가 좋아하는 가시나를 남한테 뺏기고서 그냥 돌아선다 말이가? 턱도 없다. 절대로 포기 안 한다. 두고 보래. 기어이 언젠가는 도로 내 것으로 맨들고 말 끼니까."

그 결의에 찬 화끈한 말투에 두 대원은 얼떨떨해진 듯 아무 말이 없었다.

"내 가시나를 빼앗아 간 놈이 누군고 하면……."

병칠이는 내친김에 그 사실까지 털어놓으려 하다가 나이도 훨씬 아래인 부하들에게 그런 기구한 얘기까지 들려준다는 게 아무래도 좀 뭐한 것 같아서,

"나 참 기가 맥히서 말을 몬 하겠다니까……."

하고는 입을 다물어버렸다.

"누군데요? 얘기해 보이소."
"우리가 아는 사람인교?"
두 부하 대원은 그럴수록 바짝 더 궁금한 모양이었다.
"얘기하면 알지도 모르지."
"누군교?"
"그만두자니까."
"누굴까…… 우리 면내 사람인교?"
"면내 사람이지. 허허허……."
"누군지 가르쳐 주이소. 그러면 내가 까짓 놈의 것 형님을 위해서 그놈아를 이 총으로 쾅 해치워 삐릴 끼니까요. 그러면 대번에 문제가 해결되는 거 아닝교. 안 그렁교?"
"그만! 입 닥쳐! 괴롭다니까."
병칠이는 냅다 군대의 호령조로 내뱉었다.
부형 부형 부형…… 어디선지 밤 부엉이 우는 소리가 들려오고 있었다.
병칠이는 술기운 탓인지, 방금 잃어버린 사랑을 들먹여 좀 흥분이 되어서 그런지 그 부엉이 우는 소리가 애간장을 건드리는 것처럼 짜릿한 아픔으로 들렸다.
"아 이런 밤에 공비라도 몇 놈 안 나타나나. 콰쾅 콰쾅 냅다 긁어 댔으면 좀 속이 시원하겠는데…… 아—"
신음을 하듯 내뱉으며 병칠이는 제법 가팔라진 고갯길을 다리에 힘을 주어 콱콱 땅을 구르듯이 올라갔다.
세 사람은 등성이에 오르자 한참 앉아 쉬었다. 그리고 일어서려 할 때였다. 저 아래 은냇골 동네의 오른쪽 산비탈을 뭔가 거뭇한 것이 가만가만 움직여 내려가는 것이 병칠이의 눈에 띄었다.

"쉿! 엎드려!"

나직하면서 날카로운 명령이 그의 입에서 떨어졌다. 취기가 있기는 했으나, 세 사람은 거의 동시에 그 자리에 포복을 했다.

"뭡니꺼? 형님."

"저기 저 마을 오른편 산비탈에 뭔가 움직이는 거 안 같으나?"

달빛 아래 거뭇하게 드러나 보이는 산비탈을 두 부하 대원도 날카로운 눈초리로 이리저리 훑듯이 살폈다.

"맞심더. 사람 같심더."

한 부하가 나직하게 속삭이듯이 말했다.

"그렇제? 사람 맞제?"

숨 막히는 듯한 침묵이 잠시 흘렀다.

"틀림없다. 이 밤중에 산에서 마을로 내려온다면 틀림없는 공비다."

병칠이의 눈에 먹이를 본 맹수 같은 그런 웃음이 떠올라 달빛을 받아 섬뜩하게 빛나고 있었다.

"갈길까요?"

"가만있어. 몇 놈이지?"

"한 놈뿐인 것 같은데요."

"한 놈이 마을을 털로 내려올 턱이 없다. 이쩍 저쪽 잘 살펴 봐. 저 놈은 척후병인 셈이다. 틀림없이 뒤따라서 여러 놈이 내려올 끼다. 오늘밤 이거 신나겠는데……."

그러면서 병칠이는 약간 떨리는 듯한 긴장된 숨을 몰아쉬었다.

한참 기다리며 살펴도 다른 움직임은 발견할 수가 없었다. 한 놈이 혼자서 머뭇거려가며 천천히 마을로 접근해 가고 있을 뿐이었다.

"갈겨버립시더."

한 대원이 방아쇠에 갖다 대고 있는 손가락이 자꾸 간질간질한 모양이었다.

"그럴끼 앙이라 같은 값이면 생포하자. 그기 더 신나는 전과 앙이가. 한 놈뿐인 모양이니까 생포하기 간단할 끼다."

"어떻게요?"

"니는 여기서 엄호사격을 해라. 명중시키면 안 된다. 그 자리에 꼼짝 몬하도록 해놓는 기라. 우리 둘은 가서 손을 들게 할 끼니까."

"알겠심더."

"내가 전진해 가다가 손 들어! 하고 고함을 지르거든 엄호사격을 시작한다. 알겠나?"

"예, 알겠심더."

작전은 개시되었다.

병칠이는 부하 대원 하나를 이끌고 포복 자세로 기어 내려가기 시작했고, 다른 대원은 엎드린 채 정확히 조준 자세를 취하고 공비의 검은 그림자가 가늠쇠 구멍 속으로 들어오도록 해서 노려보고 있었다.

한참 포복 전진을 하던 병칠이가 냅다 고함을 질렀다.

"손 들어!"

동시에 쾅광! 콰광! 고갯마루에서 엠원 소총이 불을 뿜었다.

산비탈을 거의 내려가서 마을 한쪽 밭 있는 곳으로 접근해 가고 있던 검은 그림자는 놀라 주춤 멈추어 서더니 후닥닥 그 자리에 납작 엎드렸다.

콰쾅! 콰쾅!…… 요란한 총소리가 밤하늘을 찢듯이 진동했고,

"손 들어!"

"손 들어!"

고함소리와 함께 병칠이와 대원 하나는 일어나 사격 자세를 취하면서 공비가 있는 곳으로 달려 내려갔다.

엎드린 검은 그림자는 마치 총에 맞아 절명한 듯 꼼짝을 하지 않았다.

접근해 가던 병칠이는 잘못하면 이쪽이 오히려 당할지도 모른다는 생각이 문득 들어,

"엎드렷!"

부하에게 명령하며 잽싸게 자기도 밭둑을 엄폐물 삼아 포복 사격 자세를 취했다.

상대방과의 거리는 사오 미터가 되는 것 같았다.

병칠이가 소리쳤다.

"손 들고 일어섯! 그렇지 않으면 사살한다."

아무 반응이 없었다.

"안 일어설 끼가?"

역시 일어서는 기척이 없자 병칠이는,

"너는 쏘지 말어."

부하에게 이르고는 방아쇠를 당겼다.

"콰쾅!"

그러나 정확히 명중시키려고 쏜 것은 아니었다. 탄환이 살짝 머리 위를 지나갈 정도로 발사한 위협사격이었다.

그러자 상대방의 목소리가 들려왔다.
"자수할라고 내려왔심다."
"뭐, 자수?"
"예."
"자수를 이 마을에다가 하나? 지서가 있는 곳으로 와야지."
"……."
"좋다. 그런데 와 자수를 한다면서 손 들고 일어서지 않노?"
"손 들고 일어서면 쏘지 않지요?"
"물론이다. 안 쏜다. 처음부터 안 죽이고 생포할라고 한 기라. 그란했으면 대번에 쏘아 죽이고 말았을 끼다."
"……."
"어서 일어섯! 손 들고…… 절대로 안 쏠 기니까……."
그제야 검은 그림자가 두 손을 들고 일어났다.
병칠이와 대원 하나도 일어나 사격 자세로 뚜벅뚜벅 걸어갔다. 병칠이가 부하에게 나직이 일렀다.
"너는 저 놈을 겨누고 있어. 아차하면…… 알겠지?"
"예."
부하 대원은 멈추어 서서 무슨 일이 있으면 곧 사격을 가할 자세를 취했다.
병칠이는 총구를 내리고 다가가다가 걸음을 멈추며,
"손에 든 총 앞으로 던져!"
하고 공비에게 명령했다.
그 순간이었다.
"아니 너……."

두 손을 든 그 공비가 깜짝 놀라는 것이었다.

그러자 병칠이도,

“아니 이거…….”

눈이 휘둥그레지고 말았다.

눈앞에 두 손을 들고 검은 유령처럼 서 있는 사람은 다름 아닌 두성이었다.

두성이는 총을 앞으로 던지는 대신 잽싸게 허리를 낮추며 병칠이에게 사격을 가하려고 들었다.

콰쾅! 순간 요란한 엠원 총소리가 병칠이의 뒤편에서 울렸다.

사격을 하려던 두성이는 하늘을 향해 두 팔을 번쩍 쳐들었다가 앞으로 총을 떨어뜨리며 힘없이 꺾어져 풀썩 무너져 내렸다.

달이 중천에서 그 광경을 가만히 내려다보고 있었다.

마을에서 요란하게 개들이 짖어댔다.

구름을 따라서

총에 맞아 죽은 두성이의 시체가 발견된 것은 이튿날 아침나절이었다. 두성이네 집은 발칵 뒤집혀 울음바다가 되었고, 온 마을이 술렁거렸다. 간밤의 총소리에 자다가 깬 사람들이 많았던 터이라 온갖 얘기가 난무했다. 그러나 정확한 진상을 아는 사람은 아무도 없었다. 그저 산사람이 된 두성이가 자기 집을 찾아오다가 잠복근무를 나온 의용경찰들에게 사살된 게 틀림없다는 정도의 추측들이었다.

그런데 공비를 사살한 의용경찰 대원들이 왜 시체를 그대로 그 자리에 버려두고 자취를 감추어 버렸느냐 하는 점이 의문으로 부풀어 올라 이러쿵저러쿵 별별 말이 다 많았다.

총소리에 놀라 깨어나서 마당으로 나가 담 너머로 내다보니 의용경찰이 틀림없어 보이는 세 사람의 검은 그림자가 마치 도망이라도 치듯 마을에서 멀어져 가더라고 목격담을 얘기하는 사람도 있어서, 왜 그랬을까 하는 의문은 더욱 짙은 안개 속으로 빠져드는 것이었다.

간밤에 뜻밖에도 그 산사람이 두성이라는 것을 안 순간 병칠이는 당황해서 어쩔 줄을 몰랐었다. 물론 두성이 역시 총을 들고 다가오는 경찰이 병칠이라는 것을 알자 깜짝 놀랐을 것이다. 그런데 두성이는 병칠이가 시키는 대로 총을 내던지질 않고 재빨리 총을 먼저 발사하려고 들었던 것이다. 그게 잘못이었다. 그렇지만 않았더라면 결코 두성이를 사살하는 불상사는 발생하지 않았을 것이다. 하마터면 병칠이가 당할 위기였기 때문에 뒤에 서서 아차하면 쏠 자세를 취하고 있던 부하 대원이 잽싸게 먼저 방아쇠를 당겨버렸던 것이다. 그래서 두성이는 고꾸라지고 말았다. 눈 깜짝할 사이에 일어난 일이었다.

요란한 총소리와 함께 두성이가 힘없이 꺾어져 풀썩 앞으로 고꾸라져버리자 병칠이는 무척 당황했다. 너무나도 엄청난 일이 순식간에 눈앞에서 벌어지고 만 것 같아 아찔한 느낌마저 들었다. 평소에 이를 갈며 이번에 맞부딪뜨리기만 하면 까짓 놈의 것 냅다 쾅! 쏘아 없애버려야겠다고 마음먹었던 것과는 딴판으로 직접 자기가 쏜 것도 아닌데도 덜컥 겁이나 어찌할 바를 몰랐다. 사람으로서는 차마 할 수 없는 짓을 저질러버린 것 같은 충격이었다. 어쨌든 육촌형인데, 형의 목숨을 빼앗고 말았으니 말이다.

죄책감과 두려움에 그만 병칠이는 부대원을 이끌고 도망을 치듯 그 자리를 떠나고 말았던 것이다.

산사람을 사살했는데, 마치 무슨 해서는 안 될 일이라도 저지른 것처럼 서둘러 마을을 떠나자 두 부하 대원이 궁금해서 물었다.

"형님요, 우째된 일잉교?"

"공비를 한 놈 사살했는데 와 도망치듯이 이러능교?"

좀 정신을 가다듬은 병칠이는 그제야 당부를 하듯 말했다.

"오늘밤 일을 절대로 비밀로 해도고. 내 입장이 억씨기 곤란하다 그 말이다. 죽은 공비가 다름 아니라 우리 동네 사람인데 나하고 먼 친척이 된다 말이다. 만약 내가 잠복근무를 나왔었다는 것을 알면 야단난다. 아무리 공비지만 친척 되는 사람을 죽일 수가 있나 말이다. 안 그러나? 그러니까 내 입장을 생각해서 절대로 입을 다물어 도고. 부탁이다."

두 대원은 그제야 서둘러 도망치듯 하는 까닭을 알겠는 것이었다. 그러나 직접 자기가 총을 쏘아 사살한 대원이 약간 볼멘소리로 말했다.

"친척이고 뭐고 한밤중에 우째 분간을 하능교? 그저 공빈 줄만 알고 쏘아삐릿다 카면 되는 기지, 그리고 형님이 직접 총을 쏜 것도 아니잖능교."

"그렇지만 그 사람과 나 사이에는 복잡한 일이 있어서 도리없이 내가 뒤집어쓰게 된다 그 말이다."

"만약 아까 내가 먼저 쏘아삐리지 않았더라면 도리어 형님이 당했을 끼 틀림없구마. 먼저 총을 쏠라고 한 기 어느 쪽인데요?"

"일이야 우째 됐건 좌우간 내 입장이 곤란하니까 부디, 입을 다물어 도고. 부탁이다. 알겠제?"

"입 다무는 기사 문제가 없지마는……."

그렇게 당부를 하는 병칠이를 비롯해서 자기네에게 조금도 잘못이 없는 터이라 그 대원은 여전히 볼멘 목소리였다.

세상에 비밀이란 있을 수가 없는 법인지, 이틀 뒤에 벌써 두성이를 죽인 것은 다름 아닌 병칠이라는 소문이 온 마을에 퍼졌다. 그날 밤 조박골의 초상집에 병칠이가 두 부하 대원을 데리고 문상 겸 잠복근무를 나왔었는데, 한밤중 그들이 마을 떠난 얼마 뒤에 은냇골 쪽에서 총소리가 울렸었다는 얘기가 소문의 근거였고, 또 면소재지 쪽에서도 그날 밤의 그쪽 방면 잠복근무는 병칠이와 부하 두 대원이었다는 말이 흘러나왔던 것이다.

마을은 온통 술렁거렸다. 아무리 세상이 난세이고, 인륜이 땅에 떨어졌다고는 하지만, 같은 조상 밑에 피를 나눈 한성바지이고, 촌수도 멀지 않은 육촌간에 총을 쏘아 목숨을 빼앗다니 도저히 용서할 수 없는 일이라는 것이었다. 설사 두성이가 산사람의 몸이었다 하더라도 남도 아닌 병칠이가 차마 그럴 수가 있느냐고, 사람의 탈을 쓰고는 그럴 수가 없는 법이라고, 특히 마을 노인네들이 핏대를 세웠는데, 개중에는 수염을 덜덜 떨어가며 분노를 터트리는 사람도 있었다. 병칠이가 저의 형수뻘 되는 두성이의 안사람에 대해 흑심을 품었었다는 얘기까지 겹쳐서 온통 그를 아주 몹쓸 망나니로 매도해 댔다.

설마 병칠이가 두성이라는 것을 알고서야 죽였겠느냐, 달이 있었다고는 하지만 먼 거리에서 어떻게 누구라는 것을 분간할 수가 있었겠느냐, 그냥 산사람이라고만 생각하고서 쏘았겠지 하고 그의 편을 드는 사람도 없지는 않았으나, 그런 목소리는 아무래도 낮을 수밖에 없었다.

만약 병칠이가 아닌 다른 의용경찰들에 의해서 두성이가 사살되었다면 아무도 뭐라고 불만을 터트릴 건덕지가 없었다. 엄연히 산사람인 두성이가 한밤중에 마을로 내려왔으니, 설사 그가 자수를 할 생각이 있어서 하산을 했다 하더라도 일이 잘못되어 잠복근무하는 의용경찰에 의해서 사살되었다면 당연할 일이니 말이다.

그러나 어찌 되었건 간에 두성이가 산사람이었던 것만은 틀림없으니 겉으로 드러내놓고 병칠이를 몰아붙일 수는 없는 노릇이었다. 자연히 비난의 소리는 안으로 잦아들어 꿈틀거렸다.

두성이네 부모가 병칠이네 집을 찾아가 온갖 욕설과 행패를 부린 것은 말할 것도 없다. 그러나 병칠이네 식구는 그저 아무 소리 못하고 당하기만 했다.

병칠이는 처음 한동안은 집에 다니러 가는 일 없이 면소재지에만 머물면서 산으로 공비 토벌작전에만 출동하다가 마을에 소문이 엉뚱하게 퍼지고 자기 집 식구들이 망신을 당하기에 이르자 가만히 있어서는 그대로 시인을 하고 뒤집어쓰는 격이 된다 싶어서 단단히 각오를 하고 제 발로 마을을 찾아가 친척 되는 몇몇 유력한 어른들 앞에 그날 밤 일어났던 일을 사실대로 밝혔다. 자기에게는 잘못이 하나도 없다고, 먼저 두성이가 총을 쏘려고 했기 때문에 일어난 불상사라고 극구 변명을 하듯 늘어놓았으나, 이미 그 말을 곧이곧대로 믿어주려는 사람은 별로 없는 형편이었다. 그게 사실이라면 왜 그날 밤 도망을 치듯 마을을 떠나갔느냐, 그게 다 밑이 구리기 때문이 아니냐는 것이었다.

그리고 친척 어른들이 병칠이를 몹쓸 망나니로 여기고 있는 터이라, 그날 밤의 참사뿐 아니라 그전의 일까지 들먹여 몰아붙였다. 어떤 노인이 이마에 거꾸로 여덟팔자 주름을 세우며 질타를 하듯 말했다.

"듣자하니 이눔아야, 너는 짐승보다도 몬한 놈이더구나. 그래 가시나가 그렇게도 없어서 해필 형수뻘 되는 여자한테 흑심을 묵나? 그기 사람이가?"

"그기 무슨 말씀잉교? 제가 누구한테 흑심을 묵었단 말잉교?"

병칠이는 그 노인을 똑바로 바라보며 대꾸를 했다. 어차피 말이 나온 이상 이제 뭐 하나도 숨기고 어쩌고 할 게 없다 싶었다. 차라리 잘됐다고 생각했다. 이 기회에 사실대로 털어놓아서 왜 자기와 두성이 사이가 그렇게 어긋나 버렸는지를 온 마을 사람들에게 알리는 게 옳을 것 같았다. 까짓것 일이 이렇게 된 이상 조금도 주저할 게 없었다.

"동네에서 다 아는 사실인데, 시치미를 뗄라 카나? 그래 두성이 색시한테 니가 흑심을 안 묵었었다 말이가?"

"무슨 말씀을 하시능교? 흑심을 묵다니, 제가 뭐 할 일이 없어서 흑심을 묵능교? 일이 어떻게 된 줄이나 알고 말하이소."

"뭐라고? 이누묵 자석, 그래도 할 말이 있는가배?"

"제 말 들어보이소. 실은 우째된 일인고 하면, 저하고 선애하고는 국민학교 때 한 학년이었심더. 한 교실에서 공부를 안 했능교. 어른들 앞에서 이런 얘기는 좀 뭐합니더만, 그때부터 저하고 선애하고는 좋아했던 기라예."

"선애라니, 두성이 색시 말이가?"

"예."

"국민학교 때부터 둘이 좋아했다고?"

"예."

"어지간히 일찍부터 여자를 밝혔구나."

노인의 눈에는 역시 네놈은 망나니라는 그런 경멸의 빛이 역력했다. 경멸을 하거나 말거나 병칠이는 주저 없이 털어놓았다.

"학교를 졸업하고는 둘이 진짜 연애를 했지 뭡니꾜. 제가 일본 규슈로 돈벌이 하로 떠날 때는 서로 장래를 약속하기까지 했심더."

"결혼을 약속했다 그기가?"

"예, 그리고 그때……."

"그때 뭐?"

"관계까지 맺었다 아닙니꺼."

"관계까지 맺어? 육체관계 말이제?"

"예."

어른들은 얘기를 듣고 보니 보통일이 아니로구나 싶은 듯 눈이 휘둥그레지기도 했고, 고개를 끄덕이는 사람도 있었다.

"그런데 해방이 되어 돌아와 보니 글쎄 두성이가 선애한테 장개를 들었지 뭡니꾜. 미치고 환장할 것 같았심더. 세상에 그럴 수가 있습니꾜?"

"그기사 어디 두성이 잘못이가? 그 여자가 니와 그런 관계라는 것을 알았다면 두성이가 장개를 들었겠나. 안 그러나? 그것은 어디까지나 여자 잘못이구마는. 여자가 마음이 변했기 때문에 그쪽으로 시집간 거 아니겠어? 원망할 쪽은 두성이가 아니라, 그 여자구마는."

그러자 다른 어른이 덧붙이듯 입을 열었다.

"얘기를 듣고 보니 니 분한 심정은 이해하겠다마는, 그렇다고 한번 시집가 뻐린 여자를 우짠단 말이고? 도로 빼앗을 끼가, 우짤 끼고? 니가 돌아올 때까지 기다리지 몬하고 다른 데 시집가 뻐린 그런 여자를 몬 잊어서 뭐할 끼고? 더구나 육촌 형수가 됐는데…….
깨끗이 단념해야지. 그래야 사내대장부지. 안 그러나?"

병칠이는 그 말에 지금도 여전히 승복을 할 수가 없었다.

"안 그렇심더. 사내대장부가 자기가 좋아한 여자를 남한테 빼앗기고 그대로 돌아설 수가 있습니꾜? 저는 절대로 그렇게 몬 합니더."

"아이구 이눔아야, 그래서 형수뻘 되는 여자한테 자꾸 치근덕거렸띠나?"

"치근덕거린 기 아닙니더. 내 것을 도로 찾을라고 했을 뿐입니더."

"그기 어디 니 끼고. 두성이한테 시집을 왔으니까 두성이 끼지."

그러자 그만 좌중에 웃음이 터져 나와 버렸다.

어른들이 재미있다는 듯이 웃어대자, 병칠이는 조금 무안하면서도 슬그머니 약이 올랐다.

"내 끼라는 증거가 있심더. 보여 드릴까예."

"증거라니 무슨 증건데? 어디 보자."

"잠깐 기다리이소. 집에 가서 가져올 끼니까예."

그러면서 벌떡 일어나 병칠이는 집으로 달려갔다. 마치 조금 모자라는 사람같이 보였다.

잠시 후 돌아온 병칠이는 한 장의 창호지를 어른들 앞에 펼쳐 놓았다.

"이기 뭐꼬?"

"아니 이거……."

어른들은 모두 눈이 휘둥그레지고 있었다.

학습장을 펼쳐놓은 크기만 한 창호지에 시꺼먼 두 개의 손바닥이 나란히 찍혀 있었다. 하나는 좀 큰 것이 얼른 보기에도 남자 손바닥 같았고, 다른 하나는 조금 작고 어딘지 모르게 부드러워 보이는 것이 여자 손바닥에 틀림없었다.

"보이소, 이기 증겁니더. 제가 일본으로 떠날 때 우리는 이렇게 손바닥으로 도장을 찍어서 장래를 약속했던 기라예. 이건 제 손바닥이고, 이것은 선애 손바닥입니더."

병칠이는 손가락으로 검은 두 개의 손바닥 탁본을 가리켜가면서 지껄여 댔다.

"하하—"

"흠—"

"그것 참……."

괴상하면서도 희한하기도 한 그런 뜻밖의 물건을 눈앞에 보는 듯 어른들은 고개를 끄덕이며 뭐라고 말을 했으면 좋을지 모를 묘한 기분에 사로잡히고 있었다.

병칠이와 선애의 그 검은 손바닥 도장 이야기는 곧 소문이 되어 온 마을에 퍼졌다. 두성이가 죽은 그날 밤의 일에 관한 소문보다 병칠이와 선애가 과거에 그런 깊은 사이였다는 이야기는 훨씬 더 마을 사람들의 호기심을 자극해서 가지를 뻗으며 그칠 줄을 몰랐다. 특히 아낙네들이 이러쿵저러쿵 얘기가 많았고, 처녀들은,

"손바닥 도장이 뭔공? 어떻게 찍는공."

"나도 한 번 찍어봤으면 좋겠대이."

하고 공연히 재미가 좋아서 킬킬 켈켈 웃어대기도 했다.

마침내 그 얘기는 두성이네 부모의 귀에도 들어갔고, 선애의 귀에까지 가닿았다. 한실댁과 안 생원은 아들의 죽음 때문에 거의 식음

을 잊고 자리에 드러누워 버린 형편이었는데, 엎친 데 덮치는 격으로 이번에는 며느리에 관한 고약하기 짝이 없는 소문까지 들려오자, 그만 견딜 수 없는 지경이 되어 버리고 말았다.

충격은 안 생원보다 한실댁이 월등히 컸다. 그래서 한실댁은 살짝 정신이 어떻게 되어버린 사람처럼 앞뒤 가리지 않고 며느리에게 퍼부어 댔다.

남편을 잃고 가뜩이나 슬픔과 괴로움에 몸부림치며 절망에 빠져 있던 선애는 시어머니의 저주에 찬 폭언에 그만 넋을 잃다시피 하고 말았다. 한실댁은 며느리에게,

"이년아, 니년 때문에 우리 집안이 망했어. 니년이 우리 아들을 잡아묵었단 말이다. 이 마귀 같은 년, 내 앞에서 썩 꺼져! 썩 없어져뻬려!"

이런 말까지 서슴지 않았던 것이다.

그 말은 선애의 가슴에 비수를 들이댄 것과 마찬가지였다. 선애는 생각을 거듭한 끝에 마침내 시집을 떠나기로 마음먹었다. 자살을 해버릴까도 생각해 보았으나, 끔찍해서 차마 제 목숨을 제 손으로 어떻게 해버릴 수는 없었다. 시집이 있는 은냇골을 떠나 아무도 모르는 타관으로 도망을 가듯 사라져 버리리라 결심을 한 것이다.

문제는 상원이었다. 이제 다섯 살인 아들을 어떻게 할 것인지 괴로웠다. 데리고 떠나고 싶었으나 낯선 타관에 정처도 없이 떠나는 몸이 아이까지 달고서는 앞으로 살아갈 일이 난감했다. 그래서 도리 없이 저의 조부모 밑에 떨어트려 놓고 떠나기로 매정하게 이를 악물었다.

떠나는 전날 밤 선애는 잠든 상원이의 얼굴을 내려다보며 앉아서

거의 밤이 새도록 추적추적 눈물을 흘리며 서럽게 울었다. 그리고 이튿날 새벽 보따리를 들고 아무도 모르게 집을 빠져나갔다.

한 많은 은냇골을 뒤로 하고 선애가 떠나갈 때 마을 개가 두어 마리 잠시 짖다가 그만두어 버렸다.

선애가 어디론지 자취를 감추어 버렸다는 소문은 또 한 번 마을 사람들을 놀라게 했다. 그 소문은 면소재지에만 머물고 있는 병칠이의 귀에도 들어갔다.

병칠이는 아차, 이것 봐라 싶었다. 설마 선애가 그렇게 허망하게 어디론지 사라져 버릴 줄은 미처 몰랐었다. 오히려 병칠이는 이제 어찌 되었건 두성이가 없어져 버렸으니, 세월이 흐르는 것을 기다려 선애를 그 시집에서 빼돌릴 궁리를 은근히 하고 있었는데, 뒤통수를 얻어맞은 격이었다.

아이를 떼놓고 혼자 떠났다 하니 설마 다시 돌아오겠지 하고 병칠이는 기다려 보기로 했다. 겨울이 가고 이듬해 봄이 되어도 선애는 돌아오질 않았다. 여름이 가고 가을이 되어도 선애의 소식은 알 길이 없었다.

일 년을 기다린 끝에 마침내 병칠이는 제 발로 찾아 나서기로 마음을 먹었다. 선애 없이는 도저히 살아갈 수 있을 것 같지가 않았던 것이다.

병칠이가 괴나리봇짐을 지고 어디에 있는지도 모르는 선애를 흐르는 구름을 따라서 찾아가듯 은냇골을 떠나던 날은 가을바람에 유난히 낙엽이 흩날리고 있었고, 뻐꾸기도 한결 구슬프게 울고 있었다.

검은 자화상

택시가 산모퉁이를 돌자 저만큼 전방에 높다란 제방이 나타났다. 산과 산 사이를 가로질러 막아놓은 댐의 거대한 시멘트 둑이었다.

"다 왔심더. 저기 저 땜이 보이네요."

혜선이 말하자, 중현도 차창 밖을 내다보았다.

"음, 그렇군. 땜이 아주 큰 모양인데……."

"억씨기 큽니더. 얼른 보면 바다 같심더."

운전수도 입을 열었다.

택시가 달려감에 따라 그 거대한 시멘트의 둑은 점점 더 크게 시야를 가로막듯이 앞으로 다가들었고, 마침내 택시는 그 댐 위로 부릉 부르릉…… 소리를 내며 숨 가쁘게 치달아 올랐다.

눈앞에 시퍼런 물이 벙벙하게 부풀어 오르듯 펼쳐지자,

"우야꼬! 저거 좀 보소."

"햐 굉장하구나."

혜선과 중현이 거의 동시에 탄성을 터트렸다.

"바다 같지예?"

운전사도 기분이 좋은 듯 싱그레 웃으며 말했다.

택시가 멎자, 두 부부는 차에서 내려 둑 위에 섰다.

"믿어지지가 않심더. 우리 고향이 이렇게 물바다가 되다니……."

십팔 년 만에 옛 고향 땅을 찾아온 혜선은 그저 놀랍고 얼떨떨하면서도 감개가 무량한 모양이었다. 댐 건설 바람에 고향이 물속에 잠기고 말았다는 소식은 듣고 있었고, 또 출가외인이지만 말이다.

"정말 놀라운 일이야. 굉장하다니까."

아내가 나서 자란 고장에 처음 와본 중현은 그저 인공 호수의 거대함에 감탄을 하고 있었다. 물속에 잠긴 마을 같은 것은 본 적이 없으니 그럴 수밖에 없었다.

"사람의 힘으로 우째 이렇게……. 정말 믿어지지가 않심더."

혜선은 휘둥그레진 눈으로 사방을 두리번거렸다.

사람의 조화라고는 믿어지지가 않는 그런 광경이 아닐 수 없었다. 산과 산 사이에 들이 있고, 냇물이 흐르고, 여기저기 마을이 있던 시골 어디서나 흔히 볼 수 있는 그런 두멧골을 그만 호수로 바꾸어 놓다니, 호수라도 조그마한 못 같은 것이 아니라, 바다 같은 거창한 호수를 만들어 놓다니, 그저 놀랍고 어안이 벙벙할 따름이었다.

"당신 고향 마을이 어디쯤인가?"

중현이 물었다.

"글쎄예……."

혜선은 잠시 댐 주변의 산세를 살피더니,

"저기 저 산봉우리 아래쪽에 좀 휘어져 들어간 곳이 있지예? 그 밑인 것 같심더."
하고 대답하면서 히죽 웃었다. 물속에서 고향 마을을 찾다니 어이가 없는 듯한 그런 웃음이었다.

한참 서서 옛말 그대로 상전이 벽해가 된 사방 경관을 즐기고 나서 두 부부는 둑 위를 나란히 걷기 시작했다.

휴일이 아니어서 댐을 찾아 놀러온 사람들은 드물었으나, 낚시꾼들의 모습은 여기저기 물가에 더러 보였다.

댐 건너편에 멀리서 보아도 음식점인 듯한 간이건물이 몇 채 눈에 띄었다. 그쪽을 향해 천천히 걸음을 옮기면서 중현이 아내에게 물었다.

"당신 팔촌 오빠라는 그 병칠 씨가 뭐 매운탕집을 한다고?"

"예."

"그게 확실한가?"

"확실한 겁니더. 친척한테 들었으니까예. 댐이 생기는 바람에 고향 사람들은 모두 객지로 흩어졌는데, 반대로 그 오빠만 고향으로 돌아가서 그곳에 자리 잡고 매운탕 장사를 하면서 산다 카더라니까예."

"수십 년 객지를 떠돌아다니다가 댐이 생기는 바람에 환고향을 한 셈이구먼."

"맞아예. 그 오빠의 심정을 이해할 것 같아예."

"이해할 수 있고말고. 그런데 그 여자를 찾았는지 모르겠어. 형수뻘 되는 자기의 애인 말이야. 그 여자를 찾으러 고향을 떠났었잖어."

"글쎄예. 그 여잔지 어떤지는 모르겠는데, 좌우간 여자 하나하고 같이 매운탕 장사를 한다고 들었어예."

"이십여 년 전에 내 사무실을 찾아 왔다가 우리 집에서 하룻밤 같이 잤던 그때는 그 여자를 아직 못 찾았었는데, 그 후 찾았는지 어쨌는지 알 수가 없다니까."

중현은 무엇보다 그 점이 궁금한 모양이었다.

"못 찾았기 쉬울 것 같애예. 그 여자를 찾아서 둘이 고향에서 장사를 한다면 소문이 났을 낀데, 그런 말은 몬 들었거든예."

"당신 지금 그 여자 보면 알 것 같소?"

"글쎄예. 내가 여학교 댕길 때 보고 못 봤으니까 벌써 사십 년 가까이 되는데, 알아볼 수 있을지 모르겠어예."

둑은 꽤나 길었다. 저 끝이 빤히 보이는데도 좀처럼 끝날 줄을 몰랐다.

가을 해는 어느덧 서쪽으로 기울어 날이 설핏해 오고 있었다.

병칠 씨의 매운탕집은 곧 찾을 수가 있었다. 몇 채 되는 간이식당 중에서 '털보 매운탕집'이라는 간판이 눈에 띄자 중현은 대뜸,

"저 집이군."

하고 싱그레 웃음을 떠올렸다.

간판의 글씨체가 독특했던 것이다. 다른 집들의 간판은 다 그냥 붓으로 쓰거나 반듯반듯한 도안체였는데, 유독 '털보 매운탕집'만은 요즘 거의 볼 수 없는 죽필화로 되어 있었다. 색깔은 검정색 한 가지를 사용했으나, 갖가지 물고기의 형태를 꼬불꼬불하게 혹은 삐쭉삐쭉하게 그려 맞추어서 글자를 만들어 놓은 것이었다. 민예 간판이라고 할까, 색다른 간판이 아닐 수 없었다.

그 간판을 본 중현은 이십여 년 전 자기가 근무하던 잡지사의 사무실로 불쑥 찾아왔던 병칠 씨가 머리에 떠올랐다. 뜻밖에도 병칠 씨는 떠돌이 환쟁이로 가지가지 죽필화를 팔러 다니고 있었던 것이다. 자기 사무실을 찾아온 것도 그것을 팔기 위해서였다.

그때 병칠 씨의 용모는 한마디로 검정 털보였다. 온통 검은 수염이 얼굴을 감싸고 있는 듯이 보였다. 귀 밑으로부터 턱까지, 그리고 입언저리를 뒤덮은 검은 수염 속에 유난히 붉어 보이는 입술이 인상적이었다.

'털보 매운탕집'이라는 식당 이름도 그래서 붙인 모양이었다. 그렇다면 병칠 씨는 지금도 여전히 그 풍성한 수염을 깎질 않고 털보로 늙어가고 있는 게 틀림없다 싶으며 중현은 그 매운탕집으로 들어섰다.

"어서 오이소."

인사를 한 것은 아낙네였다. 손님이 없어서 혼자 파리를 날리고 있다가 두 사람이 들어서니 반가운 모양이었다. 꽤 늙어 보이는 아낙네였다.

중현의 뒤를 따라 들어선 혜선은 그 아낙네를 보자 대뜸 입을 열었다.

"아니, 언니 아닝교?"

혜선이 언니라고 한 것은 옛날 고향에서 국민학교에 다닐 때와 마지막으로 여학교 학생일 때 본 두성이 오빠의 아내를 두고 한 호칭이었다. 촌수는 멀지만 오빠의 아내 즉 올케이니 언니라고 불렀던 것이다.

혜선은 그 아낙네를 보는 순간 옛날 어린 시절에 봤던 그 올케 즉 선애의 모습이 떠올랐던 것이다. 마지막으로 본 지 벌써 사십 년 가까운 세월이 흘렀으니, 그 용모는 젊은 새색시로부터 육십이 다 된 늙은이로 바뀌어 있었다. 그러나 어딘지 모르게 젊은 시절의 그 곱살하던 인상이 남아 있는 듯했던 것이다.

"누구신지……."

그 아낙네는 머쓱한 표정으로 혜선을 바라보았다.

여학생의 모습이었다가, 이제 오십 중반에 이르러 초로의 부인이 되어 있으니 얼른 알아보지 못하는 것도 무리가 아니겠다 싶어서 혜선은 미소를 지으며 말했다.

"나 혜선이라예. 안혜선. 두성이 오빠하고 촌수는 좀 멀지만 남매 간 안 됩니꾜. 은냇골에 같이 살았었잖아예."

그러나 그 아낙네는 살짝 묘한 웃음을 얼굴에 떠올리며,

"사람을 잘몬 봤심더. 난 은냇골에 산 일이 없는데예."

이렇게 말하는 것이 아닌가.

혜선은 약간 당황했다. 그렇다면 두성이 오빠의 아내였던 선애가 아니란 말인가. 고개가 갸웃거려졌다.

"그래예? 꼭 그 올케 같은데……."

아낙네를 다시 이모저모 새삼스럽게 뜯어보니 어쩐지 아닌 것 같기도 했다.

그러자 중현이 불쑥 아낙네에게 물었다.

"이집 주인은 병칠 씨 맞죠? 얼굴에 수염이 많은……."

"예. 맞심더."

아낙네는 히죽 웃었다.

"어디 갔습니까?"

"고기 잡으러 나갔심더. 곧 돌아올 껍니더. 앉으이소."

아낙네는 앉으라고 권하고는 주방 쪽으로 향했다.

그러자 호랑이도 제 말을 하면 온다더니 얼굴에 수염이 텁수룩한 남정네가 낚싯대와 고기 바구니를 들고 들어섰다. 대뜸 보니 병칠 씨여서 중현은 반가워서 활짝 웃으며,

"오래간만입니다."

하고 다가갔다.

"누구신지……."

얼른 알아보질 못하는 것이었다. 그러자 혜선이 나섰다.

"오빠, 날 모르겠능교? 나 혜선이 아닝교. 이 양반은 신 서방이고."

"아이구 그렇구나. 이기 우짠 일이고? 응이? 정말 뜻밖인데……."

병칠 씨는 텁수룩한 수염 속에서 입을 딱 벌리며 놀란 모습이었다.

"고향을 안 찾아왔능교."

혜선이 웃으며 말했다.

"고향? 허허허…… 맞기사 맞지. 물속에 잠겨 삐렀지만 여기가 고향은 고향이지."

그리고 병칠 씨는 중현의 손을 잡으며,

"아이구, 신 서방 정말 잘 왔네. 벌써 이십 년이 넘었지? 서울서 만났던 때가……. 그때 신 서방이 얼매나 고맙게 해줬노. 내가 잊질 몬하고, 언젠가 한 번 만났으면 했었는데……."

감개가 약간 무량하기까지 한 그런 표정이었다.

세 사람이 그렇게 반갑게 만나고 있을 때 아낙네는 주방에서 공연히 이것저것 설거지라도 하는 것처럼 서성이고 있었다.

"저이가 누궁교?"
혜선이 나직한 목소리로 물었다.
"집사람 앙이가. 오다가다 만나서 같이 안 사나. 벌써 오래 됐니라."
그리고 병칠 씨는 주방 쪽을 향해 이리 와서 인사하라고 그 아낙네를 불렀다.
아낙네가 주방에서 나와 다가오자, 병칠 씨가 먼저 혜선과 중현을 마누라에게 소개하고서, 이번에는 히죽 웃으면서,
"우리 할마이 앙이가."
하고 그 아낙네를 소개했다.
좀 멋쩍은 듯 묘한 미소를 떠올리는 아낙네의 표정이 또 틀림없는 옛날의 그 올케 같아서 혜선은 속으로 약간 놀라지 않을 수 없었다. 병칠 씨에게 까놓고 물어보고 싶은 충동을 느꼈으나, 혜선은 참았다. 그런 말을 꺼내서는 안 될 것 같았던 것이다.
"자. 방으로 들어가지."
병칠 씨가 앞장서 신을 벗고 방으로 들어가려 하자, 혜선이 입을 열었다.
"선 걸음에 아부지 묘에 성묘를 하고 왔으면 좋겠심더. 신 서방은 아직 아부지 묘에 한 번도 안 와봤거든예."
"아, 그렁가. 그러면 그러지."
하면서 병칠 씨는 도로 신을 신었다.
병칠 씨의 안내를 받아 묘소를 찾아가 준비해 간 몇 가지 간단한 제수를 차려놓고 간략한 묘제를 지낸 다음, 세 사람은 무덤가에 앉아 제주를 나누어 마시며 얘기를 나누었다.

해는 어느덧 서산 위로 뉘엿뉘엿 기울어지며 거대한 인공호수의 잔잔한 물결 위에 석양빛이 곱게 부서지고 있었다.

이런저런 지나온 얘기를 나눈 끝에 혜선은 아무래도 미심쩍고 궁금해서 병칠 씨에게 물어 보았다.

"오빠, 저…… 이런 말 물어도 개않은지 모르겠는데, 저…… 오다가다 만났다는 아까 그 오빠 댁 말이지, 죽은 두성이 오빠 색시였던 그 올케 아닝교? 오빠가 좋아했던 선애 말입니더."

그 말에 병칠 씨는 약간 긴장이 되는 듯 혜선을 빤히 바라보더니, 곧 묘한 웃음을 온 얼굴에 떠올리며 말했다.

"억씨기 닮았제? 보자, 그 여자를 만난 지가 벌써 십 년이 다 돼 가는데, 나도 첨 봤을 때 깜짝 놀랬다 앙이가. 틀림없는 선애지 뭐꼬. 내가 찾아다니던……. 선애를 찾을라고 내가 환쟁이가 되어 방방곡곡을 안 떠돌아 댕겼나. 충청도 땅에서 그 여자를 만났는데, 글쎄 선애 아니라는 기라. 은냇골이 어딘지 그런 데는 들어본 적도 없다는데 우얄 끼고. 선애와 헤어진 지 삼십 년이 다 돼 늙어서 얼굴이 많이 달라지기는 했지만, 내가 보기에 틀림없는 선앤 기라."

"나도 첨 보고 대뜸 그렇게 생각했다니까예."

"그러나 본인이 아니라는데 우짤 끼고. 세상에 디기도 닮은 사람이 있구나 하고 내가 기어이 그 여자를 내 사람으로 안 맨들었나. 선애를 몬 찾을 바에야 꼭 선애를 닮은 여자를 대신 선애라고 생각하고 같이 살라고 말이다."

그 말을 하고서 병칠 씨는 좀 쑥스러운 듯 또 묘한 웃음을 떠올리며 외면을 하듯 살짝 고개를 돌렸다.

혜선은 더 뭐라고 말이 나오지가 않았다. 국민학교 시절에 만나 사랑이 싹튼 한 여자를 평생토록 그처럼 못 잊어 한다면 그것은 결코 아무나 흉내 낼 수 없는 그야말로 지극한 애정이 아닐 수 없다는 생각이 들어 그녀도 코허리가 시큰해지는 느낌이었다.

중현 역시 속으로 적지 않은 감동을 느끼는 듯 병칠 씨를 새삼스럽게 바라보며 가만가만 고개를 끄덕이고 있었다.

산을 내려온 그들 부부는 막 버스로 읍내에 나가 자려고 했으나, 병칠 씨가 한사코 붙드는 바람에 마지못해 하룻밤을 그 집에서 자기로 했다.

방에 들어가 앉은 중현은 벽에 걸려 있는 두 개의 액자에 시선이 갔다. 한 액자는 사람의 손바닥이 두 개 탁본처럼 시꺼멓게 찍혀 있는 것이었고, 다른 액자는 커다란 물고기의 시꺼먼 탁본이었다.

손바닥의 액자를 먼저 눈여겨보며 중현은 속으로 '바로 저것이로구나' 싶었다. 손바닥 하나는 좀 작고 부드러워 보이며, 다른 하나는 크고 어쩐지 억세어 보였다. 병칠 씨가 일제 말엽에 일본 규슈로 돈벌이를 하러 떠날 때 사랑하는 처녀인 선애와 애정을 맹세하면서 찍었다는 그 표시에 틀림없었다. 그것을 지금까지 간직해서 저렇게 액자에 넣어 벽에 걸어 두기까지 하다니, 좌우간 병칠 씨란 남자가 보통 사람이 아니라는 생각이 새삼스럽게 들어 중현은 가만가만 고개를 끄덕였다. 약간 괴이하기도 하면서 정말 희귀한 물건을 보는 것 같은 그런 느낌이었다.

그리고 커다란 물고기의 시커먼 탁본도 묘하게 중현의 시선을 끌어당겼다. 아마 잉어 같은데, 두어 뼘이 넘을 만큼 컸다. 그런데 탁본을 떠서 전체적으로 시꺼먼데, 눈알에만 빨간 물감을 칠해 놓았다. 그래서 그런지 얼른 보기에 그것 역시 좀 괴이한 느낌을 주었다. 검은 몸집에 빨간 눈알이라니, 색다른 물고기가 아닐 수 없었다.

중현은 그 검은 물고기의 탁본이 어찌 된 셈인지 꼭 병칠 씨 같다는 느낌이 들었다. 이십여 년 전 병칠 씨가 사무실로 찾아왔을 때 텁수룩한 검은 수염 속에서 유독 입술만 남달리 빨갛던 것이 인상적으로 남아 있어서 그런지도 몰랐다. 그 좀 괴이한 물고기의 탁본이 별난 운명으로 태어나 남다른 인생을 살아가는 병칠 씨를 상징하고 있는 그의 자화상 같은 느낌이었다.

"내가 낚아 올린 고기 중에서 제일 큰 놈 앙이가."

병칠 씨는 그 물고기 탁본을 보며 빙그레 웃었다.

"저렇게 큰 고기가 다 잡히는군요. 잉언가요?"

중현이 물었다.

"응, 잉어지."

"잉어 눈까리는 와 빨갛게 칠해 놓았는교? 고기 눈까리가 빨간기 어딨어예."

하면서 혜선이 웃었다.

그 물고기 탁본에 대해서는 얘기들을 했으나, 두 개의 손바닥 탁본에 대해서는 아무도 입을 열지 않았다.

혜선과 중현은 하룻밤을 그곳에서 묵고, 이튿날 아침을 먹자 서울까지 올라가야 할 여정 때문에 곧 일어나 병칠 씨 내외와 작별을 하고서 그곳을 떠났다.

저만큼 제방 위를 멀어져 가는 두 사람을 허전한 표정으로 멀뚱히 바라보고 서 있던 병칠 씨가 별안간 큰 소리로 외쳤다.

"또 찾아오너래이. 고향은 물에 잠겼지만……."

그러자 곁에 섰던 아낙네가 병칠 씨의 옆구리를 살짝 꼬집으며 작은 목소리로 말했다.

"와 또 오라 카능교? 내사 은냇골 사람들 만내면 똑 죽겠구마는. 알아볼 것 같애서……."

"알아보기는 누가 알아봐. 닮은 사람이라 카면 그런갑다 생각하지. 벌써 사십 년이라는 세월이 흘렀는데……. 저 동생도 감쪽같이 속더라니까. 어제 묘에 갔을 때 당신이 옛날 두성이 오빠 마느래였던 선애 아니냐고 안 묻나. 그래서 너무 닮아서 나도 처음에는 그런 줄 알았는데, 아니더라 캤지. 그랬더니 어쩌면 그렇게 닮았을까 하면서 고개를 끄덕이지 뭐꼬."

"글쎄, 나한테도 어제 대뜸 언니 아니냐고 그러잖는교. 당신 돌아오기 전에 말이구마. 그래서 아니라고 딱 시치미를 뗐지 뭐예. 내사 조마조마해서 몬 견디겠더라니까."

"허허허……."

"웃기는……."

그러면서 아낙네는 영감을 향해 살짝 눈을 흘겼다. 육십이 가까운 늙은이였지만, 아낙네의 그 흘기는 두 눈은 곱기만 했다.